스쿨 오브 판타지

스쿨 오브 판타지

중학생이 쓴 판타지 소설

동도중학교 '꿈꾸는 책쓰기반' 지음
안수진 엮음

한티재

책을 펴내며

중학생이 소설을 쓴다고?

긴 말 하지 않아도 글을 쓴다는 것은 쉽지 않은 일입니다. 그런데 자신의 생각을 완결된 문장으로, 그것도 주제 의식을 담아, 한 편의 작품으로 만들어야 한다니! 창의적 체험활동 동아리 '꿈꾸는 책쓰기 반' 구성원으로 매년 소설을 창작해 내겠다고 결심을 하고 모인 아이들이지만, 그렇다고 해서 글이 쉽게 써질 리 없습니다.

3월, 주제를 정하기 위한 모임에서 올해 소설 쓰기의 테마는 '판타지'로 정해졌습니다. 요즘 유행하는 가벼운 판타지 소설들의 영향을 받기도 했겠고, 왠지 재미있을 것 같다는 단순한 호기심도 원인이 되지 않았나 싶습니다. 그전에도 소설 쓰기를 해 본 친구들도 있었지만, 엄청난 테마를 정했구나 싶었습니다. 일상적인 소재를 택해도 쉽지 않을 텐데 이게 될까, 싶었지요. 마냥 해맑은 친구들을 보며 저는 내심 걱정하고 마음을 졸이며 판타지 작법에 관련된 책을 사다 나르기도 했습니다.

그리고 여름방학. 본격적으로 소설 쓰기를 시작한 친구들에게서 진지함이 묻어나기 시작했습니다. 그리고 스스로의 한계를 토로하는 일이 늘어났지요. 소설은 오롯이 창작자의 몫이기에, 저는 그저 이야기를 들어 주고 소설 구성에 관련된 최소한의 조언을 할 수밖에 없었습니다. 그리고 속속 결과물들이 나오기 시작했을 때, 정말 놀라운 일이 일어났습니다. 저의 예상을 뛰어넘는 다채로운 이야기가 펼쳐졌기 때문입니다.

　이 소설들은 장르는 판타지이지만 현실의 이야기입니다. 마법, 초능력, 이세계, 꿈 등 비현실적인 소재를 다루고 있지만 주제 의식은 너무나도 현실적입니다. 아이들은 판타지 소설 속에 중학생만의 관심사와 고민, 어려움 등을 녹여 냈습니다. 허무맹랑한 이야기만 창작되는 것이 아닌지 걱정했던 저의 생각이 부끄러울 정도였습니다. 톡톡 튀는 요즘 아이들의 언어와 감성은 덤으로 즐길 수 있는 요소입니다. 이렇게 다채로운 서사가 우리 친구들 속에 있었는지, 그것을 발견한 것이 저에게는 판타지 같은 일이었습니다.

한 글자 한 글자 고민하며 써 내려간 소중한 시간이 이렇게 올해도 결실을 맺었습니다. 쉽지 않은 일에 매년 함께 고민하고 감히 뛰어드는 우리 친구들에게 고맙다는 말을 전하고 싶습니다. 소설을 읽는 것에서 그치지 않고, 하나의 세계를 창조해 내는 어려운 일을 마다하지 않고 도전하는 모습에 지도교사인 제가 더 많은 것을 배웠습니다.

　　학생들의 성장을 응원해 주시고 부족한 솜씨나마 즐겁게 감상해 주시길 바랍니다.

2022년 10월
지도교사 안수진

차례

별숲 잡화점

곽지민

작가의 말

곽지민 (2학년)

안녕하세요. 「별숲 잡화점」의 작가 곽지민입니다. 이 작품으로 벌써 두 번째로 소설을 써 보는 것이지만, 매번 할 때마다 힘들고, 헤매게 되는 것 같습니다. 특히 이번 소설은 판타지적인 요소를 넣어서 이야기를 만들어 내야 했기에, 특별히 더 많은 시간과 노력을 쏟아부었던 것 같아요.

이 소설은 주인공 '강하나'의 시점으로 이야기가 진행됩니다. 하나는 제 주변 친구들의 모습에서 조금씩 따왔는데요, 그만큼 하나와 이 글을 읽는 독자분들 사이에는 약간의 공통점이 있습니다. 바로 '학교'를 다니고 있는 '학생'이라는 점입니다. 그렇기에 여러분이 이 책을 읽으면서, 하나가 하는 고민에 어느 정도 공감하고, 작 중 하나가 겪는 경험들과 감정에 더 이입되어 즐기실 수 있을 것 같아요.

그리고 제가 만들어낸 이야기의 제목, 소설을 읽다 보시면 아시겠지만 '별숲'이라는 단어가 유독 자주 나와요. 별숲은 순우리말로 별들이 총총 떠 있는 하늘을 비유적으로 이르는 말인데요, 제가 이 소설의 핵심어로 별숲이라는 단어를 집어넣은 까닭은 이곳에 나오는 주인공과 그 주변 인물들을 모두 하나하나의 '별'이라고 비유하여 표현하고자 했기 때문입니다. 아주 큰 잠재력을 가지고 있는 여러분처럼 말이죠. 별이 하늘 높이 떠서 반짝반짝 빛나는 모습이, 우리에게 보이기까지는 많은 과정을 거칩니다. 순식간에 그렇게 빛나게 되는 것이 아니지요. 우주 속의 여러 물질이 결합되어야 하고, 또 태양 빛을 만나 반사되어야 합니다. 그마저도 그 빛나는 별이 우리 눈에 보이기까지는 몇 광년이 걸린다고 하죠. 이처럼, 별이 하늘 높이 떠서 반짝반짝 빛나기까지는 많은 시간과 과정이 필요합니다. '별숲 잡화점'은 이렇게 큰 잠재력을 품고 있지만, 아직 빛나지 못한 떠돌이별들을 모아서 환하게 빛날 수 있도록 도와주는 기능을 하는 곳으로 만들었습니다. 그리고, 아직은 그저 미숙하고 어린, 未完(미완)의 상태인 하나가 이곳을 거쳐 한층 더 성숙하고 마침내 완전한 상태로 거듭날 수 있도록 도와주는 매개체로 작용해 주기도 하죠.

이 소설에는 참 많은 이야기가 들어 있어요. 삶의 희로애락, 성장, 사랑, 판타지적인 요소까지 정말 다채로운 매력을 아주 많이 품고 있습니다. 제 소설을 통해, 여러분도 하나와 함께 성장해 나가며 따뜻한 위로를 받으시면 좋겠습니다. 비록 많이 부족하고 매끄럽지 못한 글이지만 그래도 재미있게 봐 주시면 좋겠습니다. 감사합니다.

프롤로그

별숲 잡화점

"별숲 잡화점에 오신 여러분을 환영합니다. 이곳은 길을 잃고, 목적지가 없는 떠돌이별들이 머무는 곳입니다. 그저 작은 우주의 먼지에서 하늘 높이에서 빛나는 별이 되기까지."

제1장

셀럽, 강하나: 지킬 앤 하이드

오늘도 끔찍한 악몽에 시달리다 잠에서 깨어났다. 마지막으로 편안하게 잠들었던 게 언제인지조차 기억이 안 날 정도로 이 끔찍하고 지겨운 나날들이 반복된다. 매번 비슷한 꿈이다. 같은 학교 친구들, 학원 친구들, 모두 나에게 친근한 얼굴을 보여주었던 내 주변 사람들이 순식간에 섬뜩한 얼굴로 바뀌며, 아무렇지 않게 나를 아프게 공격한다. 손가락질하고 수군거리며 나에게 아무렇지 않게 비난의 화살을 마구 쏴댄다. 나는 그저 그 말들을 참아내며 고통스러워한다. 그리고 그 사람들은 그런 나를 동물원 우리 속에 갇혀있는 동물을 보듯이 구경하고 재미있어 한다. 주위를 둘러보며 나를 도와줄 사람을 찾아본다. 가장 친한 친구들과 부모님은 경멸에 찬 눈으로 나를 멸시하며 냉정하게 돌아선다. 결국 나는 나를 도와줄 사람은 결국 아무도 없다는 사실을 깨닫고는 끔찍하도록 무력한 기분을 느끼며 절망한다. 그렇게 한참을 괴로운 고통 속에서 시달리다가 힘겹게 꿈에서 깨어난다. 이 찝찝하고 고통스러운 악몽에서는 대체 언제쯤 벗어날 수 있게 될까.

오늘 아침도 이렇게 끔찍한 악몽에서 깨어나는 것으로 시작된다. 식탁으로 가 보니, 깨끗하게 잘 정돈된 식탁 위에 언제나 그랬듯이 정갈하게 차려진 식사가 내 앞에 놓여 있었다. 부모님 모두 자신만의 사업을 꾸리며 작지 않은 회사를 운영하고 있었기에, 나는 지금의 엄마와 아빠에게 입양된 그 순간부터 아주 풍족하고 여유로운 삶을 누리며 살 수 있게 되었다. 부모님에게 입양된 후 나는 정말로 남이 보기에 그저 부럽기만 한 삶을 살았다. 대궐같이 커다란 집에서 살았으며, 언제나 최고의 선생님들 밑에서 공부했으며, 좋은 학교에 입학하고, 더 많은 것들을 배우기 위해 유학까지 갔다 왔으니까. 하지만 이런 물질적인 풍요에서 오는 행복은 그리 오래가지 못했다. 나는 정작 중요한 부모님의 사랑과 애정은 전혀 받지 못하는 아이였으니까. 부모님은 나를 '자식'으로 여기기보다는, 그저 자신들이 정해 놓은 계획표에 맞춰 철저하게 움직이는 자신들의 '소유물' 정도로 생각하는 듯했다.

나는 그저 그렇게 부모님이 정해주신 일과표를 따라, 그저 짜인 대로 살아가는 것이다. 아침에 일어나서, 밤에 잠들기까지 그 어느 것 하나 자유로운 것이 없었다. 부모님은 나를 때린다거나 나에게 신경질적으로 화를 내지는 않았지만, 나를 애정 어린 눈길로 봐준다거나 사랑한다고 말하며 나를 토닥여주지는 않으셨다. 또한 나의 엄마 아빠는, 딸에게 원하는 만큼 많은 공부를 시켜 줄 수 있는 여유롭고 풍족한 부모님이었지만, 정작 내가 어떤 걸 하고 싶어 하는지에 대해서는 전혀 관심이 없는 듯했다. 그저 나의 능력을 가장 객관적으로 잘 나타내준다고 생각하는 '성적'에만 관심이 있으실 뿐. 부모님과 함께 사는 커다란 이 집 또한 나에게는 너무나 삭막하기만 하다. 이 집안에 흐르는 그 고요와 정적이 나를 모조리 집어삼킬 것만 같아 그저 위태롭기만 하다.

　그런 나에게 '인스타그램'은 나의 유일한 삶의 활력소이자, 세상과 소통하는 나의 유일한 창구였다. 부모님은 내가 SNS를 하는 것을 그다지 좋아하지는 않으셨지만, 내가 너무나 좋아했기 때문에 공부에 심한 방해가 되지 않는 선에서 이것 하나만큼은 유일하게 눈감아 주셨다. 빡빡한 스케줄 속, 잠깐의 쉬는 시간, 그 시간에 나는 나의 소울메이트 핸드폰을 켜서 인스타그램에 접속한다. 나는 약 8만 명의 팔로워를 보유한 나름의 인스타 셀럽이다. 연예인도 아닌 일반인의 팔로워 수치고는 꽤 많은 수를 보유하고 있다고 할 수 있다. 즉, 이 공간에서만큼은 나도 많은 사랑을 받는 진짜 공주님이 될 수 있다. 예쁘장한 외모와 더불어 '명문중학교'에 다니는 우수한 학생, 거기다가 비싼 명품들을 잔뜩 가지고 있는 재력까지. 이런 완벽하고 화려한 나의 모습에 많은 사람들은 나를 부러워하고, 선망하고, 사랑해준다. 얼굴도, 이름도 모르는 사람들이 나의 계정에 찾아와 부러움과 사랑이 가득 담긴 말로 댓글을 남겨주고, DM을 보낸다. 그렇게 수많은 사람들이 나에게 보내준 DM과 댓글들을 읽어보면, 우울한 나의 현실을 잠시나마 잊어볼 수 있다.

Only_onehana 중간 끝나고 잠깐의 여유♥
그렇지만, 3주 뒤 바로 또 기말...ㅠㅠ
@Sunny_sun @young_hae 0123 @Sae_hyun08 @Minyoung_Lee23
#중3 #명문중학생 #이쁘니들 #디저트 #티타임 #인스타맛집 #하이틴 #감성

— 하나는 정말로 연예인 해야 할 듯...

— 나보다 한참 어린 동생이지만, 나보다 훨씬 낫네.. ㅜㅜ 현타온다...

— 하나 진짜 눈도 겁나 크고, 코도 오뚝하고, 피부도 하얀 게 꼭 한 땀 한 땀 정교하게 만든 예쁜 인형 가틈ㅠㅠ

— 언니 화장품 정보 좀요!

— 언니가 입은 옷들 정보 좀 알려줘요!

— 이 예쁘고 공부까지 잘하는 금수저라니... 세상은 너무 불공평해

— 언니! 명문중학교는 어떻게 준비하셔서 들어갔나요?

— 하나야.. 언니는 고딩인데 공부법 좀 알려주겠니..?

— 얘는 존재 자체가 판타지임... 완전 엄친아 그 자체..

— 이 미모에, 이 학력에, 재력까지 겸비한 ㅎㄷㄷ..

— 진짜루.. 웃는 것두 그렇고 완전 공주님 재질!!

— 하나야.. 사랑해.. 그냥.. 정말.. 사랑한다고!

이것이 SNS 공간에서 만들어진 나의 모습, 즉 남들에게 보이는 '강하나'의 모습이다.

'세상 걱정 없고, 부러울 것 없는 정말 예쁜 공주님.'

그리고 내가 숨기고 있는 '강하나'의 진짜 모습은

'사실은 가족 중 그 누구에게서도 제대로 된 사랑을 받지 못해, 밖에서 사랑을 구걸하고 다니는 불쌍한 아이.'

사람은 누구나 여러 가지의 모습을 가지고 산다. 세상 사람들 앞에서 보이는 나의 모습과, 나만 알고 있는 나의 모습. 하지만 난 그 두 모습 사이의 거리가 너무 커서 가끔은 너무 무서울 만큼 괴리감이 느껴진다. 결국, 나를 칭찬해 주는 사람들 또한 모두 나의 꾸며진 가짜 모습을 사랑해주는 것이다. 대가 없는 사랑은 없으니까. 나를 입양하고 길러주시는 부모님조차도 나를 통해 자신들이 이루어내지 못한 일들을 이루어내기 위해, 그저 사업적 이득을 위해 철저하게 계산적으로 나를 키우고 이용한다. 하지만, 얼굴조차도 모르는 사람들이 이런 결핍투성이의 찌질하고 초라한 나의 진짜 모습을 보이는 순간, 모두 일제히 등을 돌리고 외면할 것이다. 나는 사랑받아야 한다. 그렇기에 나는 초라하디초라한 나의 본 모습을 안으로 깊숙이 밀어 넣고,

흐트러짐 없는 완벽한 모습으로 세상을 살아가야 한다. 철저하게. 나를 키워주시는 부모님을 위해, 나를 좋아해 주는 많은 사람들을 실망시키지 않기 위해.

"하나쓰~ 시험공부 잘 돼가? 우리 이제 기말 12일 남았다."

"아…… 반장~ 시간 진짜 왜 이렇게 빨리 가냐."

"그니까……. 중간 끝난 지 얼마나 됐다고 벌써 기말이네."

"반장, 너는 이번에 외고 지망한다고 했나?"

"응! 너는?"

"음……. 나는 딱히 엄청 가고 싶다 이런 데는 없는데……."

"그래도 너 성적 괜찮잖아!"

"뭐……. 학원을 그렇게 많이 다니는데 못 나오는 게 이상하지."

'또, 어차피 부모님이 정해주신 곳으로 가야 할 텐데, 뭐. 나한테 선택지가 있나?'

"어! 한수민~!"

"수민아! 너 오늘 왜 이렇게 늦게 나왔어?"

"아니 어제 수학쌤이 이제 곧 시험이라고 숙제를 거의 얇은 책 한 권 분량만큼 내주시는 거야!! 새벽까지 숙제하다가 깜빡 잠들었는데 일어나 보니까 벌써 8시더라고. 하하……. 아니 울 엄마 아빠는 딸이 밤늦게까지 공부하는 게 짠하지도 않나 봐. 3학년 2학기는 진짜 중요하다고 A 안 받아오면 집에 들어오지도 말라잖아. 우씨!"

"한수민 진짜. 그래 놓고 너 다 잘 치잖아. 이 배신자!"

"맞아. 한수민 좀 재수 없어."

"아니거든! 근데 너희도 다 잘하면서 괜히 나한테만 그런다!"

"뭐래!"

"아니 그나저나 이 망할 놈의 학교에서 어떻게 다 A를 받아내냐고?!"

"그러니까! 내신 빡세기로 유명한 우리 명문중학교에서 올 A 받는 놈은 진짜 미친놈이지!"

"그 미친놈이 너 아니시고요?"

"뭐래요. 내가 그 점수면 지금 이러고 있겠냐?"

"근데 우리 시험 이제 두 개밖에 안 남은 거 알지? 정신 바짝 차려! 삐끗하는 순간, 그날로 우리가 가고 싶은 고등학교는 바로 안녕이다!"

"아, 반장~ 굳이 그렇게 짚어줘야 하니⋯⋯."

"다들 정신들 차리라고~"

'너무 지겨워.'

그냥 좀 잘하는 것이 아니라 공부를 미친 듯이 잘하는 애들만 모아 놓았다는 이 명문중학교에서는, 그 잘하는 애들이 모여서 또 미친 듯이 경쟁한다. 이곳은 학교라는 냉정하게 경쟁전을 펼친다. 승자와 패자, 딱 두 가지로만 나뉜다. 예외는 없다. 모두가 승자 아니면 패자이다. 끊임없이 밀려드는 수행평가와, 내신, 심지어 생기부에 들어갈 각종 경시대회까지 모든 것이 다 경쟁이다. 이 경쟁 속에서 살아남은 학생들은 결국 명문중학교에서 전교권에 든 학생이라며, 세상 속에서 인정을 받는다. 공부를 잘하는 학생이라고 추켜세워지고, 부러움의 시선을 한눈에 받을 수 있다. 그리고, 그렇게 계속 세상에서 인정받기 위해 학생들은 이곳에서 끊임없이 경쟁하고 살아남아 과학고나 자사고, 국제고, 외고 등 자신이 가고 싶은 곳까지 도달할 수 있게 된다.

나도 부모님께 나의 존재 자체만으로는 절대로 사랑받지 못한다는 사실을 깨달았을 때, 그저 부모님이 시키는 대로 얌전하게 따르며, 공부를 열심히 하고 좋은 학교에 입학하면 그때는 나를 좀 애정 어린 눈으로 날 바라봐주고, 잘했다고 웃으시면서 날 꼭 안아주시지 않을까. 그런 생각으로 정말 힘들게 여기까지 왔다. 정작 부모님은 나의 피나는 노력과 사랑받고자 했던 애처로운 마음은 몰라주고, 그저 더 열심히 하라고, 더 잘해내라고 나를 더 차갑게 밀어낼 뿐이었다. '명문중학교 입학'이라는 하나의 경쟁에서 살아남은 나는 그 안에서 펼쳐지는 수많은 경쟁들을 또 거쳐내, 결국 지금의 자리까지 무사히 올라오게 되었다. 여기까지 올라오는 동안 많은 친구들이 이곳에서 좌절하고, 힘들어하다 결국에는 이 학교를 떠나갔다. 선생님들은 이런 친구들을 그저 **'경쟁에서 살아남지 못한 패배자'**라고만 단정 지으셨다. 어린 눈에 반짝반짝 빛났던, 내 모든 꿈을 이루어줄 수 있을 것만 같았던 이 학교는, 그렇게 그저 잔인하고 지긋지긋한 공간으로 퇴색되어버리고 말았다.

그렇게, 부모님의 기대에 맞추어 하루하루 힘들게 버텨내어 3학년 2학기 마지막 시험을 앞둔 지금, 나는 갑자기 회의감이 몰려들기 시작했다. 내가 왜 그렇게 열심히 공부해왔는지, 이렇게 열심히 해서 도대체 나는 어떤 꿈을 이루어내고 싶은 건지, 그런 꿈이 나에게 있기는 하는 건지, 언제까지 이런 생활을 반복해야 하는지 아무것도 떠오르지 않았다. 이제는 더 이상 부모님이 짜준 플랜 아래, 부모님의 기대에 맞추어만 살아가는 그런 소유물처럼 살고 싶지도 않았다. 모든 것이 불확실한 지금으로써 나는, 아무런 목적도 목표도 방향성도 잃은 채 그저 같은 곳만 뱅뱅 맴돌고 있는 듯했다.

제2장
환상 동화: 마법 본부

오늘도 그런 지겹고 지겨운 날들 중에 하루였다. 평소와 같이 악몽에 시달리다 잠에서 깨어났으며, 학교에서 친구들과 곧 있을 기말고사에 대한 온갖 걱정과 불평을 잔뜩 늘어놓았으며, 늘 그랬듯 지루하고 나른한 수업을 듣고, 학원에 갔다, 삭막한 공기가 무겁게 자리 잡은 집으로 다시 돌아가는 것. 지루하고 반복적인 나의 일과. 그리고 이러한 나의 일과의 마침표는 언제나 지쳐 쓰러져 침대 위에 누워서 잠을 자는 것이다. 하지만 요즘은 그 잠자는 시간조차도 편안하지 못하다. 잘 때조차도 악몽에 시달리기 때문이다. 오늘도 나는 그 끔찍한 악몽의 세계로 다시 돌아간다.

'아, 졸려…….'

그렇게 눈을 감고 내 몸과 마음은 찬찬히 꿈의 세계로, 무의식의 세계로 빨려 들어가는 듯했다. 꿈을 꾼다. 어느새 꿈속에 도달한 나는 그곳에서 천천히 눈을 뜬다. 또 다른 나의 세계. 어라? 평소에 시달리던 악몽과는 분명 다른 형태의 꿈이었다.

'여긴 어디지?'

깜깜한 어둠이 짙게 깔린 이곳에서, 내 눈앞에 보이는 이 3층짜리 목조건물만이 오직 홀로 빛나고 있었다.

《별숲 본부》

문을 열고 들어가자, 출입문에 설치된 종이 경쾌하게 울려 퍼졌다.

"어서 오세요! 잠시만요~"

직원인 듯한 사람의 목소리가 멀리서 쨍하게 들려왔다. 이곳은 왠지 모르게 편안하고 아늑한 느낌이 들었는데, 그 이유는 이곳의 따뜻하고 고즈넉한 분위기 덕분인 듯했다. 따뜻한 빛을 품은 은은한 조명이 곳곳을 환하게 비추고 있었고, 이에 걸맞은 잔잔한 음악이 턴테이블 위에서 고즈넉하게 흘러나오고 있었다. 찬찬히 주위를 둘러보니, 여러 개의 나무 책꽂이들이 중앙의 커다란 나무 선반을 중심으로 아주 높이까지 연결되어 둘러싸고 있는 형태로, 꼭 오래된 서점 느낌이 났다. 책꽂이가 있는 쪽으로 발걸음을 옮기는데, 발을 내디딜 때마다 오래된 목재 바닥에서는 삐걱삐걱 소리가 났다. 책꽂이에 꽂혀 있는 빨간색 하트 그림이 그려진 '사랑의 마법'이라는 책을 펼쳐서 쭉 훑어보는데 '운명적 이끌림의 결정체', '사랑의 폭발 단계', '질투 한 꼬집과, 정열 두 스푼'과 같은 알아들을 수 없는 아리송한 말들만 적혀져 있었다.

"흐음~ 역시 10대들은 사랑에 관심이 많구나~"

"깜짝이야! 누구세요?"

"나 여기 직원!"

'**시안**'이라는 이름이 새겨진 금빛 이름표를 달고 있는 이 사람은, 까랑까랑한 목소리에, 호수처럼 깊고 푸른 눈동자, 찰랑찰랑 윤기가 적갈색 머리, 그리고 큼지막한 별이 새겨진 갈색 앞치마를 두른 채 날 보며 환하게 웃고 있었다.

"방금 왔는데? 그 책에 아주 푹 빠졌나 본데, 다시 덮는 게 좋을 거야. 아직 네가 보기에는 너무 위험한 방법들이 많아서, 참고로 여기 꽂혀 있는 이 책들은 별숲지기 외에는 아무도 못 봐."

"별숲지기가 뭔데요? 그리고 여기는 뭐 하는 곳이에요?"

"너 별숲이라는 말이 뭔지 아니?"

"아니요. 그게 뭔데요?"

"**별숲**은 '별들이 총총 떠 있는 하늘'을 비유적으로 이르는 말이야. 너처럼 길을 잃고 떠도는 별들이 모이는 곳이지. 우리는 그런 별숲처럼 광활한 우주를 떠도는 작은 먼지에 불과했던 너희들을, 반짝반짝 빛나는 별이 될 수 있도록 도와주는 사람들이랄까? 엄연히 말하면 마법사와 같은 존재이지."

"너는 마법을 믿니?"

"네?"

"야! 넌 무슨 사이비도 아니고, 그렇게 무턱대고 갑자기 그렇게 얘기하면 손님께서 당황하시잖아!"

한가득 책을 가지고 2층 계단을 내려오던 또 다른 남자 직원이 시안에게 핀잔을 주었다. 그 남자는 힘겹게 바닥에 책을 털썩 내려놓고서는, 나를 향해 성큼성큼 다가왔다. 그 남자는 마찬가지로 이곳의 직원인 듯했다. 시안과 마찬가지로 큼지막한 별이 새겨진 갈색 앞치마를 두르고 있었고, 앞치마에는 '**시율**'이라는 이름이 새겨진 금빛 이름표가 달려있었다. 시율은 흰 피부에, 아주 질은 검은색 눈동자, 질은 붉은색이 감도는 입술을 가지고 있어 흡사 뱀파이어와 같은 비주얼이었다.

"반가워. 나는 시안이랑 같이 이곳에서 일하는 시율이라고 해. 우리가 운영하고 있는 이곳은 별숲 잡화점으로, 각종 마법 능력이 깃든 물건들과 약을 제작하고 판매하는 곳이야. 이곳 3층에는, 우리가 만든 마법 약품이나 물건을 진열한 진열장이 있어. 아주 위험한 것들이 많으니까 우리 없이 혼자 가서 아무거나 막 만지거나 마셔보지 않길 바랄게."

"그리고 네가 방금 펼쳐본 책은 우리가 야심 차게 제작한, 우리 가게의 베스트 상품 자리를 굳건하게 지키고 있는 사랑과 관련된 각종 제품을 만들 수 있는 방법이 담긴 레시피야. 그 책 한 권에 얼마나 많은 사랑 마법 제품이 만들어지는지 아니? 사랑의 렌즈, 찌릿찌릿 감전 팔찌, 썸 전용 비타민, 짝사랑 전용 '고백' 음료수……. 정말 많은 사람들을 이어준 고마운 물건들이지. 그리고 이것뿐만이 아니라 여기 보이는 이 많은 책들이 모두 그런 진귀한 마법 제품을 만드는 데 필요한 레시피들이란 말씀!"

시안이 어깨를 으쓱하며 자랑스럽게 말했다.

시율은 계속 어리둥절한 얼굴을 한 나의 모습을 보며 물었다.

"뭐, 또 궁금한 거 있어?"

"근데 지금 이곳, 그리고 우리가 나누는 대화, 모두 꿈이라기엔 너무 생생한 것 같아요. 이거 꿈 맞죠?"

"꿈은 맞아. 근데 엄밀히 말하자면 이건 좀 특별한 꿈이라고나 할까? 우리가 너를 불러들였기 때문에 네가 이곳으로 온 거니까. 너한테 전해줄 게 있었거든. 아주 특별한 기회라고나 할까?"

"그게 무슨 말이죠?"

"너는 거의 한 달 가까이, 정확히는 45일 동안 아주 끔찍한 악몽에 시달려 왔을 거야. 매일매일 친구들과 부모님과 사람들에게 버려지고 외면받고 상처받는 아주 끔찍한 꿈 말이야."

"제가 그런 꿈을 꾸고 있는 건 또 어떻게 알아요?"

"우리는 너처럼 30일 연속으로 끔찍한 악몽에 시달리는 사람들을 '꿈'을 통해 이곳으로 불러들여. 일종의 마법 본부인 이곳은 현실 세계에서는 보이지 않지만, 꿈의 세계에서는 아주 확실하게 존재하고 있지. 불확실성의 집합체인 마법이 존재하기에 허상으로 여겨지는 꿈보다 더 완벽한 곳은 없거든."

"이렇게 불러들여서 뭘 전해주는데요?"

"이곳, 별숲 잡화점에서 원하는 물건이나 마법 약을 쓸 수 있는 사용권을 줄 거야. 딱 한 달 동안 이곳을 방문하며, 이곳에서 파는 마법 물건 중에 네가 원하는 것을 딱 세 번 쓸 수 있는 기회를 준다는 말이지. 사실상 여기는 없는 것이 없는 '잡화점'이기 때문에, 너의 세 가지 소원을 들어주겠다는 의미야. 한 달 동안 여기를 방문하면서, 너의 세 가지 소원을 다 이루면 아마 너를 괴롭히고 있는 악몽도 모두 없어질걸? 또 지금 네가 하고 있는 고민에 대한 좋은 해답이 되어줄 수도 있고."

시율은 잠시 뜸을 들이더니, 앞치마 주머니에서 검은색 천에 별 모양 자수가 박힌 복주머니를 꺼내 나에게 조심스레 건네주었다. 주머니를 열어보니 그 속에는 짙은 갈색의 용액이 들어 있는 조그마한 병이 여러 개 담겨있었다. 얼핏 보면 그저 평범한 영양제 음료 같아 보였다.

"여기 들어 있는 용액을 쭉 들이켜면, 금방 잠에 빠져들어 이곳에 올 수 있을 거야."

"근데, 이 약을 마시면 아예 쭉 잠들어 있는 거예요?"

"아니. 이 약의 효과는 딱 한 시간이야. 한 시간이 지나면 넌 다시 잠에서 깨어나 현실로 돌아오게 돼."

"뭐, 그 약을 마시고 이곳으로 올지 말지는 온전히 너의 선택이야. 하지만 나는 네가 이 기회를 놓치지 않았으면 좋겠어. 너 지금 많이 힘들잖아. 그럴 때는 잠시 눈을 붙이고 좀 쉬었으면 좋겠다."

시율이 나지막하게 말했다.

그렇게 시율의 마지막 말을 끝으로 나는 잠에서 깨어났다. 눈을 뜨고 천천히 방안을 둘러보았다. 깔끔하게 정돈된 방안, 책상 위에 엎어진 문제집들과, 엄마가 남겨 놓은 쪽지까지 모든 것이 그대로인 듯했다.

'너무 생생해.'

하지만 그저 꿈이었다고만 생각하기에는 모든 것이 선명하게 내 기억 속에 자리 잡고 있었다. 시안과 시율의 얼굴, 목소리 그리고 그곳의 풍경과 분위기까지 모든 것이 너무 선명하게 생각이 났다. 그렇게 이상하게 생각하며 이부자리를 정리하려는데, 갑자기 검은색의 물체가 툭 떨어졌다. 시율에게서 전해 받았던 바로 그 주머니였다. 그 속을 열어보니 꿈속에서 보았던 것과 똑같은 용액의 병들이 들어 있었다.

제3장

첫 번째 방문 일지

별숲 본부로 초대받은 이상한 꿈부터, 그곳에서 받은 이상한 주머니. 책상 서랍 안에 꼭꼭 숨겨 두고 나온 그 주머니가 없어지지는 않앉는지 계속 불안했다.

7교시 동안의 수업 시간이 오늘따라 더 느리게 흘러가는 듯했다. 드디어 모든 수업을 마치고, 수업 종료를 알리는 종소리가 울렸다. 담임 선생님의 종례가 오늘따라 왜 이렇게 길어지시는지 모르겠다.

"자, 이제 시험 거의 일주일밖에 안 남았다 얘들아! 너희 이제 이번 기말 치면, 바로 고입 준비 시작이야. 벌써 과학고등학교 같은 데 지망하는 친구들은 1학기 때부터 원서 접수하고 열심히 준비해왔겠지만, 그 외에도 다른 학교 지망하는 친구들은 다 열심히 준비해야 한다! 마지막 시험이라고 느슨하게 대충 볼 생각하지 말고, 마지막까지 최선을 다해서 잘 마무리해라! 이번 마지막 시험이 너희가 지망하는 고등학교의 입학 여부를 좌지우지하는 아주 큰 결정타가 될 거라 이 말이지! 아무튼, 끝까지 정신 바짝 차리고, 공부 열심히 해라! 우리 학교 애들이야 워낙에 잘하지만, 더 열심히 하라 이 말이야. 선생님 때는……."

"아 쌤! 저 뒤에 바로 학원 있단 말이에요! 빨리 마쳐 주세요~"

"어이구! 알았다 알았다! 주번이랑 청소만 남고 나머지는 빨랑빨랑 공부하러 학원으로 튀어가라~"

"안녕히 계세요~"

"그래~"

"하나야! 너 오늘 수학학원 가는 날이지? 같이 가자!"

"아……. 내가 잠시 어디 들를 데가 있어서……. 오늘은 너 먼저 가."

"들를 데 어디? 오늘 시험 대비 보강수업 있어서, 지금 우리 바로 가야 해."

"음……. 오늘 병원 진료받고 갈 거라서……."

"아~ 너 어디 아파?"

"아……. 요새 시험 전이라서 그런지 예민해져서 치료 좀 받으려고. 쌤한테도 그렇게 얘기해 주라. 부모님한테는 내가 얘기해 놓어."

"그래? 알았어. 치료 잘 받고 오고! 오늘 학원은 오는 거지?"

"일찍 마치면 갈 수 있을 듯!"

"오키오키! 그럼 이따 봐~"

"응!"

엄마에게도 요즘 시험 때문에 스트레스를 많이 받아서 그런지 잠을 잘 못 자고, 집중력이 흐트러져서 약이라도 타오겠다고 진실에 거짓을 조금 보태서 말씀드렸다. 하지만 나는 병원으로 가지 않고, 집으로 후다닥 달려왔다. 병원 약은 그동안 받아 놓은 것들이 많았기에, 아마 대충 둘러대면 될 것이다. 시율의 말대로 조그마한 병에 담겨있는 용액을 쭉 들이키고 침대에 누우니, 나른한 기운이 온몸에 번지면서 곧바로 잠에 빠져들었다.

어제 꾸었던 꿈속의 장면과 똑같은 모습이 내 눈앞에 펼쳐졌다. 환하게 빛나고 있는 3층 목조건물의 출입문을 가볍게 열고 들어갔다.

"딸랑!"

경쾌한 종소리가 기분 좋게 가득 울려 퍼졌다. 시안은 어제와 마찬가지로 활짝 웃으며 반갑게 나를 맞아주었다.

"올~ 강하나 결국 찾아왔네?"

"어! 시안…님?"

"야, 님은 무슨 님이야! 그냥 편하게 언니라고 불러~"

"근데 시율님……. 아니 시율 오빠는 어디 갔어요?"

"상품 재고 확인하고 정리할 거 있다면서 창고 갔어. 아무튼 더럽게 깐깐하고 좀 답답하다니까~ 아무리 같이 일하는 동업자이자, 우리 오빠라지만 너무 싫다."

"어! 근데 저 말고 다른 손님도 있네요?"

3층에서 투닥거리며 대화하는 남녀의 말소리가 들려왔다.

"오! 쟤네 방금 왔나 보네. 요즘 이 시간대에 오는 손님은 너랑 쟤네 밖에 없거든. 쟤네들은 너보다 두 달쯤 먼저 왔다. 부산인가? 거기서 왔다던데. 일주일 정도 지났으니까, 완전 처음 온 너보다는 그래도 아는 게 많을 거야. 궁금한 거 있을 때는, 저 친구들한테 물어봐도 돼! 아니다. 지금 그냥 소개해 줄까?"

"네? 지금요?"

그렇게 얼떨결에 시안 언니 손에 이끌려 3층으로 올라가게 되었다. 3층에는 거대한 나무 책꽂이들 대신 나무 선반 위에 형형색색의 마법 약들과 신기해 보이는 물건들이 아기자기하게 진열되어 있었다. 또 푹신푹신한 소파와 원탁 테이블도 한 개 놓여 있었다. 그 아이들은 이곳에 대해 잘 아는 듯 소파에 가방을 내려놓고 나무 선반에 진열된 상품들을 이것저것 구경하고 있던 참이었다.

"얘들아~ 주목!"

한창 재잘대며 진열된 물건을 구경하던 두 아이는 고개를 들어 나를 바라보았다. 그 잠깐 사이에 아주 어색한 침묵이 흐르자, 시안은 아주 적극적으로 서로를 소개해 주었다.

"이 친구는 오늘 처음 방문해서 많이 어색할 테니까, 무려 일주일이나 먼저 온 너희가 먼저 소개 좀 해봐!"

서로 눈치를 보다 결국 여자애가 쭈뼛쭈뼛 자기소개를 했다.

"안녕, 내는 부산 해운대 중학교 3학년 임서원이라고 한다. 만나서 반갑다!"

서원이는 똑단발에, 웃을 때 보조개가 패는 모습이 정말 사랑스러웠다.

"야, 니도 소개해야지."

"아……. 내 이름은 한민준이고, 임서원 얘랑 같은 학교 같은 반이다."

민준이는 키가 크고, 좀 무뚝뚝해 보였다.

"오~ 부산… 해운대! 반가워! 내 이름은 강하나고, 서울 명문중학교에 다니고 있어. 아직까지 모르는 게 너무 많아서 너희가 좀 도와주면 좋겠어!"

"그럼 다들 소파에 앉아서 얘기 좀 나누고 있어봐. 좀 더 친해질 시간도 가질 겸. 따뜻한 꽃차 내올게."

"시안 언니! 내는 오늘 기분이 엄청 맑아지는 데이지 넣어서 차 우려주세요~"

"아이고~ 우리 서원이 아주 야무지다니까~ 민준이는 항상 먹던 대로 마음 진정에 좋은 페퍼민트 차로 내어줄까?"

"네."

"근데 꽃차 마시면 무슨 효과가 있어?"

"아……. 시안이 언니는 우리가 여기 올 때마다 항상 마법 효능이 담긴 꽃을 우려서 차를 만들어주는데, 마음 진정 효과, 긴장 완화, 피로 회복, 각성, 기분 전환 등등 정말 다양한 효과들을 낼 수 있다. 이제 그걸 지금 자기한테 맞게 골라서 먹는 거지."

"우와~ 그럼 악몽에도 효과가 좀 있겠다!"

"그렇지~ 나도 여기 온 지 한 일주일 정도 됐는데, 효과 나름 좋더라! 근데 나 서울 친구 처음 사귀어 본다! 맨날 지겹도록 얼굴 봐서 재미도 없는 얘랑만 다니다가 너 오니까 진짜로 너무 좋다!"

"근데 너는 어떤 악몽을 꾸길래 여기까지 왔어?"

"음……. 나는 친구 관계에 스트레스를 너무 많이 받아서 거기에 시달리는 악몽을 계속 꿨다. 근데, 여기 한 1주일 동안 거의 매일 여기 오면서 시안이 언니가 우려주는 꽃차도 마시고, 푹 쉬다 가니까 좀 많이 완화됐다."

"오, 민준이 너는?"

"비밀이다."

"몰라, 비밀이래. 얘는 학교에서도 지겹게 보는 데 꿈에서까지 보니까 너무 징그럽다. 근데 니 되게 이쁘게 생겼다! 진짜 그 예쁘장한 인형같이 생겼다! 눈도 이따만하고, 코도 오똑하고, 피부도 엄청 하 야네. 내 얼굴은 까무잡잡하고 정말 못생겼다."

"아니야! 너 피부 까무잡잡해서 오히려 더 귀엽고 매력적이야! 그 리고 웃을 때 보조개 패는 것도 너무 사랑스러워!"

"지랄한다~ 얘가 어딜 봐서 사랑스럽고 매력적이라는 거냐? 그냥 정말 못난이구먼 못난이!"

"야, 한민준! 지는 뭐 잘생긴 줄 아나! 네 얼굴도 좀 생각해라! 나니 까 너랑 이렇게 같이 놀아주는 기다!"

"근데 너희들 사귀어? 되게 투닥투닥 잘 어울린다~"

"뭐라카노! 우리는 진짜 어릴 때부터 같은 동네에서 나고 자란 소.꿉.친.구.다. 그 소꿉친구 정으로 같이 댕겨주는 기다~"

"이렇게 잘생긴 내가 너 같은 못난이랑 같이 다녀주는 데 고마워 해라!"

"워워~ 둘 다 사랑싸움 그만하고, 얼른 꽃차나 한 잔씩 마셔. 하나 는 뭘 좋아할지 몰라서 일단 마음 진정 효과가 있는 작약꽃 차 우려 왔어~ 이제 거의 한 시간 다 되어가니까, 다들 참고하시고!"

"근데 너희들은 그 소원권인가 뭔가 썼어?"

"나랑 얘는 벌써 두 개나 썼다."

"뭐? 일주일 만에?"

"계속 둘러보다 보니까 쓰고 싶은 게 너무 많은 거야. 둘러보면 알

다시피 여기는 구매 욕구 자극하는 물건들이 진짜 많거든. 그렇게 몇 번 쓰니까 벌써 한 번 남았더라고."

"그래? 그래도 한 달 동안은 여기 계속 올 수 있으니까."

"맞다! 우리 여기서 계속 이렇게 만나면서 친하게 지내자~"

"너 임서원 얘랑 친하게 지내지 마~ 얘 성격 완전 드럽다."

"너 뭐라 했냐?"

"아니, 나는 사실을 말한 거지! 팩트잖아 팩트!"

"너에 비하면야 나는 완전 천사지 천사!"

"뭐래! 네 솔직히 거짓말은 하지 마라."

"거짓말 아니거든!"

별숲 잡화점에서 참 재미있는 친구들을 만났다. 이상하면서도, 웃기고, 같이 있으면 왜인지 모르게 편안한 친구. 이상하지만 안락하고 편안한 별숲 잡화점과 참 잘 어울리는 친구들이다.

두 번째 방문 일지

오늘은 밤에 잠들기 전에 용액을 마셨다.

"안녕."

오늘은 시율이 싱긋 웃으며 나를 반겨주었다.

"안녕하세요!"

"어제 처음 왔다면서. 어땠어?"

"음······. 악몽을 아예 안 꾸진 않았지만, 어제 마신 차 덕분에 마음 진정이 좀 돼서 그런지 그 고통이 좀 덜해진 것 같아요.”

“그래? 다행이네.”

“근데 혹시 민준이랑 서원이는 언제쯤 오나요?”

“걔네는 거의 매일 여기 오는데, 아마 좀 있으면 올 거야.”

“아…근데 그 친구들 말고 여길 방문하는 손님은 또 없나요?”

“음…이 시간대에는 너희밖에 없는 것 같고, 새벽에 직장인 몇 분이 주기적으로 방문하셔. 우리는 많은 사람들에게 기회를 주는데, 그약을 마시고 이곳까지 찾아오시는 손님은 매우 드물거든. 요새는 워낙에 의심과 경계가 가득하잖아. 정말 간절한 손님들만 이곳을 방문하지.”

“아…그렇구나.”

“그보다 오늘은 저기 나무 선반 위에 진열되어 있는 마법 제품들을 좀 소개해 줄게. 꽃차보다 더 강력한 효과를 볼 수 있는 것들도 많이 있어서, 너의 악몽 치료에 많은 도움이 되어줄 거야. 뭐, 전해도 말했다시피 너를 괴롭히고 있는 고민을 해결하기에도 아주 좋아. 여기 진열된 상품들은 모두 우리가 직접 제작한 것들이야. 고대에서부터 쭉 내려오던 인증된 마법 레시피로 만들었기 때문에 효능은 전혀 걱정 안 해도 돼.”

“근데 왜 저한테 이렇게 귀한 물건들을 3번씩이나 무료로 준다는 거죠? 그러면 수지 타산이 안 맞지 않아요? 그렇게 퍼주기만 하면 뭐가 남아요.”

“그렇지 않아. 손님들이 이 물건들을 사용함으로써 손님들이 느끼게 되는 여러 가지 감정들이 있어. 예를 들어 '진솔한 대화 유도제가 들어 있는 물' 서로 몰랐던 감정을 알게 되고, 오해를 풀게 되면서 많은 감정을 느끼겠지. 미안함, 슬픔, 기쁨, 뿌듯함, 진한 사랑 등 정말로 여러 가지 감정을 느낄 수 있을 거야. 물론 또 이 제품을 어떤 사람이 사용하느냐에 따라 얻게 되는 감정은 정말로 천차만별이지. 우리는 이 마법 제품에 녹아 있는 그 사람들의 감정을 다시 마법 제품을 만드는 재료로 활용해. 여러 가지 감정이 들어 있을수록 더욱 좋은 거고. 그래서 우리는 물질적인 돈 대신, 이 물건을 사용한 사람들의 경험을 값으로 받아내는 거지. 그러니까 우리 손해 걱정은 전혀 안 해도 돼."

"오, 듣고 보니 일리가 있네요!"

"지금 너한테는 이 약이 가장 필요할 것 같네. '용감한 전사', 이건 바로 두려움을 없애주는 약이야. 자기 전에 이 약을 먹으면, 네가 악몽을 꾸더라도 네 안에 있던 두려움이 모두 사라졌기 때문에 너를 힘들게 하는 것들에 당당하게 맞서서 싸워낼 수 있어. 그러니까 적어도 널 괴롭히는 괴로운 감정에 시달리게 될 일은 더 이상 없다는 얘기지. 어떠니? 소원권 하나를 여기에다 쓸래?"

"네! 그럴게요."

"행운을 빌어."

그리고 그날 밤 나는 나를 지독히 괴롭히던 악몽으로부터 드디어 벗어날 수 있게 되었다.

제4장

시간 여행: 옴들의 방해

그렇게 거의 일주일 내내, 하루도 빠짐없이 그곳을 들락거리며 시안 언니가 만들어준 꽃차를 마시고, 민준이와 서원이와 함께 소소한 이야기들을 나누며, 나의 고민과 복잡한 마음의 짐을 조금 덜어낼 수 있었다. 이곳을 찾아오기 전에는 인스타가 나의 유일한 소통 창구이자, 내가 유일하게 마음의 활력을 찾을 수 있는 곳이었다면, 지금은 별숲 잡화점이 나에게 그러한 존재가 되어주었다. 좋은 친구들과, 좋은 사람들과 서로 마음을 나누고 아무에게도 털어놓지 못한 나의 마음을 위로받으며 쉬어갈 수 있는 쉼터와 같은 곳.

'이렇게 하나는 악몽을 극복하고, 다시 삶의 활력을 찾아 오래오래 행복하게 살았답니다.'

이러한 결말이었으면 참 좋았으련만, 비극은 언제나 발 뻗고 잘 때쯤 찾아온다더니. 고등학교 진학이 달려있는 중요한 기말시험을 완전히 망쳐버리고 말았다. 탓할 수 있는 사람이 오직 나뿐이라는 사실도 나를 너무 절망스럽게 만들었다. 어쨌거나 시험을 망친 건 나였다. 답안지를 밀려 쓴 것도, 마킹을 제대로 하지 않은 것도, 모두 내가 한 것이었다. 하지만 누구보다 속상한 건 나인데, 이러한 내 감정과 고충은 철저히 외면하고 나를 깎아내리는 말들을 하는 부모님을 오늘따라 더 견디기가 힘들었다.

"너 진짜 바보니? 어떻게 그런 멍청한 실수를 해? 그것도 무려 3

년 동안 해왔던 일을? 왜 마지막에 그렇게 다 망쳐버리느냐고?"

"내가 너한테 쏟아부은 게 얼만데? 그걸 어떻게 그렇게 다 날려!"

"너 진짜…아휴……."

"이게 지금 성적이라고 받아온 거야?"

"너 이 성적이 네 발목 잡아서 국제고 진학은 물 건너갔다. 아휴, 아까워서 어쩜 좋아."

"엄마, 아빠! 지금 누구보다 속상한 건 나예요! 제 기분이랑 의사는 아예 생각조차 안 하시죠? 항상 엄마 아빠 마음대로 해왔으니까. 엄마 아빠는 도대체 날 왜 입양했어요? 나는 그냥 엄마 아빠가 하라는 것만 착실하게 하며 살아가는 로봇이에요? 명령어를 입력하고 그 명령어에 따라 움직이도록 하는 로봇 말이에요! 전 그런 로봇이 아니에요. 저도 사람이라고요! 저도 감정이 있고, 위로받고 싶고, 사랑받고 싶은 사람이라고요!"

나도 내가 그 순간에 왜 그랬는지 잘 모르겠다. 계속 쌓이고 쌓여왔던 서럽고 억울한 감정들이 오늘에서야 모두 터진 느낌이었다. 그렇게 부모님께 처음으로 큰 소리를 냈다. 이미 터져버린 감정은 도저히 주체가 안 됐고, 나는 방으로 들어가 문을 잠그고 한참을 펑펑 울었다.

부모님이 밖에서 고함을 치고 내 방문을 세게 두드리는 소리가 들려왔지만, 나는 애써 외면하며, 책상 서랍을 열어 고이 숨겨놨던 용액을 쭉 들이켰다. 그러고는 침대에 누워 머리끝까지 이불을 뒤집어 쓴 채 순식간에 잠에 빠져들었다. 자는 것만큼이나 현실 세계에서 탈출하는 좋은 방법은 없기 때문이다.

그리고 이 감정의 폭발은 곧 나에게 어마 무시한 충동을 불러일으켰다. 엄마 아빠에게 소리치고 방으로 온 그 순간, 나는 결심했다. 나의 친부모를 만나러 가기로. 철저하게 계산적이며, 마치 사랑받고 싶은 내 마음을 잔인하게 이용하는 부모님. 이제는 벗어나고 싶다. 왠지 부모님은 내가 이대로 영영 깨어나지 않아도 눈 하나 깜빡하지 않고 다른 대체 아이를 다시 데려와 내가 못다 한 일들을 시킬 것 같다는 못된 생각까지 하게 됐다. 하지만 나의 친부모님은 지금쯤 몹시 후회하며 나를 애타게 찾고 있을지도 모른다. 이러한 일말의 희망은 점점 커지고 커져서 결국 내 머릿속을 모두 지배하게 되었다. 더 이상 나에게 이성은 남아 있지 않았다. 그저 내 안에서 터져버린 온갖 감정들의 응어리만이 내 머릿속에서 폭풍처럼 휘몰아치고 있을 뿐이었다. 꼬리에 꼬리를 물고 이어지는 나의 상상들이 모두 절대적 사실로 변해갔다. 서원이가 온통 눈물범벅 한 채로 들어선 나의 모습을 걱정스레 바라보며 다가왔다.

"하나야! 네 괜찮나? 내 얼굴 좀 봐라!"

시안과 시율 또한 걱정스러운 얼굴로 나를 바라보았다. 그 걱정 섞인 시선과 말들을 애써 외면하며 물었다.

"저 지금 소원권 하나 쓸게요. 시간여행을 할 수 있는 건 없나요?"

"자신이 돌아가고 싶은 시간으로 갈 수 있는 시간여행 약이 있기는 해. 하지만 위험 부담이 너무 커서……"

"상관없어요."

"네가 간절히 만나고 싶은 사람을 떠올리며 이 약을 들이켜면 돼."

시율이 바다처럼 진한 푸른색을 띠는 용액을 걱정스럽게 건네주며 말했다.

"제가 해야 할 또 다른 건 없고요?"

"없어. 나머지는 모두 시간과 운명에 맡겨야 해. 시간이 네가 가야 할 곳으로 잘 데려가 줄 거야."

"근데, 하나야. 무슨 일인데 그래? 시간여행은 너무 위험해. 시간여행은 어떻게 보면 시간을 거슬러 가는 거라서, 잘못하면 그 뒤틀림 속에 영원히 갇힐 수도……."

* * *

시안의 걱정 가득한 말을 뒤로 한 채로, 나는 순식간에 그 푸르뎅뎅한 색의 용액을 모두 들이켰다. 완전한 액체는 아니고, 마치 끈적한 콧물을 먹는 것처럼 아주 역겨운 맛이었다. 그 마법 약을 삼키는 순간, 온몸이 부서질 듯 아파지더니, 곧 붕 뜨는 기분이 들었다. 그렇게 붕 뜬 몸은 곧 거칠게 몰아치는 회오리에 순식간에 빨려 들어갔다. 바로 시간의 소용돌이 속으로 들어간 것이다. 그렇게 계속 빨려 들어가고, 휩쓸려 나가기를 반복하다 어느 순간 딱딱한 바닥 위로 툭 떨어졌다. 주위에는 아주 짙은 어둠이 깔려 있었고, 나는 어느 반지하에 있었다. 쌀쌀한 새벽 공기가 이곳저곳에서 새어 들어와 몸이 부르르 떨렸다. 어둠 속에서는 연인인 듯한 남자와 여자의 목소리가 소곤소곤 들려왔다. 시간여행은 내가 가장 만나고 싶은 사람이 있는 곳으로 데려다준다고 했으니, 아마 이 두 사람은 나의 친부모님인 듯했다.

"야, 나두 줄 떴어. 어떡해?"

"그럼 임신이라는 거야?"

"응."

"진짜 확실해? 그게 불량일 수도 있잖아."

"네가 사준 걸로 6개나 해봤다고! 진짜 어떡하느냐고"

"하……. 지워."

"병원 가봤는데, 지금 아기가 너무 많이 자라서 못 지운대."

"그럼 뭐 어쩌라고? 지금 이 상황에서 걔를 낳아서 키우자고?"

"누가 낳아서 키운대? 어디 버려야지."

"아!! 그러게 너는 왜 피임을 제대로 안 해가지고."

"그러는 너는? 어쨌든 우리 둘 다 실수한 거잖아!"

"그건 너도 마찬가지잖아!"

두 사람의 목소리는 어느새 고조되어 있었다.

"어쨌거나 애는 낳자마자 버려. 난 키울 생각 추호도 없으니까."

"고아원에 버려야 하나?"

"그거 서류 같은 거 작성해야 해서 기록 남는 거 아니야?"

"그럼 뭐 쇼핑백 같은 데 넣어다가 화장실 같은 데다 놔두고 와?"

"미쳤냐? 그거 살인이야! 뉴스로 우리 범죄자 할 거야?"

"그럼 뭐 어쩌라고!"

"베이비박스인가 뭔가 하는 데 조용히 놔두고 와. 어차피 거기 두면 알아서 다 입양 보내준다니까. 아기 간절히 원하는 사람은 아주 차고 넘친다잖아."

"아니 그렇게 입양해 준다는 건 우리야 땡큐지. 짐 하나 더는 거니까. 근데 솔직히 진짜 이해가 안 된다니까. 왜 굳이 그렇게 사서 고생을 하려는 거야? 솔직히 아기한테 돈이 얼마나 나가냐? 기저귀 사야해, 밥 줘야 해, 완전 돈 먹는 하마가 따로 없다니까."

"어쨌든 내 말대로 해."

"어휴, 알았다고 알았어."

두 사람의 대화를 계속 듣다 보니, 도저히 참을 수 없는 분노와 슬픔이 터져 나왔다. 잠시나마 나를 만들어 이 세상에 낳아준 친부모야말로 나에게 대가 없는 진정한 사랑을 줄 수 있는 유일한 인물이라고 믿고 있었던 내가 너무나 한심스러웠다.

"야! 이 나쁜 놈들아! 끝까지 자기들 생각만 하면서, 아이를 지워야 한다느니 어떻게 버려야 흔적이 안 남는다느니 그딴 거나 얘기하고, 나도 너희 같은 인간들 밑에서 태어나서, 너무 짜증 나고 싫어. 근데 그렇게 나를 짐짝 취급하면서 나를 없애고 싶어 하는 줄도 모르고, 나는 그렇게 입양까지 가서 너희도 친부모라고 잠시나마 기대했다고. 진짜 대가 없는 사랑을 받을 수 있다고 생각하면서 희망에 부풀어서……."

악에 받친 목소리로 그들에게 소리쳤지만, 그들은 내 말을 들을 수 없는 듯했다. 애초에 나는 그들에게서 없는 존재였으니까. 그 순간 너무나 절망스러웠다. 양부모는 나를 그저 자신들의 소유물로 이용한다고 생각해 그곳으로 도망쳐 여기까지 왔는데, 결국 나는 아무에게서도 그 누구에게서도 환영받지 못하고, 사랑받을 수 없겠구나. 아니 애초에 나 같은 아이는 존재하면 안 되는 거였구나. 정말로 나는 이제 어떡하지? 이제는 더 이상 갈 곳이 없어.

* * *

"근데, 하나 얘 너무 오랫동안 안 깨어나는 거 아니에요? 거의 한 시간이 지났는데……."

민준이 걱정 가득한 목소리로 시안과 시율에게 물었다.

하나는 약을 마신 후, 곧 쓰러졌다. 얼핏 보기에는 아주 곤히 잠든 모습이었다. 시율은 하나를 조심스럽게 들어 올려 소파에 눕힌 후, 겁에 질린 아이들을 안심시키려는 듯이 말했다.

"쓰러진 게 아니야. 원래 시간여행을 하면 자신의 영혼만 시간의 소용돌이 속으로 빠져 들어가게 돼. 겉으로 보기에는 눈을 감고 그저 잠을 자는 것처럼 보여도, 실제로는 시간 속을 여행하고 있는 셈이지."

"근데, 지금도 괜찮은 거 맞죠?"

"시안아 한번 와서 봐봐. 상태 괜찮아?"

"이렇게 봐서는 알 수가 없어. 근데 지금 좀 위험한 상황인 것 같아. 옴들이 하나에게 달라붙은 것 같거든."

"옴이?"

"옴이 뭔데요?"

"시간 여행자를 방해하는 악질 방해꾼들이야. 시간 여행자들이 다시 현실 세계로 돌아오지 못하도록 방해하는 물질들이야. 딱히 선명한 형체는 없고, 폴터가이스트(형태가 없는 영혼) 비슷한 거라고 생각하면 돼. 몸과 마음이 약해진 시간 여행자들의 무의식 속에 침투하여, 여행자들이 원하는 환각을 보여주지. 그리고 그 시간의 뒤틀림과 환각 속에서 영원히 빠져나오지 못하도록 해. 아주 무서운 놈들이야. 시간여행 마법 약이 옴의 공격에 취약하고, 그런 면에서 안전을 보장하지 못하는 부작용이 있는데, 하나가 지금 그 부작용을 겪고 있는 것 같아."

"그럼 하나는 어떡해요?"

"다시 현실 세계로 돌아오지 못한다고요?"

"스스로 환각 속에서 깨어나야 해. 하지만 지금 하나 상태로는 아마 불가능하지 싶은데……."

"그럼 어떡해요? 하나 이대로 내버려 두면 안 되잖아요!"

"우선 너희가 하나를 직접 깨워서, 시간여행에서 돌아오게 해야 해."

"네! 하나가 그렇게 위험하다는데 뜸 들이면 안 되죠! 얼른 가요!"

"저도 마찬가지예요. 제가 불의는 또 못 참는 성격이라!"

"좋아, 그럼 심호흡 한번 하고 자 모두 이 약을 모두 쭉 들이켜. 너희도 하나와 마찬가지로 시간여행을 할 수 있는 약이야. 우리는 그동안 억지로라도 하나가 시간여행에서 깨어나게 할 수 있는 약을 만들어볼게. 하지만 재료들을 모으고, 레시피를 찾고 제작하는 데까지는 시간이 꽤 걸릴 거야. 그러니까 너희들이 우리보다 먼저 하나가 갇혀있는 환각 속으로 들어가 옴들에게 잡혀 있는 하나를 찾아와 줘야 해."

"지금 하나가 잠에 든지 벌써 한 시간이 지났어. 원래는 다시 현실 세계로 돌아가야 하는 시간이지만, 지금 하나는 시간 여행 중이기 때문에 다시 이곳으로 돌아오지 않는 이상 현실에서도 깨어나지 않을 거야. 게다가 시간의 뒤틀림 속에 갇힌 여행자의 시간은 여기보다 훨씬 더 빠르게 흐르는 법이지. 그곳에서 하나는 벌써 몇 주를 보내고 있을 거야. 시간 여행자가 그곳에서 일 년을 보내면 더 이상 하나는 아무 자극도 받아들이지 못하게 돼. 그 말은 즉, 하나가 그곳에서 빠져나올 방법이 아예 없어진다는 얘기지. 그전에 약이 만들어지면 좋겠지만, 그렇지 못할 경우에는 너희가 먼저 하나를 데리고 나와야 해."

"시간여행은 너희도 위험해질 수 있어. 그러니까, 내가 챙겨주는 이 약들을 꼭 기억하고 잘 써먹도록 해. 이 약의 이름들이랑 효과, 방법을 적어서 붙여줄게."

시안이 다급하게 포스트잇에 그 내용을 쭉 써서 약병에 꼼꼼하게 붙였다.

"하나가 마셨던 것과 똑같은 시간여행 약이야. 하나를 생각하면서 여기 있는 이 용액을 한 번에 쭉 들이키면 돼. 그리고 너희의 가장 큰 임무는 모두 무사히 돌아와야 한다는 거야, 꼭!"

시율이 약병을 건네주며 몇 번이고 당부했다.

"알았어요! 별일 없이 모두 무사 복귀하겠습니다!"

"오우야. 막상 시간여행 간다고 하니까 좀 무섭네."

"풋! 쫄았냐?"

"나 상남자거든!"

"나도 상여자니까. 그럼 우리 3초 세고 동시에 마시자!"

"그래!"

"하나, 둘, 셋!"

그렇게 시간여행 마법 약을 마신 민준과 서원은, 곧 하나처럼 스르르 바닥으로 쓰러졌다.

"근데, 오빠. 얘네들 잘할 수 있을까? 이런 막대한 임무를 수행해내기에는 너무 어린아이들이잖아."

시안이 아이들을 소파로 옮기며 말했다.

"얘네들은 분명히 맡은 바 임무를 아주 잘 수행해낼 거야. 아주 용감한 아이들이니까."

시율은 그 아이들을 아주 굳게 믿는 듯 확신에 찬 눈빛이었다.

마지막 장

 # 강하나 구출 대작전: 진솔한 대화

"야! 임서원! 빨리 일어나 봐!

"으음······."

"아우 어지러워! 계속 이리저리 휩쓸렸더니 온몸이 쑤시다 야."

"어우! 그렇게 계속 토네이도 같은 데서 한 10분 정도 그러고 있었던 것 같은데?"

민준이 손목시계를 보며 말했다.

"아…진짜? 근데 그 약 너무 울렁거려. 아까 계속 뱅글뱅글 돌기까지 해서 진짜 토할 것 같다."

"어우! 여긴 왜 이렇게 깜깜해. 도대체 강하나 얘는 어디에 있다는 거야? 그리고 시간의 뒤틀림 속에 있다는 건 도대체 무슨 말이지?"

"우선 우리는 하나의 환각 속으로 들어가야 해. 너 시안 언니가 챙겨준 환각제 있지? 그것 좀 줘봐."

"이건가? In oblivion? 뭔 영어로······."

"아휴! 바보야! 망각 속으로라는 뜻이잖아. 밑에도 다 적혀있구먼. 진짜 한심하다."

"뭐래~ 자기도 멍충이면서."

"아! 시끄러!"

"근데 환각이랑 망각이랑 같은 거야?"

"망각은 외부 세계의 자극을 잘못 지각하거나 없는 자극을 있는 것처럼 생각하는 상태, 즉 기억과 환각으로 나뉘어."

"기억이랑 환각은 좀 다른 거잖아?"

"그렇지 않아. 지금 상황에서는 비슷해. 하나가 꾸고 있는 환각도 일종의 꿈으로, 사람의 무의식 속에서 기억이 조각조각 흩어져서 새롭게 배열된 거야. 결국, 하나도 자신의 무의식 속에서 얽히고설킨 자신의 기억 속을 계속 들여다보고 있다는 거지."

"그럼 지금 이대로 바로 마시면 되는 거지?"

"시간 여행 약 마셨을 때처럼 그 사람의 모습을 떠올리면 돼. 하나의 평소 모습이나, 말투, 행동 같은 걸 떠올려 봐."

"근데 이건 좀 맛 괜찮을 듯. 살짝 레모네이드 맛날 것 같아."

"쓸데없는 말 그만하고, 얼른 마셔."

"하나, 두울, 셋!"

★ ★ ★

그렇게 무책임하게 나를 만들고, 끝내 버리려고 하던 나의 친부모에 대한 좌절과 절망에 빠져 그대로 풀썩 주저앉아버렸다. 마지막 희망마저 사라져버리자, 삶의 끈을 놓아버린 듯이 온몸에 힘이 쭉 빠지고, 천천히 눈이 감겼다. 그리고 나는 아주 긴 꿈을 꾸게 되었다. 따뜻하고 편안한 집에서, 지금의 부모님과는 전혀 다른 아주 다정한 부모님과 함께 살아가는 꿈. 맛있는 것을 먹고, 함께 산책을 하고, 소소한 일상 이야기도 하면서 하루하루 즐겁게 살아가는 꿈. 더 이상 삭막한 집안 공기도 느껴지지 않았고, 빡빡한 스케줄과 철저하게 계산적인 부모님의 모습에 더 이상 상처받고 외로워하지 않아도 됐다. 그러다 문득 결국 이곳은 내 허상이 만들어낸 환각에 불과하더라도, 나는 이 대로 영영 깨어나지 않았으면, 이곳에 영원히 갇혀서 지냈으면 좋겠다는 생각이 들었다.

"하나야~ 밥 먹자."

"엄마! 어디서 맛있는 냄새가 솔솔 올라오는데~ 우와, 소시지랑 계란말이네!"

"우리 하나 요새 공부한다고 힘들어하던데, 특별히 하나가 좋아하는 맛있는 반찬 좀 해주라고 했지~"

"우와! 아빠 진짜 짱이야! 고마워~"

"그나저나 이번 시험은 어땠어? 많이 어려웠니?"

"응! 완전~ 나 이번에 그래도 나름 열심히 했던 것 같은데, 생각보다 잘 안 나왔어."

"아이고, 저런. 속상하겠다. 우리 딸 진짜 열심히 노력해 온 거, 엄마 아빠가 다 잘 알지. 이번에 안 나와서 좀 속상하겠지만, 조금만 더 힘내서 다음 시험 잘 쳐보자! 알겠지?"

"응!"

"그래도 중간고사 끝났으니까, 잠시 머리도 식힐 겸 엄마 아빠랑 마실 나갔다 올래?"

"좋아!"

"음…….어디가 좋을까? 우리 공주님은 어디 가고 싶어?"

"그럼 바다 보러 가자! 시원한 바닷바람 쐬면서 산책도 하고, 맛있는 음식도 잔뜩……."

"왜 그래, 하나야?"

그냥 그곳에 영영 있고 싶었는데, 그랬는데 너희들이 기어이 여기까지 날 데리러 왔구나.

"야! 강하나!"

"너희들이 어떻게 여기까지……."

"우리가 못 찾을 줄 알았냐? 이 바보야!"

"하나야, 우리 다시 돌아가자. 집으로."

"싫어. 난 더 이상 그 지긋지긋했던 삶으로 다시 돌아가고 싶지 않아. 무책임한 나의 친부모들은 나를 어쩌다 실수로 만들어서 태어나게 만들어버렸고, 그저 나를 짐짝 취급하며 버렸어. 그렇게 버려진 나를 입양한 부모 밑에서, 마찬가지로 나는 자식이 아닌 소유물 취급당하며 계속 외면받았고 상처받았어."

"지금 너희 부모님은 너를 엄청 걱정하며, 네가 깨어나길 바라고 계실 거야."

"아니, 내가 그 삭막한 공기가 흐르는 집에서 16년이나 버틸 동안 나는 깨달았어. 나는 결국 아무에게서도 진정한 사랑을 받지 못한 채로 끝임없이 버려져 왔던 거야. 아니 애초에 나는 태어나지 말았어야 할 존재였나 봐."

"하나야. 절대로 그렇지 않아."

"어쨌거나, 나는 그런 삶을 억지로 계속 지속하고 싶지 않아."

"야! 강하나! 정신 차려라! 여기는 그냥 허상이다!"

"나는 내가 만들어낸 허상일 뿐이라도 여기서 계속 살고 싶어. 내가 정말로 사랑받는다는 기분을 느낄 수 있거든."

"지금 현실에서 너를 애타게 찾고 있는 사람들은 생각 안 하나?"

"나를 누가 애타게 찾아? 친구들이?"

"아니, 너희 부모님이."

"우리 부모님은 절대 그럴 분들이 아니야."

"이걸 봐."

서원이 '진실의 수정구슬'을 살짝 문지르며 말했다. 그 수정구슬은 시안이 하나를 이곳으로 데려오기 위해 설득할 때 사용하라고 챙겨준 것이었다. 현실 세계에서 하나가 어떤 모습인지, 부모님이 얼마나 하나를 사랑하시는지 조금은 알게 될 거라고 하셨다.

"부모님이 네 방문을 따고 들어갔는데, 네가 계속 안 깨어나. 그래서 지금 너는 병원으로 이송 중이야. 현실 세계에서. 너희 부모님 지금 엄청 울고 계셔. 보이지?"

"하나야! 눈 좀 떠봐! 하나야!"

"하……. 여보 우리 하나 만에 하나 진짜 잘못된 거면 어떡해? 하나 어떻게 되면 나 진짜……."

'엄마 아빠가 날 왜 그렇게 걱정하는 거야? 나는 그저 엄마 아빠가 시키는 거 잘하는 친자식을 대신할 대체 아이일 뿐이잖아. 성적 외에는 내가 어떻게 되든 아무 상관 없는 거 아니었어? 도대체 왜 저렇게 우는 거야? 자기들이 열심히 투자한 내가 제 기능도 못하고 죽어버릴까 봐?'

아주 냉랭하고 계산적이기만 했던 내 머릿속에서의 부모님의 모습이 깨졌다. 막상 나를 보며 펑펑 눈물을 쏟는 부모님의 모습을 확인하니 머릿속이 복잡해졌다. 그럼 그동안 내가 오해했던 걸까. 부모님은 나를 알게 모르게 사랑하고 있었던 걸까. 그걸 나만 몰랐던 걸까. 모든 것이 너무 복잡했다.

"너 생각 많은 거 아는데, 일단 돌아가자. 돌아가서 부모님이랑 진솔하게 대화를 나누어 봐. 그래도 도저히 안 되겠으면, 그때 다시 생각해도 늦지 않아. 여기서 더 지체되면 우리 모두 위험해져. 빨리 가자!"

민준이 하나와 서원에게 각각 푸른 액체가 담긴 조그만 병을 각각 하나씩 나누어 주며 말했다.

"그거 빨리 마셔. 일단 돌아가자. 돌아가서 천천히 얘기해보자."

* * *

"음……."

"오! 일어났다!"

긴 시간여행을 마치고 돌아온 나의 눈에 가장 먼저 보인 얼굴은 시안이었다.

"모두 네 걱정 많이 했어. 시간여행에서 돌아왔는데도, 계속 눈을 안 뜨길래 다른 해독제라도 또 먹여야 하는 줄 알았잖아."

"민준이랑 서원이는요?"

"저기 시율 오빠랑 같이 새로 구해온 마법 재료 구경하고 있어. 아까 너 때문에, 우리가 널 깨울 해독제를 열심히 만들고 있었거든."

"죄송해요. 괜히 저 때문에 다들……."

"정말 미안해, 민준아. 서원아."

"아니야. 네 덕분에 시간여행도 하고 나름 특별한 경험 했다!"

"뭐 나름 재미있었음! 신기한 물건들이랑 약도 많이 써보고! 너 구하는 데 쓴 그 약이랑 물건들은 사실 비상용으로 쓴 거라 소원권에 포함 안 되거든! 완전 개꿀이지!"

"어쨌든 다들 너무 고마워."

"이제 깨어났으니까, 얼른 돌아가라! 아까 수정 구슬로 봤다시피 너희 부모님 진짜 걱정 많이 하고 계신다. **진솔한 대화 유도제** 네 손에 뿌려 줄 테니까, 깨어나면 너희 부모님이랑 손 잡으면서 제발 제대로 대화하고 오해 풀어."

"네, 감사합니다."

다시 눈을 떠서, 현실 세계로 돌아왔다. 아주 멀리 긴 여행을 떠났다 돌아온 기분이 들었다.

나는 응급실 병원 침대에 누워 있었다. 내 옆에서는 심전도계 비프음이 들려왔다. 내 오른쪽 팔에는 수액 링거 바늘까지 꽂혀 있었다. 눈을 뜬 나의 모습을 본 엄마와 아빠는 또 눈물을 펑펑 쏟아내며 내 손을 꼭 붙들어 잡았다.

"하나야! 괜찮아? 엄마 아빠가 미안해. 너무 미안해."

"엄마 아빠, 지금 우는 거 되게 가식적인 거 알아?"

이렇게까지 못되게 말할 생각은 없었는데, 하지만 내 입에서는 자꾸 이렇게 못된 말만 툭툭 튀어나온다.

"뭐라고?"

"그게 무슨 소리야, 하나야."

"엄마 아빠, 솔직히 나 왜 입양했어? 로봇처럼 엄마 아빠의 계획에 맞추어 행동하고, 엄마 아빠가 원하는 것들은 뭐든지 이루어내는 그런 애가 필요했어?"

"그럴 리가! 우리는 정말로 우리가 사랑으로 품어줄 아이를 원했어. 그런데 계속 번번이 실패하니까, 결국 가슴으로 다른 아이를 품어보기로 했지. 너를 입양한 이유에 사업적 이득이니, 이해관계니 그런 건 정말로 하나도 안 들어갔어. 그냥, 너였어서. 너였기 때문에 입양한 거야. 또랑또랑하고 맑은 네 눈을 보는 순간, 엄마 아빠는 너를 우리 딸로 삼아서 영원히, 힘닿는 데까지 꼭 지켜주기로 마음먹었지."

"거짓말, 엄마 아빠는 그런 결심을 하면서 날 입양해 놓고, 왜 그렇게 혹독한 일과표 아래에서 그 조그만 애가 미친 듯이 갈려 나가는 거 알았으면서 매정하게 외면하고 키웠잖아! 내가 세 살 때부터 지금까지 쭉!"

　"막상 너를 아끼는 마음은 넘쳐흘렀지만, 그게 너무 과했어. 엄마, 아빠도 모든 것이 너무 처음이라 어떻게 해야 너를 잘 키우는 것인지 몰랐어. 그저 네가 갖고 싶다는 것을 사주고, 뭐든 최고로 배우게 해주는 것. 너를 정말로 멋진 아이로 잘 키우고 싶었거든. 우리 아이가 어디서 꿀리지 않고, 어깨 펴고 당당하게 다닐 수 있도록, 그렇게 만들어주고 싶었어. 근데, 너를 아끼고 사랑하는 그런 마음이 엄마 아빠의 욕심이 돼서 점점 엇나갔던 것 같아. 네가 정말 힘들어하는 거 알고 있었는데, 우리 하나가 많이 참아주는 것도 모르고 그저 계속 잘 버텨내니까 이 시기만 지나가면 좀 나아지지 않을까. 그렇게 안일하게만 생각했던 것 같아. 근데 네가 쓰러지고 계속 눈을 뜨지 못할 거라는 생각이 덮치니까 너무 후회가 되더라고. 최고의 교육, 최고의 아이 그런 것보다 그냥 한번 따뜻하게 안아줄걸. 정말 사랑한다고, 정말 정말 너를 사랑하고 있다고 내 마음을 좀 더 솔직하게 얘기해 볼걸. 혹독한 일과표 때문에, 잘 못 나온 시험 성적 때문에 울고 있는 너를 꼭 안아주면서 따뜻하게 위로해 줄걸. 너를 잘 키우고 싶었던 엄마 아빠의 과한 욕심이 너를 너무 아프게 해서 정말로 미안해. 그런데 하나야, 이것만은 꼭 알아둬. 우리는 한 번도 너를 우리의 딸이 아니라고 생각한 적이 없었고, 한순간도 빠짐없이 너를 아주 사랑하고 많이 아껴왔다고. 너는 사랑받지 못하는 아이가 절대로 아니야, 하나야. 너는 대가 없는 사랑을 마음껏 받기에 아주 차고 넘치는 정말 소중한 아이야. 태어나줘서, 지금 엄마 아빠 곁에 우리 딸로 있어 줘서 정말로 고마워, 하나야."

"엄마, 아빠, 진짜 나쁜 거 알아? 이렇게 딸을 막 울리는 게 어딨어. 이러면 아까 그렇게 막 못되게 쏘아붙인 내가 뭐가 되냐고……."

어느샌가 나도 모르게 눈가에 눈물이 가득 맺혀 주르륵 흐르고 있었다. 후회와 기쁨의 눈물이었다. 부모님은 아무 말 없이 그런 나를 꼭 껴안아 주었다.

에필로그

그날 이후, 엄마 아빠는 나에게 아주 긴 편지를 적어 보내주었다. 거기에 꾹꾹 눌러 담긴 말들 속에서는, 부모님이 나를 얼마나 사랑하고 아끼는지 오롯이 느껴졌다. 나는 그 이후로 가끔 외롭거나, 내가 쓸모없는 존재 같다고 생각될 때 그 편지를 꺼내어 읽어본다. 내가 지금 얼마나 사랑받는 존재인지, 또 얼마나 소중한 존재인지 다시금 깨달을 수 있기 때문이다.

To. 우리 딸 하나
하나야! 그동안 혼자서 마음 앓이하고 힘들게 속태우던 너를 생각하니까 미안하면서도 마음 한구석이 아리다. 앞으로는 속상하거나, 억울하거나, 힘든 일 있을 때 계속 꾹꾹 눌러서 참지만 말고 어제처럼 엄마, 아빠한테 솔직하게 털어줬으면 좋겠다. 넌 단 하나뿐인 우리의 소중한 딸이야. 그러니까 엄마, 아빠는 네가 어떤 모습이든 항상 너를 그대로 사랑한단다. 엄마, 아빠는 항상 네 편이고, 네 영원한 팬이고, 언제나 너를 응원할 거야. 정말로 많이 사랑한다, 우리 딸!

From. 항상 너를 사랑하는 엄마, 아빠가

그리고 나에게는 아주 소중한 친구들도 생겼다.

— 야! 강하나! 너 요새 왜 별숲 안 와? 따끈따끈한 신제품이 나왔는데!
— 그날 이후로 엄마 아빠가 그거 이상한 마취성분 들어 있는 수면제라면서, 다 갖다 버렸잖아ㅠㅠ 난 이제 가고 싶어도 못 감.
— 어쩔 수 없네 뭐……. 근데 우리도 거의 기간 끝나가서……. 딱 한 달은 솔직히 좀 너무 야박한 거 아니야?
— 그러니까 ㅋㅋ
— 너 방학 되면 부산 한번 놀러 와! 한민준이 너한테 맛있는 거 쏘겠대!
— 너 안 오면 우리가 서울로 찾아간다! 연락 씹지 말고 꼭 와라!
— 그래 알았어:) 꼭 갈게!
— 아 그리고 돈은 내가 아니라 임서원이 낸다네!
— 뭐래; 네가 낸다며!
— 워워~ 싸우지들 마시고.

'용기와 인내가 가진 그 마법 같은 힘은 모든 어려움과 장애물을 사라지게 한다'라는 말이 있지 않은가. 나에게 별숲 잡화점이 딱 그랬다. 마법은 나를 더 용감하고 진솔한 사람으로 만들어주었으며, 내가 얼마나 많은 사람들에게서 큰 사랑을 받고 있는지 일깨워주었다. 나의 16세에 별숲 잡화점이 있었기에, 또한 그곳에서의 경험을 나눌 수 있는 소중한 친구들이 내 곁에 있어서 너무 좋다.

이안

◇

김도현

작가의 말

김도현 (2학년)

아직 작가보다 독자에 가까운 사람이라 작가 소개보다는, 이 책의 첫 번째 독자로 나 자신을 소개해 볼까 합니다. 저는 웹 소설이나 웹툰을 좋아하는 평범한 중학교 2학년 학생입니다. 또한 작가로서 첫걸음을 내디딘 독자라고도 할 수 있을 것 같네요.

이 소설은 작가로서 글을 써내려 갔다기보다는, 다음 내용을 상상하는 독자처럼 써내려 갔습니다. 이런 제가 쓴 글을 잘 읽어 주세요. 이 소설을 읽으며, '내가 이안이라면'하는 생각을 한번 해보는 것도 괜찮을 것 같네요. 그렇게 해서 쓰인 책이니까요.

더 쓰고 싶지만, 딱히 할 말이 없으니 이만 줄이겠습니다.

이안. 내가 지은 나의 이름이며, 현재의 '나'를 가장 잘 표현할 수 있는 단어, '이안(異眼)'. 다를 이와 눈 안. 정확히 나를 이르는 말이다. 타인과 다른 것을 보는 눈을 가진 이. 그것이 나이다.

　나에게는 나의 이름을 지어줄 이가 없었던 듯하다. 기억 속에 어린 시절의 기억도 없는데다가 부모에 관한 기억도 없는 것을 보니.

　어릴 때는 어떠하였는지 모르겠다. 어릴 때는 눈이 정상이었는지, 아님 그냥 태어날 때부터 이러하였는지. 앞이 보이지 않는 것은 아니다. 아니, 거의 모든 것이 모두 보인다. 사람들의 모습을 제외하고는. 사람도 보인다. 보이긴 하지만 모습이 보이지 않는다. 그 사람의 생각들이 사람의 형태로 모여 보인다.

　가끔 사람들을 보고 있기가 힘들 때가 있다. 겉으로는 착한 척 친절한 척 온갖 가식을 떨지만, 대부분은 늘 속으로는 다른 생각을 하고 있다. 가끔 겉과 속이 같은 사람이 있다. 진심으로 남을 위하는, 이타적인 사람. 하지만 그런 사람들보다 그렇지 않은 사람들이 훨씬 더 많은 듯하다. 차마 확신하고 싶지는 않다. 내가 본 사람들만이 그럴 뿐 다른 곳에는 나의 이모 같은, 그런 이타적인 사람들이 더 많다고 생각하고 싶다.

★ ★ ★

곳곳에서 지난 주말에 무엇을 하였는지 묻고 대답하고 있다. 이 단순한 대화에서조차 진심으로 대화하는 이들은 거의 없다. 대부분이 '재밌었겠다'라고 답하면서도 속으로는 저마다 다른 생각을 품고 있다. 깔보고 무시하고. 수업이 시작하고, 아이들이 조용해졌다. 소리는 사라졌지만, 나는 수업에 집중할 수가 없었다. 다들 말은 하지 않더라도 생각은 계속하고 있었기에. 이제 익숙해질 법도 하건만, 아직까지도 계속 신경이 쓰인다. 내 주위 사람들의 생각이 바뀌는 것이 계속 보이니 그 생각에 계속 눈이 간다. 무시하고 선생님을 보더라도 선생님 또한 생각은 계속 바뀌기에 수업에 집중하기가 힘들었다. 그래도 해야 한다. 나는 '완벽한' 학생이어야만 하니까.

언제부터였을까? 이렇게 생각하기 시작한 것이. 아마 그때부터였을 것이다.

그때 나는 이모와 함께 살고 있었다. 많이 친절한 이모였다. 아니, 정확히는 나의 이능을 알고 그 이후로 많이 친절해졌다. 그리고 그 이후로는 늘 내게 잘해주고 무엇을 잘못하여도 크게 혼을 낸 적이 없어졌다. 그것을 알고 난 이후로, 이모가 내게 바라는 것은 계속 한 가지였다. 눈에 띄지 않는 것, 나는 그때부터 변하여 갔다. 늘 타인의 생각만을 읽으며 그에 맞추어 나가기 시작했다. 모든 곳에서, 내 주위 모든 사람을 대상으로 생각을 읽으며, 그에 맞추어 나갔다. 그러던 중 이모가 죽었다. 그 이후로, 나는 계속 남에게 맞추어 갔다.

그렇게 나는 남에게 맞추어가기 시작하였다. '선생님들이 원하는 나' '친구들이 원하는 나' 처음에는 힘들었으나, 하다 보니까 편해졌다. 내겐 모두의 생각이 보이니 그 아이들이 내게 진심으로 원하는 것을 모두 맞추어 줄 수 있었다. 그렇게 맞추어진 이후로, 더 이상 '나'의 생각은 필요하지 않게 되었다. 늘 남들이 원하는 데로, 바라는 데로. 그렇게 사니까, 아무도 나를 싫어하지 않았다. 이런 생활이 지속되자, 더 이상 '나'를 찾지 않게 되었다. 다시 나를 찾게 된다면, 모두가 나를 다시 싫어하게 될까 봐.

그러던 중 《너》를 보았다. 처음으로 내게 무엇도 바라는 것 없이 다가와 준 아이. 네게 내게 처음으로 물은 질문은,

'이것이 만일 누군가가 쓰고 있는 소설이라면, 그것에 의하여 내 행동이 모두 결정된다는 것이라면, 어떨 것 같아?'

나는 당황하였다. 질문의 내용이 문제가 아니라, 그 아이의 생각이 문제였다. 그 어떤 답도 바라고 있지 않았다. 이런 경우는 처음이었다. 늘 내게 답을 바라고 물어왔었다. 내게 생각을 묻는 질문조차 바라는 답은 있었다. 그러나 이 아이의 질문은 달랐다. 그 질문을 듣고 나는 도망쳤다. '답'이 없는 질문이란 내 삶에 존재해오지 않았었으니까. 그렇게 도망친 후 나는 오랜만에 생각을 하였다. 늘 남의 생각을 읽기만 하였던 내가. 내가 아는 소설은 '사실 또는 작가의 상상력에 바탕을 두고 허구적으로 이야기를 꾸며 나간 산문체의 문학 양식.'이다. '허구적으로', 실재하지 않는 것이다. 그러나, 당장 '나'만 보

아도, 타인이 보기에는 충분히 소설 같은 일이다. 어쩌면 저 아이도 그런 것이 아닐까?

★　★　★

다음 날 학교에 그 아이는 없었다. 알고 있는 것이 없었기에 찾을 수도 없었다. 그 아이가 했던 말이 머릿속에서 맴돌았다. 그날 나는 '완벽'하지 못하였다. 아무도 오지 않은 그 아이를 신경 쓰지 않았다. 마치 원래 없었다는 듯이. 그것이 당연하다는 듯이.

흑발에 흑안, 안경도 쓰지 않은 평범한 아이인 《너》는 찾기가 힘들었다. 이렇다 할 특징이 있는 것도 아니었고, '남에게 바라는 것이 없다' 따위는 나만이 알 수 있는 것이기에. 내가 우리 학교를 전부 찾아본 것은 아니지만, 《너》는 이 학교, 아니 이 근처에 없다는 것을 알았다. 근래에 한 번이라도 《너》를 본 이가 있다면, 내가 그 생각을 찾을 수 있었을 터인데, 그러지 못하였으니. 마치 원래부터 존재하지 않았던 이처럼. 그렇게 하루 이틀이 지나자, 친구들이 나에게 괜찮으냐고 물어오기 시작하였다. 늘 완벽하였던 나였기에 그 차이가 내가 생각하였던 것보다 큰 모양이다. 그런 말을 선생님에게까지 들은 후 나는 《너》에 대한 생각을 잊어, 아니 치워버렸다.

그렇게 며칠이 지났다. 누군가에게는 짧은 시간이겠지만, 내가 다시 완벽해지기에는 충분한 시간이었다. 그렇게 다시 완벽한 '나'를 되찾을 때쯤 《너》는 내 눈앞에 다시 나타났다. 그리 열심히 찾았으나, 《너》를 다시 만난 것은 우리 집 앞이었다. 나는 저 멀리에 서 있는 《너》가 내 시야에 들어오자 굳어 버렸다. 머리가 새하얗게 돼버렸다. 도대체 나는 왜 그렇게 열심히 《너》를 찾았던 것일까? 그렇게 굳어 버릴 거면서. 그 순간이 어떻게 지나갔었는지 생각나지 않는다. 정신을 차려보니 《너》가 보이지 않았다고나 할까? 그때 굳은 이유를 굳이 생각하여 보자면, 아마 그 아이의 질문이 다시 생각나서가 아니었을까? 처음으로 온전히 내 생각을 물었던 그 질문.

이전과 비슷한 며칠이 반복되었다. 잠시 《너》에 대한 생각에 완벽하지 못해지고, 다시 돌아오는. 그렇게 생각을 정리하자, 《너》는 다시 한번 내게 찾아왔다. 이번에는 본 것만으로 몸이 굳지는 않았다. 덕분에 《너》의 목소리가 들리는 곳까지 다가갈 수 있었다.

"넌 뭐야? 도대체 어디에서 살고 있길래, 너를 본 사람이 아무도 없어? 생각도 없고, 너 인간, 아니 살아 있는 것은 맞아?"

"그건 대답이 아니잖아. 대답을 해."

"대답?"

"이것이 만일 누군가가 쓰고 있는 소설이라면, 그 것에 의하여 내 행동이 모두 결정된다는 것이라면, 어떨 것 같아? – 이 질문."

"아."

'별생각 없는데……. 뭐라 답하지?'

"별생각이 없다고?"

"응?"

저 아이도 나랑 같은 걸까? 생각을 읽을 수 있는 걸까? 내 의문은 그 아이의 질문에 다시 끊어졌다.

"그러면……. 알겠어."

그 말을 끝으로 그 아이는 내 눈앞에서 사라져버렸다.

★　★　★

그로부터 며칠이 지난 지금, 난 아직도 《너》에 관한 것밖에 떠오르지 않는다. 하지만 동시에 《너》에 관한 기억이 점점 사라져간다. 왜지? 의문에 의문이 꼬리를 문다. 그래도 이 의문도 치워야 한다. 그래야만 평소의 나로 돌아갈 수 있기에.

'흠…….너무 많은 것을 기대한 것이려나?'

"응?"

어딘가에서 생각이 읽혀 왔다. 그 생각이 누구의 것인지 어디의 것인지는 모르지만, 나는 그것이 《너》의 생각임을 확신했다.

"이안아?"

"응?"

"너 괜찮아?"

"아, 응. 괜찮아."

뭘까, 분명 그저 평범한 질문 몇 개였는데, 왜 이렇게 신경 쓰이는 것일까? 어쩌면 방금 느낀 그 생각의 영향도 있을 수도 있다. 다시 그 아이를 찾아보고 싶다. 그리고 그 생각을 바꿔주고 싶다. 나는 모두가 좋아하는 아이가 되어야만 하니.

난 결국 다시 《너》를 찾기 시작했다. 찾을 수 있을지 없을지 모르지만, 그래도 뭐라도 해야 할 것 같았다. 이유는 없다. 《너》를 본 이후로 나는 참 많이 변한 것 같다. 뭐랄까, 생각이 많아졌달까? 다시 돌아가고 싶다. 완벽했던 나로. 이런 생각을 하는 것도 싫다. 무언가를 원한다는 것은 그것의 결핍을 의미하기에. 결핍이 없는, 완벽한 것이 아니라는 뜻이니.

찾을 방법이 없다. 나는 《너》의 이름도 모르고, 어디에 사는지도, 심지어는 이 세계에 존재하는지도 모른다. 그저, 그 생각이 들려 왔던 곳이라 생각되는 곳으로 발걸음을 옮길 뿐. 《너》가 그곳에 있으리라 생각하진 않는다. 그저 한 가지만, 《너》와 관련된 무언가, 《너》에 대해 좀 더 알 수 있게 해줄 무언가. 그런 것을 찾고 싶기에. 그래서 가는 것이다.

도착하였다. 하지만 그 무엇도 없다. '뭐지? 장소가 여기가 아닌가? 아니, 그 전에 그 생각이 《너》의 것은 맞나?' 온갖 상념이 한번에 몰려온다. 한 번도 틀린 적이 없는 이 이능이 처음으로 틀렸을지도 모른다는 의심, 한번 싹을 틔운 의심은 무럭무럭 자라나갔다. '너'의 목소리가 들리기 전까지.

"뭐야, 완벽하다더니. 한 번의 실수로 바로 무너지는 것이었나?"

"어…? 너"

"왜? 그 대답하려고 날 찾은 것 아니었어?"

"아, 그래. 그 대답도 하고, 물어볼 것도 있어서."

"대답 먼저."

"우리가 있는 이 세계가 누군가에게 쓰여지고 있는 것이라, 그렇다 해도 달라질 것은 없지 않아? 내가 하는 행동이 모두 정해져 있다해도, 그냥 난 내가 원하는 데로 하면 되는 거 아냐? 그것이 설사 누군가에 의해 정해지더라도, 그게 무슨 상관이야?"

"그래, 대답은 고마워. 그래서 묻고 싶었던 것은 뭐야?"

"너는 뭐야?"

"내가 뭐냐니, 그건 무슨 뜻이야?"

"말 그대로. 너는 인간이 맞아?"

"그전에, 너는 인간이 맞아?"

"응? 아니, 내가 물어본 거 먼저……."

"네가 먼저 대답해 줘. 어려운 것도 아니잖아?"

"하, 그래. 뭐, 내가 인간이 맞냐고? 당연하지."

"그럼, 나도 인간."

"응? 그게 무슨……."

"남의 생각을 읽을 수 있는 존재가 인간이라면, 타인의 생각이나무의식을 통제할 수 있는 것도 인간이라 할 수 있지 않을까? 넌 읽는것이라면, 난 그것들을 써내려가는 것에 가까우니까 말야."

그 말은 모두의 생각을 《너》가 만든다는 것일까? 나조차도?

"아쉽게도, 그건 아냐. 그저 보는 것밖에 못 해. 이제 그럼 난 갈게."

"마지막으로, 이것만 알려줘. 나는 너의 기대를 만족 시켰어?"

"응? 그게 무슨? 아. 그래 그때. 그전에 넌 네가 네 입으로 인간이랬잖아. 근데 왜 마치 로봇인 듯 행동을 해?"

"로봇이라니 그게 무슨 소리야?"

"「타인의 생각」이라 하는 명령서에 맞추어서 너의 행동을 정하고 있잖아. 아무리 《너》를 찾기가 힘들어도 찾아야지, 그래야 되는 거 아니야?"

"네가 뭘 안다고 그런 말을 해? 그냥, 가."

이상한 일이다. 그렇게 열심히 찾을 때는 언제고, 저런 말을 들으니 보기가 싫어졌다.

"내가 뭘 아냐고? 최소한 네가 아는 것은 모두 알걸? 네가 읽는 모든 것은 내가 써놓았던 것이었으니."

"그래, 어차피 모든 것은 네가 통제하고 써내려 가는 것이랬잖아. 그런데 왜? 내가 나를 찾아야 돼? 상관없잖아?"

"그래. 모두의 생각은 내가 썼던 것이 맞아. 그래도, 최소한으로만 썼었다고. 지금 네가 읽고 있는 것은 그 사람들의 생각이 맞아."

"어……?"

《너》는 그 말을 마지막으로 사라져 버렸다. 마치 도망치듯. 당연하게도, 다음 날 《너》는 학교에 없었다.

* * *

《너》의 말이 계속 머리에 맴돈다. 로봇……. 정말 그렇게 살아온 걸까? 나의 존재를 숨기며, 타인이 생각하는 대로. 앞으로는 어떻게 살아야할까? 계속 이렇게 살아도 괜찮을까?

"악!"

헉. 나 지금, 수업시간에 소리친 거야? 하…….

"이안아, 너 요즘 괜찮니? 뭐 힘든 일 있어?"

"아, 아니에요. 잠시, 잠깐 다른 생각을 좀 하다 보니까……. 죄송합니다."

"아냐, 괜찮아. 혹시 힘든 일 있으면, 말해."

"네"

아무리 답답해도, 수업시간에 소릴 지르다니……. 그날, 나는 하루 종일 수업시간에 집중을 하지 못했다.

"야"

"어……?"

《너》였다. 어제 만났었기에, 있을 거라 생각조차 하지 않았는데.

"지켜보다 답답해서 왔어. 아니 어제 그렇게까지 말했는데."

"뭐… 뭘!"

"그리고, 너도 계속 생각해 보던데, 아직 결론이 안 나왔어?"

저렇게 까지 말하면, 둘러댈 수도 없다. 애초에 나의 생각을 읽는

《너》에게 무슨 변명을 할 수 있었을까?

"뭐, 생각해 보긴 했는데, 잘 모르겠어. 다른 사람들에게 맞추지 않는다는 것을 생각해본 적이 없다 보니……."

"그럼, 그냥 네가 하고 싶은 것을 해. 어차피 너는 집에 늦게 들어가거나 해도, 뭐라 할 사람도 없는데. 좀 늦게 들어가는 게 무슨 상관이야?"

"아, 아니."

"너, 네가 하고 싶은 것을 한 적 없지."

"어……."

"네가 원하는 걸 좀 해도 괜찮아. 그 정도로 아무도 뭐라 안 해. 이건 너의 삶이야. 다른 사람들이 네 삶을 결정하게 맡기지 마."

"그냥, 내가 그러고 싶어서 그래 왔던 거야."

"그 네게 원했던 것이 뭔데?"

"……."

"것 봐. 그건 네가 원해서, 하고 싶어서 해온 것이 아냐. 그저 다른 사람들이 생각하는 완벽한 삶. 그것을 따라 해온 거지."

"내가 원하는 것……."

"그래."

내가 원하는 것이라……. 잘 모르겠다. 늘 다른 사람들이 원하는 것만 해왔지, 내가 원하는 것을 생각한 적이 없었다. 이때까지는 그저 다른 사람의 생각만 맞추어 살아가면, 그것이 좋은 것이라 생각해

왔기에. 나는 올바르게 살아온 것일까? 잘 모르겠다. 딱히 상관은 없었다. 나는 타인의 인정을 원하였지, 올바름을 원했던 것은 아니었기에. 근데, 이제 그런 것도 없다. 앞으로는 어떻게 살아야 할까? 그냥 내가 원하는 대로 살아도 괜찮은 걸까? 모르겠다.

"상관없어. 네가 원하는 데로 살아도, 상관없어, 너의 삶이잖아. 그저 타인이 원하는 것 때문에, 너를 없애지만, 그러지만 마."
"알겠어!"
이 선택이 어떻게 될지는 나도 모르겠다. 이로 인해 내 미래가 나빠질 수도 있겠지. 그래도 한 번뿐인 나의 인생인데 그래도 괜찮지 않을까?
"그래, 괜찮아."
"그래, 고마워."
이때까지는 온갖 생각에 머리가 복잡해서 신경 쓰지 못하다, 이제야 드는 의문.

"너는 누구야?"

이 질문을 하고 나서인지 하던 도중인지는 모르겠으나, 《너》는 내 시야에서 사라져 있었다.

★ ★ ★

십 년이 지난 지금도 가끔 생각이 난다. 그때 《너》는 누구였을까? 나에게만 보였던 《너》였으니, 실존했는지도 모르지만, 나의 삶에 많은 영향, 아니, 나의 삶의 방향을 아예 바꾸게 한 《너》. 지금은 참 고마웠다. 계속 남에게만 맞추어 살아왔다면, 버티지 못하였을 것 같다. 아니, 그랬다면, 이런 생각도 없이 그냥 별생각 없이 살았었을까? 그 삶은 알 수 없지만, 이것 하나는 확실하다. 내가 훨씬 더 편안하고 재밌게 살아왔으리라고.

"다행이야, 넌 나처럼 살지 않아서. 결론이 정해진 소설을 그대로 따라가지 않아서."

드림랜드

◇

김민겸

작가의 말

김민겸 (2학년)

처음에는 호기롭게 시작했으나 소설 막판에 시간이 부족해서 너무 급하게 썼다. 그래서 완성도가 많이 떨어진다. 시간을 조금 더 두고 했으면 여유롭게 쓰면서 내용도 더 풍부해졌을 것 같아서 아쉽다. 시험 기간에 쓰는 게 너무 어려웠다! 미리미리 할 걸 그랬다. 소설 전체 공통 주제가 꿈 또는 판타지인데, 꿈의 의미가 두 개라고 생각하고 써 보았다.

꿈
1. 잠자는 동안에 깨어 있을 때와 마찬가지로 여러 가지 사물을 보고 듣는 정신 현상.
2. 실현하고 싶은 희망이나 이상.

둘 다 넣으려고 노력하였지만 둘 다 안 된 거 같다. 이것보다 쉬운 주제도 없는데…….

동식이라는 이름은 친구가 추천해 주었고, 현준이라는 이름은 김현준이라는 야구 선수가 문득 생각나서 사용했다. 남은 한 명은 이름이 기억이 나지 않는다. 인물이 아닐지도 모른다. 개요도 없이 글을 써서 두서없는 부분이 정말 많다고 생각한다. 당장 인물만 봐도 세 명뿐이고, 대충 만든 새에다가, 세계관은 또 얼마나 간단한지!

　괜찮다. 3학년 때 열심히 하면 된다. 개요도 멋지게 써서 완성도 높은 글을 만드는 거다!

　여기까지 읽어 주시다니, 감사합니다!

"삐이."

"삐이익."

"삐야야양각."

상상인지, 꿈인지, 현실인지 구분하지 못할 공간에서 새가 울어댔다. 반복되는 새소리에 동식이는 슬슬 짜증이 올라왔다.

'겨우 잠들었는데 웬 새가 이리 시끄럽게 우냐? 병아리? 참새? 뭔들 좋아 일단 꿈이잖아? 지금 밤인데 새가 울 리가 없지! 새소리에 깨는 꿈이라니⋯⋯. 좋은데⋯⋯.'

꿈이라는 생각을 하자마자 눈이 떠진 동식이는 주위를 둘러보았다. 분명 자기 방이고, 창문 밖에는 한 줄기 빛도 없는데, 새가 울어대고 있었다.

"아아 좋다. 또 자각몽이야! 근데 왜 무섭냐. 밖에 새 좀비야? 이거 아포칼립스야?"

갑자기 든 생각으로 두려움에 휩싸인 동식이는 창문을 열고 밖을 내다보았다.

"어라?"

지구가 저 밑에 있었다. 그 주변을 정체 모를 초록색 새들이 맴돌고 있었다.

"어? 설마 내 방문도 열면 막 우주 보이고 그런 거야?"

동식이는 설마 하며 방문으로 다가갔다. 방문 손잡이가 소름 끼치게 차가웠다. 드라이아이스를 만지면 이런 느낌일까 하며 동식이는 방문을 열었다. 웬 무지갯빛 소용돌이가 있었다. 한 치의 망설임도 없이, 동식이는 무지개 속으로 뛰어들었다. 주변에는 색채가 가득했고, 이상한 새 소리는 이전보다 커진 것 같았다. 몸은 가라앉지 않았다. 동식이가 원하는 어느 방향으로든 움직일 수 있었다.

"이게 말로만 듣던 무중력인가? 나는 돈도 안 내고 공짜로 체험하는구나~ 깨면 꼭 자랑해야지!"

자신이 무중력 상태에 있다고 신나 하던 동식이는 이내 깜짝 놀랐다. 초록색 새가 자기 눈앞에 나타난 것이다. 20센티미터 정도 되는 것 같았다. 검정색 눈은 반짝거렸고, 부리는 파란색으로, 꽤나 매력적으로 생긴 새였다.

"넌 뭐냐. 그 시끄러운 놈이야? 귀엽네?"

"삐이야가아이이익"

"아 뭐야 고막 나갈 뻔했네. 조그만 게 목소리는 왜 이렇게 커?"

동식이가 초록 새에 대해 불평하던 차에, 초록 새는 동식이의 머리카락을 잡더니 위쪽으로 끌어올렸다.

"으악! 야, 이 또라이야! 아파!! 아프다고!!! 꺼져!!!"

화나고 당황한 동식이가 발톱을 뜯어내려 하자, 새는 한 번 더 고함을 질렀다. 그 끔찍하게도 큰 목소리를 듣기 싫었던 동식이는 순순히 새한테 끌려갔다. 얼마쯤 갔을까, 동식이는 새에 대해 관심이 생겼다.

"야, 너 이름 뭐냐? 친구 할래?"

"삐익!"

"너 한국어 알아들은 거야? 그럼 삐익이라고 부를게."

"삐이익."

"어라, 진짜 이름인 거야??? 나 니 이름 맞힌 거야? 그럼 어디 살아? 가족도 많은 것 같던데."

"삐잉 삐익 삐에에에에엑."

"응, 그쪽에 산다는 말이지? 알았어. 내가 나중에 너희 언어 번역기 만들어서 꼭 찾아간다."

삐익이와 동식이는 제법 친해졌다. 꿈이 없었던 동식이에게 조류학자라는 꿈이 생겨났다. 이 드넓은 자연에 이런 새 하나쯤은 있겠지 하며 동식이는 새한테 계속 끌려갔다. 슬슬 졸렸다.

"야, 우리 어디 가는 거야? 아직 덜 왔어? 멀었으면 소리 질러 봐."

"삐이이잉이이이이익!!!"

"아니 삐익아 살려줘 나 머리가죽이 뜯겨나갈 거 같아. 나 졸음도 떨칠 겸 나 좀 놓아주면 안 되냐? 내가 니 뒤 계속 따라갈게. 제발."

삐익이는 동식이를 놓아주었다. 대화를 오래 해서 그런가, 신뢰도

가 높아진 것 같았다. 대신 도망가면 죽는다는 눈빛으로 동식이를 주시하기 시작했다. 그리곤 뒤로 날았다.

'대체 나를 어디로 데려가려 하는 거야? 도망도 못 가게 해? 그렇게 중요해?'

섣불리 튀었다가는 또 머리채를 붙잡힐 것 같아서 동식이는 하는 수 없이 삐익이를 따라갔다.

★ ★ ★

얼마가 지났을까? 저 위의 무지개가 점점 연해졌다. 그리고 동식이는 드디어 무지개에서 빠져나왔다.

"야 삐익아 저거 뭐냐? 저거 건물이야? 성이야? 궁전이야? 멋지다. 롯데월드 같아."

최소 15층은 될 것 같은 큰 성을 보고 동식이는 신나서 삐익이한테 마구 말을 걸었다. 삐익이도 신났는지 마구 삐약거렸다. 그 성 안은 중력이 있었다. 사람도 엄청 많았다. 하나같이 어떤 직업이 있는 것 같았다. 성을 활보하던 중, 동식이는 어떤 사람들한테 붙잡혔다. 삐익이를 다급하게 불렀지만, 이미 없어진 후였다.

"야, 삐익아! 도와줘 살려줘!! 여기 양복 입은 불량배들이 사람 끌고 간다!!!"

그 많은 사람 중 어느 한 명도 동식이를 도와주지 않았다. 늘 있는 일이라는 듯 익숙한 표정이었다. 동식이는 또 하염없이 끌려갔다.

★ ★ ★

책상, 하얀 의자, 하얀 사람? 사람이 아닌데 이건. 이건 다른 종족이다. 하얀 제복 위의 명찰에는 퓕뜛이라 쓰여 있다.

"저를 왜 끌고 온 거예요? 저 꿈속에서 여기로 우연히 와서 돈도 없고요, 지금 현실로 돌아가지도 못하겠어요. 저 불쌍한 사람입니다 살려주세요 제발 저 이상한 생체실험만 하지 말아주세요."

"네네, 잘 압니다. 본론부터 설명할게요. 여기는 드림랜드입니다. 당신처럼 꿈에서 온 사람들로 가득 차 있는 곳이죠. 처음 오는 게 어렵지, 두 번째 방문부터는 이곳으로 바로 오게 되기 때문에 얼마든지 즐길 수 있습니다. 아, 그리고 당신을 이곳으로 안내한 새는 집으로 돌아갔습니다. 안전하게 있으니 걱정하지 않으셔도 됩니다. 이름이 김동식 씨라고 하셨죠? 되고 싶은 게 있나요?"

"여기 오기 전까진 없었는데, 오면서 새랑 조금 친해졌거든요. 그래서 조류학자가 되고 싶어졌어요."

"조류학자…… 좋은 직업이네요. 혹시 그 새를 연구하고 싶으십니까? 환영입니다. 얼마든지 하실 수 있습니다. 저희가 지금 추진 중인 사업이 있는데요, 바로 초록 새 번역기입니다. 관심 있으십니까?"

"와, 저도 오면서 얘네 말 번역하고 싶어서 미칠 것 같았는데 여기서 연구하면 최고일 것 같은데요!"

"그렇죠? 이곳에서는 여러 직업을 체험할 수 있으니 마음껏 즐기십시오. 즐기고 나서 자신이 진정으로 원하는 직업이 무엇인지 생각해 보시면 찾아낼 수 있으실 겁니다. 분명 적성에 맞는 게 있을 겁니다. 없다면 저희가 만들어냅니다."

"직업도 만들어요? 대단한 곳이군요 멋져요! 여기 외관상으로는 엄청 커 보이던데 몇 층까지 있나요? 소개해 주세요!"

"네, 일단 명찰부터 만들고요, 바로 소개해 드리죠."

뀀땅이 책상 위의 버튼을 누르자, 동식이의 뒤에 있던 기계가 돌아가기 시작했다. 소리만 듣고 조그마한 기계일 줄 알았던 동식이는 뒤에 3미터 높이 직육면체가 있는 것을 보고 깜짝 놀랐다.

"아니 저만큼 큰 기계에서 소리가 거의 안 나는 게 가능한 거예요? 꿈 속이라 그런가 뭔가 엄청난 일들이 계속 벌어지고 있는 것 같아요."

"아, 이 명찰 하나에 직업 체험장 출입과 관련된 칩을 모두 넣어야 해서 그렇습니다. 번역 기능도 포함되어 있고요, 시계 기능도 있습니다. 칩이 한 140개였나? 그래서 기계가 이만큼 큰 겁니다."

흰색 명찰이 기계 밖으로 튀어나왔다.

"이 명찰은 태권도 띠와 같은 개념이라고 생각하시면 됩니다. 흰 띠, 노란 띠, 초록 띠 등등이 있죠? 끝은 검은 띠고요. 저는 이곳 관리자라서 검은색 명찰을 착용하고 있는 겁니다. 또한, 이곳의 모든 직업을 체험하면 검은 명찰을 착용하게 됩니다.”

“이때까지 검은 명찰을 얻은 사람이 있나요? 저 너무 갖고 싶어요”

“아직까지는 없습니다. 한 개의 직업만 더 체험하면 되는 사람이 있긴 했는데, 그 사람은 더 이상 오지 않고 있습니다. 원인은 잘 모르겠습니다.”

“그럼 제가 최초가 되어 보겠습니다!”

“네, 파이팅입니다. 층부터 둘러보실까요? 여기 층별 안내도가 있습니다. 우선 1층은 로비입니다. 당신처럼 처음 오는 사람들이 들어오는 곳이죠. 그런데 당신은 벌써 층을 올라갔더군요. 그래서 저희가 잡아 온 겁니다. 2층은 식물과 관련되어 있습니다. 식물의사, 식물학자, 작물연구원 등 많은 직업들이 있죠. 3층은 동물과 관련되어 있습니다. 조류학자도 물론 있고요, 4층은 화학, 5층은 물리, 6층은 지구, 7층은 우주, 8층은 아이들을 위한 여러 가지 체험공간입니다. 여러 과학 분야들을 한 번에 볼 수 있습니다. 어른들도 많이 오고요. 9층은 인간과 관련되어 있습니다. 보통 의사가 많죠. 인류학자도 있습니다. 10층은 환경, 11층은 법, 12층은 위생, 13층은 음식, 14층은 건축입니다. 아직 남았습니다. 15층은 예술, 16층은 미래입니다. 이외에도 위에 더 있는데, 직접 체험하시기 바랍니다. 입이 아픕니다.”

“왜 이렇게 많은 거예요? 저는 의사, 판사, 검사, 변호사밖에 없는 줄 알았는데……”

“모두가 이런 반응입니다. 재미있어요. 많은 사람들이 자신이 관심 있는 층에서 직업 체험을 합니다. 다른 층에서 적성에 맞는 직업을 찾는 경우도 있고요, 들어가자마자 이건 자신의 천직이라는 걸 깨닫고 현실에서 그 직업을 위해 열심히 노력한 경우도 보았습니다."

"저도 그랬으면 좋겠네요."

"그거 아십니까? 지금 현실 시간으로 7시 40분입니다. 지각하실 거 같은데요."

"네? 저 알람을 6시 50분으로 해 놓는데? 여기 오면 안 들리나요?"

"네. 알아서 나가셔야 합니다. 명찰을 두 번 누르시면 자신의 현실 시간이 보입니다. 미리 알려 드리지 못한 제 불찰입니다. 죄송합니다."

"아니에요. 이번 꿈이 제 인생 최고의 꿈인 것 같은걸요. 지각한 만큼의 가치가 있다고 생각합니다. 그럼 저는 이만 현실로 돌아가겠습니다. 내일 또 봬요."

"예. 안녕히 가십시오."

* * *

눈이 번쩍 떠졌다.

"뭐야, 8시야? 지각이다!"

몸이 본능적으로 준비하면서도 동식이는 밤중에 꾼 꿈 생각뿐이었다. 8시 5분이 넘어서 출발하면 지각이기에 머리에 물만 묻히고 뛰어나온 동식이는 달리기 시작했다. 8시 4분이었다. 아슬아슬했다.

"뭐야, 김현준 너도 지각이야? 방금 깼냐?"

"설명할 시간 없으니까 빨리 가지 그러냐?"

본의 아니게 경주가 시작되었다. 동식이가 더 오래 달렸다 보니 체력이 달리기 시작했다.

"어, 전동킥보드다. 이거 타면 지각 안 할 수 있냐?"

"응, 잘 해봐~ 나 먼저 간다."

이거라면 현준이도 이기고 지각도 하지 않을 거 같아서 동식이는 냅다 올라탔다. 그런데 어림도 없었다. 처음 타 보는 것이라 그런지 동식이는 사용법을 몰랐고, 결국 다시 뛸 수밖에 없었다.

'미친! 진짜 지각 아니야?'

"김현준, 기다려! 의리도 없냐?"

"네가 전동킥보드 탄다고 난리 쳐 놓고 왜 나한테 그러냐? 바보 자식아~"

"미친놈."

그래도 학교 정문이 저 앞에 보이기 시작했다. 수많은 학생들이 교문으로 들어가고 있었고, 동식이도 그 대열에 합류했다.

'빨리빨리빨리빨리빨리빨리빨리빨리빨리빨리빨리.'

신발도 갈아 신지 못하고 교실로 뛰어올라갔다. 종이 쳤다. 동식이와 현준이의 운명은 갈라졌다. 현준이는 먼저 교실로 들어갔지만, 동식이는 아쉽게 실패했다. 벌로 조례 시간 내내 뒤에 서 있어야 했고, 남아서 청소까지 해야 했다. 그때, 현준이가 뒤를 돌아보고 윙크를 날렸다. 그러더니 노트에 무언가를 적기 시작했다.

'병신 ㅋㅋ 그렇게 뛰더니 나 하나 못 이기네.'

동식이의 표정이 썩었고 그새 현준이는 동식이에게 무한윙크를 날렸다. 옆 친구들이 막 웃기 시작했고 동식이는 당장이라도 걔네를 쥐어패고 싶었지만, 앞에 선생님께서 계셔서 차마 그러지 못했다.

"조례만 끝나 봐라. 너네들 다 죽을 줄 알아."

"아, 미안. 죄송합니다 전하 저희가 죽을 죄를 지었군요. 한 번만 용서해 주시겠습니까?"

"그래, 과인이 용서해 주겠노라. 대신 김현준 네 녀석은 예외이다. 너는 죽을 줄 알거라."

"히이이이익, 살려주십시오!"

현준이를 처단하고, 동식이는 남아 청소를 해야 한다는 사실을 너무 받아들이기 싫어서 조퇴를 결심했다. 까짓것, 아침부터 머리가 아파서 늦게 일어났다고 하면 못할 것도 없었다.

"선생님, 저 사실 오늘 아침부터 머리가 계속 아팠어서요. 그래서 늦잠 자고 지각한 건데 병원 한 번만 가 보면 안 될까요?"

"그래, 동식아. 병원 갔다가 푹 쉬고 내일 와."

이게 먹힌 동식이는 신나서 현준이에게 혀를 내밀고 도망치듯이 학교를 나왔다. 드림랜드에 갈 생각에 들떠서 행복한 걸음으로 집에 갔다. 옷도 갈아입고, 창문도 열고, 동식이는 편안하게 잠이 들었다.

* * *

"삑삑님–! 삑삑님 어디 계세요!"

"김동식 씨, 오셨군요. 왜 이렇게 일찍 오셨습니까?"

"머리가 너무 아파서 조퇴했어요. 그래서 바로 잤지요."

"멋지네요, 그럼 일찍 오신 김에 체험도 많이 하시면 될 거 같습니다."

"네!"

동식이는 우선 의사를 해 보기로 결심했다. 뭔가 사람들이 많이 할 것 같았고, 재미도 있을 거 같았기 때문이었다. 흉부외과 의사에 도전했는데, 다짜고짜 사람을 살리라고 했다. 수술 도구도 모르고, 방법도 전혀 몰랐던 동식이는 죽어가는 환자 앞에서 가만히 서 있을 수밖에 없었다. 「실패」라는 글자가 전광판에 커다랗게 떴고, 자신이 사람을 죽였다는 죄책감에 몸서리치며 동식이는 흉부외과 체험관에서 뛰쳐나왔다.

"사람이 죽었어……. 나 때문에, 내가 수술법도 몰라서, 내가 사람을 죽였어……."

동식이는 고통스러워하며 3층으로 내려갔다. 의사는 아무래도 안 맞는 것 같았다. 끔찍했다. 환자의 몸짓 하나하나가 머릿속에서 되살아났다. 처음에 여기 올 때 결심했던 조류학자에 도전해 보고 싶었다. 새들을 보면서 울음소리도 듣고, 대화도 나누어 보면서 새들과 함께 놀려고 했다.

이제 3층에 도착했다. 동식이는 주위를 둘러보고 바로 조류학자 쪽으로 향했다. 생각보다 사람이 별로 없었다. 대신 새들은 아주 많았다. 논문을 쓰라고 되어 있었지만, 동식이는 그런 것들은 다 무시하고, 새들에게 달려갔다. 새를 쓰다듬고 새와 대화도 하면서 즐거운 시간을 보냈다. 그러던 중, 삐익이를 만났다.

"야, 삐익아! 하루 못 봤다고 이렇게 반가울 일이냐."

"삐이이이익 삐이이이이이이잉."

동식이와 삐익이는 반가운 인사를 나누었다. 동식이는 새가 가장 좋았다. 얘네와 같이 있으면 행복해서 몇 시간이고 버틸 수 있을 것 같았다. 새와 관련된 직업을 가지고 싶었고, 새와 함께 있고 싶었다. 검은 명찰을 갖지 못해도, 논문을 쓰라 해도 상관없었다.

"내가 좋아하는 일인데 뭐! 나는 새 관련 직종으로 행복하게 살 거다!"

* * *

일어났다. 머리가 지끈거렸다. 마침 학교가 끝날 시각이라서 동식이는 현준이에게 전화를 걸고 일어난 일들을 모두 설명했다.

"야, 김현준. 내가 꿈에서 수술 실패해서 사람을 죽이고, 우울해지고 죄책감도 막 들어서 새들이랑 놀다가 잠에서 깼다? 그리고 새랑 평생 함께하겠다고 다짐도 했다?"

"멋지네. 나는 달리기 연습하고 있는데."

"너도 드림랜드 갔었어? 나 방금 갔다 왔는데!"

"이제 갔냐. 꿈이 새랑 노는 거야?"

"그래. 그렇다고 치자. 너는 육상선수냐? 달리기가 연습해서 되는 건가?"

"될 거거든! 오늘 아침에만 봐도 내가 너보다 빨랐잖아."

"그래라. 나는 평생 새들이랑 놀 거니까."

이뤄질지, 바꿔야 할지 모를 꿈들에 관해 토론하며, 동식이와 현준이는 미래에 한 발짝 다가갔다.

믿는 대로 될까

◇

김서연

작가의 말

김서연 (2학년)

안녕하세요? 작가라는 칭호가 익숙지 않아서 뭐라 인사드려야 할지 잘 모르겠습니다. 저에게는 '작가의 말'이 소설 쓰는 것보다 더 어려운 것 같습니다. 그렇다고 소설을 쓰기가 쉬웠다는 것은 아닙니다. 고작 A4 용지 열 페이지 채우는 것이 왜 이렇게 힘든 것인지. 왜 많은 창작물들이 용두사미란 평가를 듣는지 알 거 같습니다. 제 소설 또한 다르지 않겠죠. 어쩌면 지금 읽으시는 분에겐 사두사미인, 그저 뱀 그 자체일 수도 있을 것입니다. 그럼에도 도전이라는 것은 늘 재밌기에 저는 이번에 소설 쓰는 것이 재밌었습니다.

태어나서 처음으로 소설이란 걸 써보았고, 중간에 힘들었긴 했지만 우여곡절 끝에 완성한 뿌듯한 제 소설입니다. 그렇기에 내용이 부실하더라도, 문장이 비문투성이에 이해가 안 가시더라도, 아주 조금은 '피식' 할 만한 소설이 되길 바랍니다. 여러분이 읽어주셨으면 하는 이유도 이것입니다. 제가 쓰면서 재밌었으니 읽으시는 여러분도 재밌으시길 기도합니다.

다음 생이 있다면 무엇으로 태어나고 싶은가? 국어 시간에 선생님께 받은 질문으로 대개 예상 가능한 범주에서 대답이 나올 것이다. 아마 돌, 나무, 강 등 자연물이 가장 많을 것이며 그다음으로는 건물주의 아들이나 딸, 석유 부자 등 흔히 말하는 금수저가 나올 것이다. 아마 진지하게 쓴 대답은 별로 없을 거다. 그래도 나는 고민 끝에 열심히 써서 내고 왔다. 그러나 문제는 다음 날이었다.

"선생님이 궁금해서 그런데 하늘을 나는 뱀을 어디서 봤니?"

선생님은 정말 궁금하다는 표정으로 국어수업 후 남은 자투리 시간에 뒷자리에 앉은 나에게까지 오셔서 물으셨다. 하지만 되려 내가 묻고 싶었다. 왜냐하면, 나는 하늘을 나는 뱀 같은 걸 써서 낸 적이 없기 때문이다. 나는 매우 당황한 채로 선생님께 여쭸다.

"하늘을 나는 뱀이요?"

"어, 학습지에 적어서 낸 거."

"선생님, 저 하늘을 나는 뱀 말고 다른 거 적어서 냈는데요?"

"그래? 이상하다. 영미가 네 학습지가 빠졌다 해서 따로 봤는데……."

'거기에 하늘을 나는 뱀을 봤다길래 신기해서'라고 선생님은 덧붙이셨다. 일단 나는 국어 도우미한테 물어보기로 하고 선생님께 말씀드렸다.

"제가 좀 이따 쉬는 시간에 국어 도우미한테 물어볼게요."

"그래. 네 학습지 찾으면 교무실 책상 위에 올려놓으면 돼."

말이 끝나기 무섭게 종이 쳤고 선생님은 나가셨으며 학생들은 자리에서 일어나 떠들기 시작했다. 다행히 나는 우리 반 국어 도우미를 알고 있었기에 걔한테 다가가 물었다.

"야, 내 학습지 잘못 제출했어?"

내가 묻자 국어 도우미는 나를 한심하게 쳐다보더니 한숨을 쉬며 말했다.

"아니, 중2병 걸린 친구를 위해 내가 바꿔서 냈는데."

뭐가 중2병이라는 건지 모르겠다.

"내가 무슨 중2병이야?"

"상식적으로 누가 학교 학습지에 다음 생에는 '흑염룡'이 될 거라 적어 내냐?"

나는 그 말에 크게 반발했다.

"흑염룡이 어때서!"

성격 안 좋은 국어 도우미가 나를 보며 한숨 셨다.

"너 때문에 내 발밑의 땅은 꺼지다 못해 사라지겠다."

그게 왜 나 때문인지?

학교 마치고 나와 영미는 근처 상가 카페로 갔다. 내가 '왜 바꿔서 냈냐' 따지자 영미가 '얘 정신 못 차렸네'라더니 나를 끌고 카페에 온 거였다. 나는 아이스 아메리카노를 빨며 영미가 한심한 표정으로 나에게 설명하는 걸 들어줬다.

"영희야, 정신 차리자. 너 생기부에 '국어 시간에 다음 생에 뭐가 되고 싶으냐는 질문에 흑염룡이라 답하였음.' 이런 식으로 적히고 싶냐?"

"아니, 나는 괜찮다고. 커서도 생기부에 흑염룡이 적혀 있다니 역시 어렸을 때부터 나는 멋졌다고 생각할 거라니까."

"부모님께서 보셔도 괜찮고?"

"당연하지. 우리 부모님은 좋아하실 거야."

"아······. 그래······."

영미는 머리를 부여잡고, 얘는 나머진 다 멀쩡한데 어쩌다 이렇게 된 거지, 다 그 자식 때문이야, 같은 말을 중얼거리면서 책상에 이마를 박았다.

"근데 왜 하필 하늘을 나는 뱀이야? 선생님이 굳이 나한테 안 물어볼 만큼 정상적인 거 쓰면 되잖아."

"그나마 네가 쓴 거에 가깝잖아."

쾅!

"아니! 전혀 다르거든! 흑염룡이나 고작 하늘을 나는 뱀이랑 어떻게 비슷하냐!"

"그치, 하늘을 나는 뱀이 좀 더 대단하지 않냐?"

"야, 뭐래. 흑염룡은! 읍!"

영미는 내 입을 막고 빠르게 가게 밖으로 끌고 나갔다. 나는 나중에 말할 작정으로 머릿속으로 내가 할 말을 정리 중이었다.

"알겠어. 알겠어. 조용히 하고 학원이나 가."

영미가 내 입을 막은 자기 손을 더럽다는 듯 내 옷에 닦았다.

"근데, 영미야."

"아, 흑염룡 얘기 질린다고. 그냥 학원이나."

"학원 가려면 가방이 필요한데."

누가 안에 두고 나왔네. 어디 사는 누구지. 이럴 때마다 느끼는 거지만 역시 영미는 똑똑한 척하는 바보였다.

그렇게 영미와 헤어지고 학원을 마친 뒤 피곤함에 절은 몸을 이끌고 집에 가는 길이었다. 아파트 상가에서 요란스러운 음악이 울리더니 웬 폭죽 터지는 소리가 났다. 나는 깜짝 놀라 귀를 막았다. 그 후로 아무 소리도 들리지 않자 애들 장난인가 보다 하고 다시 걸었다. 그때 누군가 내게 말을 걸었다.

"안녕?"

뒤를 돌아보니 마치 무속인같이 차려입은 사람이 내게 말을 걸었다. 형형색색의 천으로 뒤덮여 체격을 확인하기 어려웠고 키 또한 묘하게 애매한, 성별을 알 수 없는 키였다. 목소리는 분명 처음 들었을 때는 여자 같았는데 다시 생각하니 남자 같은 목소리였다. 한마디로 소름 돋게 위험한 사람이라는 거다. 아, 단단히 잘못 걸렸다. 마저 귀나 막고 있을걸.

"너무 경계 안 해도 되는데?"

그리고 이상한 사람은 헛소리하기도 했다. 뭔 경계를 안 혀.

"저, 바빠서요. 아, 저기 친구가 부르네요. 이만 안녕히 계세요."

"아무도 없는데?"

말이 안 되는 소리였다. 아무도 없다니. 방금 전만 해도 나와 비슷한 시간에 학원을 마친 아이들이 우후죽순 신나게 상가 안을 돌아다녔다. 하지만 정말로 기이할 정도로 아무 소리도 들리지 않았고 아무도 보이지 않았다.

"그러지 말고, 우리 가게에 한 번만 와봐. 이름은 '다음생 체험소' 인데 너처럼······."

그냥 새로 생긴 점집 호객행위였나 보다. 긴장을 풀고 나니 앞에 열심히 나불거리는 사람을 두고도 딴생각이 들었다.

'아, 집에 가고 싶다.'

* * *

어제 했던 마지막 생각이다. 내 앞에서 열심히 나불거리던 무속인을 무시하고 한 생각이기도 하다. 그 말은 즉 나는 집에 돌아온 기억이 없었다. 하지만 집에서 편안히 기상했기 때문에 괜찮을 것으로 생각하고 넘기기로 했다. 많이 피곤해서 까먹었나 보다 하고. 나는 씻고 옷을 갈아입고 텅 빈 집 입구에서 '다녀오겠습니다'를 외친 후 밖으로 나갔다. 그런데 뭔가 좀 이상했다. 넉넉하게 산 옷이 터질 듯 꼈고 주위에서는 공사라도 하는 듯 쿵쿵 소리가 울렸다. 그리고 묘하게 건물이 낮아진 거 같기도 했다. 건물뿐만이 아니라 마차들도······.

'어? 마차라니 무슨 소리지? 21세기에 도로에 마차가 있을 리가 없잖아.'

이상한 걸 깨닫고 나니 기억은 다시 집으로, 깬 그 순간으로 돌아갔다.

'우리 집이 아니잖아?'

애초에 내가 깬 곳은 우리 집이 아니었다. 심지어 나갈 때 인사한 곳은 동굴 입구였다. 내가 집이라 생각했던 것은 아주 큰 호텔식 최고급 동굴이었다. 나는 설레는 마음을 안고 일단 동굴로 돌아가기로 했다.

나는 흑염룡이다. 예상치 못한 상황에 드디어 정신을 놓은 게 아니라 나는 진짜 흑염룡이다. 집이 동굴이라는 것부터 눈치챘다. 그리고 거울에 비치는 저 아름다운 흑색 비늘이 증명해주고 있다. 이제 흑염룡이 되었으니 이름도 새로 지어야겠지. 그래, 멋들어지게 '블랙 소울 파이어 드래곤' 이런 걸로 하자. 이제 나를 영희라는 이름으로 부르는 사람은 아무도 없을 거다. 더는 수학책에서 내 이름이 나와도 놀림당하지 않는다는 거다.

"크하하하학!"

사악하게 미소를 짓는 나. 역시 흑염룡의 소양을 모두 갖췄다.

"영희야!"

그러나 나를 영희라고 부르는 사람은 예상 외로 너무 빨리 나타났다.

"칫, 살인멸구다. 죽여버리겠어."

죽음으로 입을 막아버리려고 했지만 나는 소리의 발신인을 찾지 못했다. 그때 동굴 안 온천에서 물이 튀기는 소리가 났다.

"여기야, 영희야!"

"하늘을 나는 뱀?"

소리의 주인은 하늘을 나는 뱀이었다. 정확히는 온천 기둥 사이사이를 날고 있는 뱀이었다.

"살려줘, 너무 뜨거워서 삶은 뱀이 될 거 같아."

음, 사람이 아니니까 죽일 필요는 없나? 애초에 너무 작아서 잘 보이지도 않았다. 영희라는 이름으로 부르는 사람이 아니라 이건 뱀이니까.

"영희야? 제발, 네 친구 보양식 되게 생겼다."

친구라. 친구가 너무 많아서 고민이다. 흑염룡이 되기 위해서는 적당한 인맥과 교우관계를 유지해야 하다 보니 아무래도 사회성을 너무 기르고 다녔나 보다.

"제발! 속으로 이상한 생각하지 말고!"

"아, 미안. 흑염룡은 처음이라. 그래서 누구라고?"

"네 친구 영미!"

"오. 영미가 하늘을 나는 뱀이 되다니 의외네."

나는 손을 뻗어 영미를 구해냈다.

영미 말로는 눈을 떠보니 하늘을 나는 뱀이 되어 있었고, 영문도 모른 채 숲에서 나무 사이를 비행하다 웬 누더기를 걸친 검은 공룡이 신나서 뛰어가는 걸 보았단다. 그리고 그게 나인 거 같아서 따라왔다가 속도 조절을 못 해 온천 기둥 사이를 날아다니고 있었다고 했다.

"그럼 나일 거라고 언제 확신했어?"

"이상한 소리를 중얼거리며 크하하하 웃는 건 너밖에 없을 거라 확신했거든."

아닌데. 흑염룡은 다 그렇게 웃거든.

"뭐, 진짜 흑염룡은 신기하긴 하다."

"그치? 실제로 보니 진짜 멋있지? 너도 흑염룡이 되고 싶지?"

난 영미가 원한다면 불꽃 쇼라도 보여줄 생각으로 멋진 나의 모습을 자랑했다.

"아니, 정신 사나우니 날개는 접어줄래. 그리고 난 흑염룡보다 하늘을 나는 뱀이 더 멋있다고 생각하는데……."

영미는 여전히 이해할 수 없었다.

"근데 영희야, 우리가 계속 이러고 있을 수도 없고……. 좋아하는 와중에 미안한데 원래대로 돌아갈 궁리부터 해야 하지 않을까."

"미안. 너무 작아서 잘 안 들리네."

"저기, 영희야?"

내가 안 듣고 싶은 게 아니라 진짜 안 들린다니까.

영미의 오랜 설득 끝에 나는 일단 돌아가기로 했다. 그런데 문제는 우리는 여기가 어딘지 모른다는 거다. 일단 주변 정보를 얻기 위해 마을로 내려가기로 정했다.

"근데, 그러고 내려갈 거야?"

영미는 자기는 하찮아서 잘 안 보이니 상관없지만 멋있는 흑염룡인 나는 사람들의 이목을 끌 거라고 말했다.

"저기, 나 그렇게 말 안 했는데."

"이 소설의 서술자는 나니까 조용히 해줄래?"

"아⋯⋯. 그래⋯⋯."

"그리고 영미야. 네가 잘 모르는 게 있는데."

나는 흑염룡답게 손뼉을 쳤다.

"흑염룡은 사람으로 변할 수 있단다. 찢어진 옷도 다시 붙일 수 있고."

"아⋯⋯. 왜 거적때기를 걸치고 다니나 했는데."

영미야. 자고로 흑염룡이라 함은 거적때기를 걸쳐도 빛이 난단다. 우리는 마을로 내려가기 위해 동굴을 나왔다.

산은 생각보다 컸다. 날갯짓 두어 번이면 충분히 내려갈 수 있겠지만, 영미는 그건 너무 눈에 띈다고 도보로 가자 했다. 귀찮아서 흐느적 걸어가고 있는 나에게 영미는 잔소리했다.

"숲에도 단서가 있을 수 있으니 좀 잘 살펴봐."

"귀찮아."

"왜, 흑염룡은 막 시력도 좋고 그런 거 아니야?"

"설마, 흑염룡이 되어도 나는 나라고."

"잠시만 어디서 이상한 소리가 들리지 않아?"

영미가 움직이던 꼬리를 멈추고 나에게 조용히 해보라고 했다. 조용히 있던 나에게 말을 건 건 자기였다는 건 잊었다.

"끼히잉—"

소리의 정체는 얼마 지나지 않아 나타났다. 영미가 들은 그 정체는 말머리에 사람 몸이 달린 괴물이었다. 원래 반대거나 소 아닌가? 그리스 로마 신화에서는 그랬던 거 같은데. 뭐 아무튼 그 괴물이 우리를 쫓아오고 있었다. 내 주위를 맴돌던 영미가 촐싹촐싹 뛰었다. 무서워하는 친구를 위해 태권도 삼 개월 차 노란띠의 실력을 보여주기로 했다. 멀리서 봐도 그 말 인간? 인간 말? 아무튼, 그 녀석은 괴물답게 키가 좀 컸다. 8미터는 될 거 같다. 무서운 속도로 달려오는 괴물에게 나도 그 속도만큼 빠르게 마주 달려갔다.

"영희야!"

친구가 걱정해주니 힘이 좀 나네.

"흑염룡으로 커지면 안 된다! 마을에서 보이는 곳이란 말이야!"

날 걱정하는 게 아니었다. 괴물과 나는 어느새 거의 코앞의 거리에서 마주하게 됐다. 난 살짝 상처받은 마음으로 도움닫기를 해 괴물의 배까지 올라갔다. 자그마치 5미터는 넘게 뛰었다. 사실 반동으로 한 번 더 올라갈 생각이었는데 생각보다 괴물의 몸이 단단해서 실패했다.

'겉으로 보기엔 말랑한 뱃살이었지만 단단하다 이건가.'

어쩌면 마음의 상처를 받아서 점프를 덜 됐나 보다. 어쩔 수 없이 그냥 그대로 괴물의 배에서 뛰어 명치까지 올라간 다음 손으로 녀석의 명치를 갈겼다.

"꾸에엑!"

돼지 멱 따는 소리를 내며 괴물은 그대로 쓰러졌다. '머리를 노렸어야지' 이런 말 하면서 일어날 줄 알았는데 생각보다 내가 세다. 손도 한 번 털어주며 땀을 닦았다.

"후!"

"그런 치명적인 표정 지으면서 땀 닦아도 안 멋있거든."

영미는 열심히 날아와 지친 기색을 보이며 말했다. 내가 안 멋있다고? 그래도 숨을 헉헉대는 뱀보다는 멋졌을 거다. 그런데 갑자기 영미가 소리쳤다.

"저길 봐! 저길!"

뭐지? 내가 돌아보자, 말 인간? 인간 말? 아무튼 그 녀석이 다잉메시지를 적고 있었다. 아니 깔끔하게 죽으면 안 되는 건가?

"ㅊ..ㅓ..ㄹ...수..가... ㅂ..ㅗ...냄..."

영미가 이상한 소리를 냈다. 다잉메시지를 읽은 거 같은데.

"치으얼수가 보냈다고? 그게 뭔데?"

"너, 철수 기억 안 나? 왜, 작년에 전학 와서 너한테 걔가 흑염룡 영업했잖아. 거기에 홀라당 넘어가서 지금 여기서 너랑 나랑 이러고 있는 거고! 아오, 말하니까 화나네. 걔는 지금 전학 가서 지금 내가 다 너의 그⋯⋯!"

"뭐? 욕하려고? 안 돼. 이거 청소년이 쓰는 소설이라 욕하면 혼나거든."

영미는 저거 한 대만 칠 수 있게 손을 달아 달라고 하늘에 기도하기 시작했다. 그래 봤자 안 될 거 같은데. 게다가 그거 그렇게 하는 거 아닌데.

"그리고 네가 말 안 해도 알고 있었어. '치얼스'인 줄 알고 물은 거야. 일단 그 녀석에게 가보자. 자, 가라! 영미 몬!"

"영미영미!"

"내 대사인 척 큰따옴표 두 개 더 쓰지 마. 그리고 너도 같이 가야지!"

"근데 길은 알아?"

"다잉메시지로 약도도 그리더라고."

생각보다 유능한 녀석이었네. 빨리 '치얼스'를 만나러 가서 상황 설명을 들어야겠다. 그 녀석은 뭔가 알고 있는 거 같으니까.

약도를 따라온 곳은 호텔식 동굴이었다. 물론 내 동굴은 아니고 102호라고 적혀 있었다. 나랑 영미는 호텔의 문 앞에 서서 '치얼스'의 이름을 불렀다.

"철수야!"

"놀자!"

영미가 날 째려봤다. 나는 어깨를 가볍게 들었다 놓았다. 억울하면 한 대 치시던가. 우리가 뜨거운 눈빛을 주고받는 사이 문 너머에서는 우당탕 소리가 들려왔고 그 소리가 잠잠해지자 또다시 부산스러워지더니 잠시만이라고 누가 크게 외치는 소리가 들려왔다. 이윽고 문이 열리더니 보이는 것은 사람이 아니라 하얀 용이었다.

"후⋯⋯. 미안. 너희가 늦을 줄 알고 온천에서 목욕하고 있었거든."

"어⋯ 철수 맞니?"

"어. 나 철수 맞는데⋯⋯?"

하얀 용, 즉 그러니까 철수는 갑자기 눈이 울망울망해지더니 자기를 잊었느냐고 물어보며 훌쩍였다. 뭐지, 쟤 원래 저런 캐릭터였나? 당황하고 있는 나에게 영미가 휴지라도 주래서 급하게 주변 풀을 뜯어주었다. 좀 작을지도.

"크으으응!"

"미안⋯⋯. 요즘 사춘기라 눈물이 부쩍 많아져서 좀 힘드네."

"그건 사춘기가 아니라 갱년기 아니야? 거의 갑자기 뭔⋯⋯."

"아닌데⋯⋯."

철수의 눈이 다시 촉촉해지자 영미가 말을 취소했다. '아냐 아냐, 미안해!'라고 영미가 소리쳐도 철수는 울기 일보 직전이었다. 평소 같으면 영미를 놀리거나 철수를 달래겠지만, 지금은 그럴 상황이 아니었다. 왜냐하면,

"네가 왜, 흑염룡이 아니야?"

철수는 내게 흑염룡의 스승 같은 존재였다. 그는 나에게 흑염룡을 알려주었으며 그것의 능력을 알려줬고, 나도 흑염룡이 될 수 있다고 응원까지 해줬다. 당연히 나는 그도 흑염룡을 목표로 하고 있을 줄

알았는데 그는 흰색 용이 되어 있었다. 고로 나는 지금 철수에게 실망하는 걸 넘어 조금 화나기까지 했다. 당연히 철수가 나를 부르길래 멋진 흑염룡으로 부하까지 거느린 모습으로 맞이해줄 줄 알았는데!

"그······. 영희야. 그건 네가 다 멋대로 생각한 거 아니니?"

"내 독백에 끼지 말아줘. 영미야."

"맞아. 난 사실 네 말대로 흑염룡을 목표로 하고 이곳에 왔지. 올 때 설명 들었지? 이곳은 다음 생이자 네가 될 수 있는 모든 것을 체험시켜주는 다음생 체험소야. 너희도 알다시피 여기엔 한 가지 규정이 있어. 바로 '진짜'가 있으면 체험할 수 없다는 조건이야."

아니 내 독백인데 왜 다들 끼냐고.

"아니, 그런 거 못 들었는데."

"영미, 넌 빠져."

"철수야, 너까지······."

"아무튼 나는 흑염룡을 체험하기 위해서 그 체험소에 들렀고 들어오는 데 성공했지. 그리고 흑염룡이 되는 데까지 성공했어. 하지만 갑자기 네가 들어오더니 흑염룡을 뺏기고 말았지. 진짜가 나타났다고!"

영미와 철수가 투덕이며 대화하고 있는 사이 나은 곰곰이 생각해 봤다. 과연 철수는 체험할 수 없던 흑염룡이 내가 체험할 수 있는 이유는 무엇일까. 애초에 왜 철수가 체험하고 있던 흑염룡이 종료되었을까. 설마······.

"맞아. 네가 바로 흑염룡이었지."

심장이 빠르게 뛰었다. 내가 진짜 흑염룡이라니……. 어떻게 그게 가능한 거야. 영미는 옆에서 그래서 시력도 똑같고 성격도 여전히 유치한 거였다면서 자기 혼자 납득하고 있었다.

"난 전학 간 게 아니었어. 다음생 체험 소의 허락을 받고 여기서 살려고 했지. 그러다 어느 날 네가 생각났어. 내 이야기를 믿어주고 따르던 너라면 여기서 흑염룡을 해보고 가는 것도 나쁘지 않을 거 같았지. 그래서 난 체험소 사장에게 부탁해서 널 여기로 보내달라 했어. 그리고 그다음 날! 네가 오자마자 난초라 한 흰색 용이 되었어. 그때 알았지! 네가 진짜 흑염룡이라는 걸!"

철수는 두 눈을 빛내며 나에게 말했다. 나는 그 눈이 부담스러워서 살짝 주춤했다. 그리고 영미는 어이가 없다는 듯 소리쳤다.

"아니, 그럼 나는 왜 여기에 있는데!"

그러자 철수는 영미를 한심하다는 듯 쳐다보며 말했다. 쟤는 꼭 영미한테만 저러더라.

"네가 함부로 영희 학습지 건드렸잖아. 그래서 그렇지 뭐."

"뭐야. 영희야. 니 업보였네."

잠시 정적이 흘렀지만, 철수가 다시 말을 이어갔다.

"아무튼 애초에 넌 흑염룡이 될 소양도 안 갈고 닦아도 되었던 거야. 왜냐면 바로 흑염룡이 너니까!"

그리고 철수는 흑염룡을 찬양하기 시작했다. 마이크만 쥐여주면 연설하고 기타를 같이 주면 찬양가라도 부를 기세였다. 부담스럽고 뻘쭘해진 우리는 철수에게 말했다.

"그……. 우리는 이제 나가 보려고. 흑염룡 친구도 나쁘진 않은데 일단 밀린 숙제가 많아서."

"게다가 내가 흑염룡이니 나가도 될 거 같고. 별로 안 아쉽네. 동굴은 조금 아쉽지만."

"안 돼! 가지 말아 줘. 흑염룡 님."

철수는 거의 광신도가 되어 있었다. 부하를 보낸 것도 지금 보니 살짝 사생팬 같기도 하고…….

"철수야. 영희가 있으면 그 룰이란 것 때문에 네가 흑염룡이 못 되니까 우리는 나가 보는 게 낫지 않을까?"

"엇……."

철수가 말없이 고민하기 시작했고 우리는 긴장한 채 땀을 뻘뻘 흘렸다. 왠지 우리가 나갈 열쇠는 얘가 가지고 있는 거 같으니까.

"그러네. 얼른 사라져. 도움도 안 되는 자식들."

"아니 말이 너무 심하잖아. 진짜 흑염룡은 나라며."

"몰라. 내가 곧 진짜 하면 되지."

역시 많이 이상한 정신상태를 가지고 있는 거 같다. 그러니까 이런 데 살려고 하지. 얘. 사람은 현실에서 살아야 돼.

"영희야. 너도 여기서 살려고 했잖아. 왜 아닌 척……."

"내가 끼지 말랬지."

"하하, 철수야. 여기로 우리를 불러온 건 너니까 좀 내보내 줄래?"

내가 영미를 노려보자 영미는 급하게 화제를 바꿨다. 그리고 철수는 그 말에 고개를 크게 주억거렸다. 와 바람에 날아가는 줄. 정확히는 난 안 날아가고 영미만. 그리고 철수는 하늘에다 대고 기도하기 시작했다. 뭐라 하는지 잘 안 들리지만, 살짝 협박성 같기도? 그래, 영미야. 기도라는 건 저렇게 하는 거야.

"도련님! 알겠습니다. 친구분들 내보내 드릴게요. 제발 적당히 좀……"

재수 없던 무속인이 삐질삐질 하늘에서 내려왔다. 이거 철수 이 자식 금수저였네. 도련님이라니. 철수는 우리보고 어서 가라는 듯 머리를 벅벅 긁더니 자기의 흰 몸에서 나온 하얀 알갱이를 우리에게 던졌다. 우엑. 저거 비듬 아니야?라고 영미가 말했지만 용은 비듬 같은 거 안 생긴다. 그냥 머리에 소금 뿌려놓았나 보지. 영미는 그게 더 이상한 거 아니냐면서 어이없다는 듯이 쳐다봤다. 그리고 그 사이에 무속인이 나갈 준비가 다 되었다며 우리를 불렀다. 잘 있어라. 흑염룡은 간다.

＊　＊　＊

띠띠띠―

알람음 소리가 기분 좋게 울렸다. 이런 날은 별로 없는데 무슨 일이지. 평소와는 다르게 나는 기분 좋게 교복으로 갈아입고 아침을 먹은 뒤 나왔다. '흑염룡이 나가신다~' 길을 비켜라. 이제껏 몰랐는데. 흑염룡이 나라니. 생각보다 별거 없었지만, 기분은 좋았다. 나는 신나게 등교했다.

"도련님. 그런다고 만족할까요?"

"왜. 자기가 흑염룡이라고 믿고 있잖아."

남자는 소년을 의심스러운 눈으로 쳐다봤다. 누가 봐도 '왜 그러셨어요'라고 묻는 눈빛이라 소년은 못 이기는 척 대답해 줬다.

"멋진 존재로 살고 싶다길래. 내가 알고 있는 것 중 제일 멋진 걸 추천해 줬지."

"그래도 진짜 흑염룡이 아닌데……."

"말했잖아. 믿으면 뭐든지 된다니까. 진짜 흑염룡이 될지 안 될지 어떻게 알아."

예예, 그러시겠죠.

둘은 멀리서 등교하는 소녀를 지켜보다 사라졌다, 라고 할 뻔했다.

쿠당탕탕!

"으악! 도련님 왜 거기서 넘어지세요!"

명곡

◇

이한나

작가의 말

2학년 이한나

안녕하세요, 처음으로 단편소설을 출판하게 된 이한나입니다. 솔직히 말해서 되게 긴장이 됩니다. 소설을 쓰면서 시간도 부족했고, 제대로 못한 부분이 너무 많습니다. 그렇지만 도와주신 부모님, 사서 선생님, 그리고 도서부 친구들에게 감사를 전합니다.

이 소설은 오래된 노래를 주로 다루고 있습니다. 어릴 때부터 매일 들어온 노래들이고, 실제로 이야기에 나오는 곡들은 모두 직접 들어본 곡입니다. 사실은 여러 가지 장르의 음악을 소개하고 싶었지만, 장소를 음반점으로 정하게 되면서 계획이 바뀌었습니다. 골라온 곡들은 모두 특별한 의미가 있는 건 아니지만 듣기에 좋은 노래들입니다. 그리고 소설에 나오는 '자신에게 특별한 곡'은 그저 제가 좋아하는 노래 중 하나를 고른 것이기 때문에 특별한 의미는 없다는 걸 알고 읽으시면 좋을 것 같습니다.

소설에서 두 주인공의 고민은 청소년이라면 가질 법한 고민들입니다. 고민 해결 방식도 매우 심플합니다. 해결이라고 하기도 애매하지만, 고민을 해결하는 데에는 좋은 도움이 되어 주는 거죠. 음악을 좋아하고 고민을 많이 하는 사람이라서 고민 해결을 도와줄 수 있는 음악을 찾는 것으로 설정하게 되었습니다. 소설을 잘 읽어 주시면 좋겠습니다. 감사합니다!

* 일러두기 : 이 소설은 상상을 기반으로 한 것입니다. 소설 속 음악가들과 앨범에 관한 설명은 고증된 것이 아닙니다.

1.

　그것은 우연이었다. 아니, 어쩌면 우연을 가장한 운명이었을까.
그 음반점은, 내가 아는 가장 신비로운 곳이다.

　이곳을 지나치게 된 것을 책을 사러 서점에 가는 도중이었다. 길
을 잃어 낯선 골목으로 들어오자 나타난 한 작은 가게, 아담하지만
결코 작지는 않아 보이는 외양의 가게가 보였다. 길을 물어볼 생각으
로 문을 열고 들어간 가게는 외양과는 많이 달랐다. 매우 큰 공간 안
에 세상의 모든 음악이 담겨있는 듯했다.

　"어서 오세요!"

　가게에서 잔잔하게 흘러나오던 음악이 갑자기 멈췄다. 20대 중반
쯤 돼 보이는 여자가 눈앞에 나타났다.

　"어떤 음악을 찾고 계신가요? 저희는 모든 종류의 음악을 취급하
고 있습니다! 주로 취급하는 장르는 록과 팝, 그렇지만 웬만한 주류
음악과 비주류 음악을 찾으실 수 있으세요!"

　"어, 저는 길을 잃어버려서요……. 혹시 교보문고로 가는 길을 아
시나요?"

　여자의 에너지는 나를 압도했다. 이런 열정 앞에서 길을 잃었다고

하기 죄송했지만, 빨리 서점으로 가보고 싶었다.

"네? 여기는 꼭 필요한 사람만 찾을 수 있는 곳인데……"

여자는 매우 놀란 듯했다. 그러고 나서는 이 말을 한 것에 대해 후회하는 듯했다.

"아, 아니에요. 오른쪽으로 쭉 나가서 왼쪽으로 꺾으면 보이실 거에요."

여자는 매우 실망한 듯 보였다.

"네, 감사합니다!"

아무것도 안 사고 나가기는 죄송했지만, 다음에 앨범을 살 일이 있으면 오기로 하고 서점을 찾으러 갔다.

다음에 음반점을 방문하게 된 일도 우연이었다. 이번에는 시내에 앨범을 사러 가다가 이 음반점이 생각나서 찾아보고 있었다. 길을 어디로 들었는지 모르겠지만, 이번에도 정신을 차려보니 아담한 가게 문 앞에 도착해 있었다.

"안녕하세요?"

말을 끝내기도 전에 처음 방문했을 때 봤던 여자가 나타났다.

"어서 오세요! 아, 저번에 길 잃으셔서 오신 분이시구나. 이번엔 어떻게 오셨나요?"

이번에도 저번에 가지고 있던 에너지 그대로 나를 반겨주었다.

"혹시 비틀스 앨범도 취급하시나요?"

오늘은 아빠의 생일이었기에 오랜만에 제대로 된 선물을 해드리고 싶었다. 비틀스를 좋아하시는 아빠를 위해 큰맘 먹고 사드리기로 했다.

내 말을 들은 여자는 갑자기 진지해졌다. 전까지는 재미있고 가벼운 사람이었다면, 이제는 강연하는 교수님 같았다.

"비틀스의 LP는 종류별로 다 있습니다. 영국과 미국판, 심지어는 초판도 몇 개 있습니다. 무슨 앨범을 찾고 계시나요?"

나는 아빠에게 내 적은 용돈 안에서 사드릴 수 있는 앨범을 사려고 했기 때문에, 5만 원 안팎의 가격 정도 되는 앨범을 찾고 있었다. 이 상황을 여자에게 설명하자, 바로 추천이 들어왔다.

"음……. 아버지의 생일선물이라면 애비 로드 앨범이 어떨까요? 명곡들이 많이 포함되어 있는, 실질적으로는 비틀스의 마지막 앨범입니다. 가격도 적당하고. 네, 이거는 어떠신가요?"

여자는 레코드판이 담겨 있는 애비 로드 앨범을 꺼냈다. 비틀스의 유명한 건널목을 건너는 사진이 보이는 꽤 멋진 앨범이었다.

"네, 그러면 그걸로 할게요. 얼마인가요?"

내 카드를 꺼내며 얘기했다.

"6만 원에 팔게요. 카드 주시면 결제하고, 생일선물이니 특별히 포장해 드릴게요."

포장도 해주시니 너무 감사했다. 그렇지만 이제 인연은 여기까지일 거라고 생각했다. 매우 틀린 짐작이었다.

길을 가다가도 그 음반점 근처를 지나가게 되면 어느새 그 문 앞에 서 있었다. 그 횟수가 점점 쌓이더니 이제 열 번 가까이 나도 모르게 그 앞을 지나고 있었다. 급한 일이 있을 때는 바로 가던 길을 다시 갔지만, 여유가 있을 때는 그 안에 들어가서 이야기를 나누거나 가끔 괜찮은 앨범을 사기도 했다. 여자의 이름은 김예희, 가게 주인이었다. 나는 이제 그녀를 예희 언니라고 불렀다. 내가 산 앨범은 주로 오래된 레코드판이었다. 핑크 플로이드의 음악을 좋아해서 그 앨범을 사거나 ABBA의 앨범을 사곤 했다.

발걸음이 그곳에 닿는 이유는 불분명했지만, 예희 언니가 가끔 흘리는 말에 의하면 이 음반점에서 내가 고민을 해결해야 한다고 했다. 사실 믿기 힘들었다. 나는 누군가를 돕는 데 재능이 없고, 또 고민을 굳이 해결해야 하는 이유도 몰랐다. 그러나 이렇게 음반점에 오게 된 것이 스무 번째가 되자, 언니도 못 참겠는지 모든 걸 얘기했다.

"여긴 사실 평범한 음반점은 아니야, 세린아."

언니는 내가 스무 번째 방문하자 날 의자에 앉히고 말을 시작했다.

"여긴 마법이 작용하는 곳이야. 마법이란 게 있다니 못 믿겠지만, 사실이야. 보여줄게."

언니는 알아듣기 힘든 단어를 작게 얘기했다. 그러고 나서 손가락을 허공에 대고 글자 'MAGIC'을 쓰기 시작했다. 이상한 점은, 실제로 칠판에 칠판펜으로 적는 듯한 효과가 일어났다. 나는 그 글자들에서 눈을 돌릴 수 없었다. 조금 뒤에 언니는 그 글자들을 지웠다.

마치 해리포터 소설에서 해그리드가 해리에 마법사라고 말해주는 듯했다. 마법이라는 것의 존재를 언제나 굳게 불신해 왔기에, 더욱더 나를 놀라게 하는 것이었다. 비록 짧은 시간 동안 만난 사람이지만, 난 언니를 믿었다. 그 말과 행동은 거짓이 아닐 것이다. 그렇다면 이것은 진실이라는 것인데…….

"어… 어… 근데 이게 사실이라면, 이걸 왜 저한테 보여주신 거에요?"

아직 충격에서 못 벗어났지만, 이걸 나에게 보여준 이유는 알아야 했다.

"네가 이곳에 계속 오게 되는 이유가 마법인 것 같아. 정확히 말하자면, 이 가게에 걸려 있는 매우 섬세하고 정확한 마법이지. 쉽게 설명하자면, 이 가게에는 여기서 해결 가능한 고민이 있고 이 근처를 지나간다면, 무조건 이곳으로 발걸음이 가게 끌어주는 마법이 걸려 있어."

언니는 한숨을 쉬었다.

"더 복잡한 사항은 나중에 설명해줄게. 일단 지금 알아야 하는 건 딱 하나야. 이제 우리는 너의 고민을 해결해야 해."

솔직히 말하자면, 아직도 어안이 벙벙했다. 누군가 나에게 사기를 치는 것은 아닐까? 아무리 내가 해리포터를 읽으며 호그와트 입학안내서를 기다려온 사람이라고 해도, 막상 내 눈앞에서 진짜 마법을 보니 당황스러웠다. 갑자기 나에게 이런 일이 일어나다니, 진짜 내가 마법이라는 것을 마주하게 되었다니. 일단 생각할 시간이 필요했다. 나의 고민……. 당황스러운 이 상태에서 겨우 들은 한마디였다. 나의 고민은 무엇일까? 용돈이 너무 적다는 게 요즘 고민이긴 했지만, 그게 이 장소의 마법이 날 끌고 올 만한 고민은 아닌 듯했다.

"언니, 저 지금 너무 놀라기도 했고, 고민이 뭔지도 생각해 봐야 할 것 같아요. 내일 다시 올게요."

난 몇 분 뒤 겨우 말했다.

"그래, 널 부담스럽게 하려고 얘기해준 거 아니야. 계속 오게 되면 너도 불편할 것 같아서 말이지. 참, 이건 다른 사람들한테는 막 얘기하고 다니면 안 되는 거야. 너한테도 큰 맘 먹고 얘기한 거야."

언니는 내 곁에 계속 머물렀다. 아무래도 내가 어떤 식으로 받아들이고 반응할지에 대해 불안했던 것 같다.

2.

며칠이 지나고, 여러 고민 끝에 난 다시 가게로 돌아갔다. 아직 모든 걸 다 이해하지는 못했지만, 언니와 얘기를 더 해봐야 하는 건 확실했다. 풀리지 않는 궁금증도 있었고, 이해가 안 되는 부분도 있었다.

"언니, 오랜만이에요."

마법에 대해 얘기를 하고서 이 주일 가까이 보지 않았더니 조금 어색했다. 언니도 그래 보였지만, 큰 결심을 한 얼굴이었다.

"그래, 시간 동안 생각해봤니? 일단 중요한 건 고민이 해결될 때까지는 네가 이곳에 계속 오게 될 거란 말이지. 물론 그 불편함을 감수할 수 있다면 해결은 안 해도 돼. 지금까지 아무 실마리가 없었다면, 아무래도 풀기까지 오랜 시간이 걸릴 걸 같단 말이지. 그렇지만 나도 오래 고민을 해봤고, 가장 좋은 건 역시 마법적 구속을 푸는 거란 말이야. 그래서 지금 하는 제안은 받아도 되고 안 받아도 돼."

언니는 갑자기 비장해졌다.

"우리 가게에서 아르바이트 해보는 건 어때? 내가 여기서 계속 혼자서 일하는 것도 벅차고, 너도 고등학생이니까 아르바이트 해보는 것도 나쁘지 않고, 아르바이트 하면서 고민에 대한 정보를 얻게 될 수도 있어. 그리고,"

그녀는 잠시 숨을 골랐다.

"마법에 대해서 더 알게 될 수도 있어. 어떻게 생각해?"

나에게는 완벽한 해결법으로 보였다. 나는 아르바이트를 하면서 돈을 벌 수 있고, 또 마법에 대한 것도 알게 될 수 있고, 내 고민도 풀리게 될 수도 있고, 내가 가지고 있던 궁금증도 해결할 수 있는, 좋은 기회였다.

"언니, 저는 아주 좋아요! 언니만 괜찮으시면 해도 돼요. 저도 아르바이트 슬슬 시작하려는 참이었는데, 딱 맞네요."

고민에 대한 정보는 어떻게 얻는지 모르겠지만, 다른 것들은 매우 좋았기에 시작하기로 했다.

이 음반점은 방문객보다는 인터넷으로 주문하는 고객들이 더 많은 듯했다. 매일 손님들이 꾸준히 방문하긴 했지만, 인터넷 상점에서는 주문이 쏟아졌다. 그랬기에 내 주 업무는 온라인으로 들어오는 주문을 접수하고 문의 전화나 메일, 그리고 가끔 방문객들을 접대하는 것이었다. 주중에 오후 6시부터 오후 10시까지가 내 근무시간이었다. 할 일이 많은 것도 아니었기에, 업무가 없을 때는 공부를 하거나 가게에 있는 음악을 들었다.

"우리 인생에서 음악은 중요해. 그래서 내가 음반점을 물려받은 거야. 너도 가게에 있는 것들을 손상시키지 않는 이상 원하는 대로 들어. 고민을 해결하는 데에도 도움이 될 거야."

언니는 나에게 아무 음악이나 들을 자유를 주었다. 고민을 해결하는 데 중요한 부분이었다. 그래서 그런지 요즘은 내 음악 취향을 찾아가고 있었다. 지금은 핑크 플로이드의 〈Money〉를 듣고 있었다.

나는 언니가 나에게 새로 얘기해준 것들에 대해서 생각을 다시 해보았다. 마법은 내가 생각한 것과는 달랐다. 자신이 좋아하는 음악, 가장 잘 맞는 곡을 찾고, 그 곡을 생각하면서 마법서(대대손손 마법을 아는 사람들만 가지고 전해준 주문이 적혀 있다고 한다.)에 있던 주문을 외우면 마법을 할 수 있다. 물론 자신과 가장 잘 맞는 곡을 찾는 것 자체도 어려웠고, 마법서를 가지고 있는 것은 마법을 원래 알던 가족의 구성원뿐이었기 때문에 일반인이 마법을 하게 되는 것은 어려웠다. 언니는 내가 마법을 하고 싶다면 가르쳐 주겠다고 했다.

"마법을 배우고 싶니? 그러면 언젠가 가르쳐 줄게. 그렇지만 일단 너와 가장 잘 맞는 곡을 찾는 게 먼저야. 너의 고민을 해결하는 것도 거기서부터 시작해야 해."

고민을 해결하는 데 음반점의 마법이 줄 수 있는 도움은 음악을 통해서였다. 고민에 대한 단서는 가게 안 특별한 레코드 플레이어를 통해 주어졌다. 자신과 맞는 곡에 가까워질수록 더 좋은 음질의 소리가, 멀어질수록 나쁜 음질의 소리가 흘러나왔다. 고민을 해결하는 것도 레코드 플레이어를 통해서였다. 고민을 해결하려면 자신과 맞는 곡을 올려놓으면 되는 것이었다. 정확히 어떤 식으로 해결되는지는 언니도 몰랐다.

"보통은 고민을 해결할 때에 한두 번 이끌려 오다가 안 오시는 분들이 많아. 가벼운 고민이거나, 다른 요소에 의해 고민이 해결되는 경우가 대다수이지. 내가 이 가게를 물려받기 전에는 우리 아버지가 돌보셨는데, 너와 같이 이렇게 많이 찾아온 사람은 열 명 정도밖에 없었어. 그것도 내가 어렸을 때여서, 잘 기억이 나지는 않아. 물론 너의 고민이 매우 큰 게 아니라도, 무의식중에서 깊게 생각하고 있는 거라면 가게가 너를 이끌어 오는 거야."

곡이 끝나고 다음 곡으로 넘어가기 직전, 문을 통해 사람이 들어왔다. 신기한 것은, 같은 반인 남자애가 들어왔다는 것이다. 보통은 나이가 좀 있는, 적어도 30대 이상인 사람들이 왔고, 다 내가 모르는 사람들이었다.

내가 여기서 일한다는 사실은 비밀이 아니었지만, 그래도 갑자기 학교에서만 겨우 알던 사람을 보게 되니 놀라웠다. 그 남자애는(이름이 김은우였다.) 이곳에 왜 왔는지 모르는 듯이 주위를 두리번거렸다.

"저, 혹시 여기서 나가는 길을 아시나요?"

은우가 말했다. 아직 내가 누군지 못 알아본 듯했다. 내 기억으로는 은우는 학교에서 전교권 안에 드는, 괜찮은 외모의 조용한 아이였다. 내가 이걸 기억하는 이유는, 우리 반의 활발한 남자아이들 사이 유일하게 조용히 공부하던 사람이었기 때문이다. 나는 반에서 아는 친구들과만 어울리는 편이었기에 나를 잘 기억하지 못하는 게 오히려 당연했다.

"여기서 오른쪽으로 나가서 가다가 왼쪽으로 꺾으면 밖으로 나가실 수 있어요."

나를 못 알아보니, 그냥 모르는 채로 놔두는 것도 나쁘지 않을 것 같았다. 어차피 잘못 들어왔으니, 다시 여기서 볼 일은 없을 것이다.

"아, 감사합니다."

그는 들어온 길로 다시 나갔다. 그리고 나는 그를 음반점에서는 다시 안 볼 줄 알았다. 그렇지만 그건 나의 착각이었다.

"언니, 저 말고 다른 사람도 계속 음반점에 오는 것 같아요. 저처럼 고민이 있는 사람인 것 같은데, 어떻게 해야 할까요?"

두 주일 동안 다섯 번 정도 문 앞까지 왔다가 돌아가는 김은우를 보니, 나와 비슷한 상황인 듯했다.

"진짜? 누군데? 나도 가게 앞에 설치한 CCTV로 본 적이 있는 것 같은데, 누군지는 잘 모르겠다."

한 번에 두 명의 고민을 해결해야 한다는 것을 알게 된 언니는 당황한 듯했다.

"저랑 같은 반 남자애요. 김은우라고 있어요. 많이 친하지는 않아요."

언니는 내 말을 듣고 고민을 하는 듯했다.

"음, 그러면 이번 기회에 친해지는 건 어때? 마법에 대해 여러 번 설명하는 것도 힘들고, 네가 걔를 가게로 초대해서 대충 이유를 대고 음악을 찾게 하는 거야. 그러면 괜찮겠지?"

언니는 몇 분 동안 고민을 하다 말했다.

"어……."

일단 친해진다는 부분이 문제였다. 나는 남사친이 꽤 적었고, 그 이유 중 하나는 남자인 친구를 사귀는 데에 젬병이라는 것이었다. 친해질 명확한 이유도 없는 사람과 친해져야 한다니……. 그렇지만 언니가 마법을 소개해 준 것도 있고, 도움을 많이 줬기 때문에 도전해 봐야 했다.

"알겠어요. 근데 망할 수도 있어요."

사실 망할 확률이 90퍼센트 이상이긴 했지만 말이다.

이렇게 해서 시작한 친해지기 프로젝트, 시작부터 망할 조짐이 보였다. 반에서 친해지려고 한다면 필요하지 않은 관심을 받을 것 같기에 가게로 왔을 때 친해지려고 했다. 그러나 계속 오지 않았다. 오지 않은 채 일주일이 지났다. 물론 나에게는 좋은 것이었다. 고민이 해결되어서 안 오는 것 아닐까? 그렇다면 친해지지 않아도 되고, 양쪽다 편한 것이기 때문이다. 그렇지만 8일째 되는 날에 다시 김은우가 문 앞에 서 있었다. 놓치면 안 된다는 생각으로 필사적으로 문밖으로 뛰어나갔다.

"야, 김은우!"

솔직히 말하자면, 무슨 말을 할지 일주일 동안 생각해보고 있었다. 그 말들은 놀란 은우의 얼굴을 보자 모두 사라졌다.

"어, 일단 들어와! 빨리!"

매우 놀란 것 같은 은우는 그래도 나를 따라서 가게 안으로 들어왔다.

"일단, 어……. 네가 많이 가게 앞까지 왔다 가길래! 가게 소개해 줄게!"

어디서 나온 자신감인지 모르겠지만, 일단 친해져야 한다는 느낌으로 말을 이어 나갔다. 은우는 어안이 벙벙한 표정으로 그냥 따라왔다.

"어… 여기는 희귀한 음반을 보관하는 곳이야! 그리고 여기는 보통 음반들을 시대와 장르별로 구분해서 놓는 곳이야. 이 옆에는 CD나 혼합테이프도 있고, 그리고 저 안쪽은 많은 수량의 물건들을 보관하는 창고야! 마지막으로 이쪽에는 여러 스피커와 플레이어들이 있어."

많은 스피커와 플레이어들 사이에는 특별한 레코드 플레이어도 존재했다. 〈Money〉에서 다음 곡으로 넘어가 〈Us and Them〉이 나오고 있었다. 가게에 대한 간단한 소개를 마치고 나자, 할 말이 더 없었다. 평소의 조용한 모습과 다르게 사람을 끌고 와서 주위를 소개해

주고 나니, 느낄 겨를이 없었던 부끄러움이 나를 강타했다. 은우는 아직도 놀라 있는 듯했다.

"어… 음… 일단… 음… 다 둘러본 거지? 그러면 저기 음반 중에서 듣고 싶은 거 골라 와!"

은우가 정신을 차리고 왜 나를 초대했느냐고 물어보면 나는 할 말이 없었기에 일단 말할 시간이 없게 하는 게 좋을 것 같았다. 은우는 용케 움직여서 Fleetwood Mac의 앨범 'Rumors'를 들고 왔다. 원래부터 음악을 잘 아는 건가? 그 시절에 히트 한 앨범이었다. 나는 레코드판을 꺼내서 특별한 플레이어에 놓는 것을 도와줬다. 음악이 나오기 시작했다. 〈Second Hand News〉가 듣기 좋게 플레이어에서 나오고 있었다. 한 번 만에 자신과 맞는 노래에 가까워지다니, 꽤 부러웠다. 나는 몇 주 동안 들으면서 가장 가까워진 것이 Simon and Garfunkel의 〈Bridge Over Troubled Water〉이었다. 흠…….

나는 계산대 뒤에서 플라스틱 의자를 두 개 꺼내 와서 레코드 플레이어 앞에 놓았다. 어차피 좀 있으면 마감 시간이기도 하고, 업무도 거의 끝났기 때문에 오랜만에 업무시간에 좀 쉬고 있기로 했다.

마지막 노래가 끝나자 10시가 되어 있었다. 나는 일어나서 은우를 배웅했다.

"잘 가!"

"……. 어, 고마워."

은우가 가게에 도착한 이후로 처음 한 말이었다.

3.

그 이후로 은우는 가게에 많이 왔다. 내가 활발하게 말을 걸어서
인지는 모르겠지만 3일에 한 번 정도 꾸준히 방문했다. 그 사이에 우
리는 많은 음악을 들었고, 꽤 친해진 것 같다. 이제는 제대로 된 대화
도 나누고 있다.

"너는 어떤 음악 장르를 가장 좋아해?"

나는 은우에게 물었다.

"개인적으로 좋아하는 건 팝송이긴 해. 근데 여기서 오래된 노래
를 들으니까 좋은 것 같아. 너는?"

은우가 말을 하는 것이 아직 익숙하진 않았지만, 같이 얘기하면
재밌었다.

"음, 나는 사실 거의 모든 장르를 좋아하긴 해서. 근데 들을 때 편
한 음악은 아무래도 오래된 음악인 것 같아."

지금은 은우가 넣은 음반에서 〈Hotel California〉가 나오고 있었다.
이것도 듣기 좋았다. 참 쟤는 운도 좋지.

"근데 너는 인생에서 고민 같은 게 있어? 성적도 좋고, 외모도 나
쁘지 않고……. 그냥 엄친아잖아."

난 왠지 궁금해져서 물어봤다. 은우는 고민하는 얼굴이었다. 그러
다가 입을 열었다.

"아무한테도 말하면 안 돼, 알았지?"

내 생각보다 우리가 아주 친해졌거나, 아니면 그냥 은우가 친구가

적거나 이 두 가지 중의 하나인가 보다. 그래도 말을 해주겠다 하니 진짜로 친구가 된 기분이었다.

"내 진로에 대해서 사실 많은 고민을 하고 있거든. 내 성적으로 내가 가고 싶은 대학에 잘 갈 수 있을지도 모르겠고, 내가 가는 길이 맞는 건지도 모르겠거든. 그냥 앞날이 불안해."

은우는 이렇게 말하고 나서는 조용해졌다.

"야, 너 성적으로는 인 서울 확정인데, 그런 걱정은 좀 줄여도 될 듯. 그리고 진로는 어차피 그 성적이면 생각할 시간 좀 있으니까, 고민해보고 결정해 봐."

전교에서 5등 안에 드는 애가 나에게 진로 고민을 얘기하다니, 비현실적이었다. 오히려 내가 더 깊게 생각해야 하는 고민인 것 같은데 말이다.

"그렇긴 하지……."

내가 말해준 것이 마음에 와 닿지는 않았나 보다. 아무래도 오랫동안 깊게 가지고 있던 고민인 듯하다. 어떻게 음악이 이런 고민을 해결해 줄 수 있을까? 궁금해졌다.

LP판 하나가 또 끝나 있었다. 이제는 무슨 음악을 들어야 할까? 고민하고 있을 때 내가 전에 들어봤던 노래가 하나 떠올랐다. 이게 알맞은 노래일 수도 있을 것 같았다.

"야, 이거 들어볼래? 이 앨범 좋아."

나는 옆에서 'It Never Rains In Southern California'를 꺼내 왔다.

이 중에서 여섯 번째로 나오는 곡이 앨범과 같은 이름인, 내가 찾는 곡이었다. 가장 처음에 은우가 골라왔던 'Rumors'와 장르가 같고, 캘리포니아가 나오는 확률이 꽤 높은 곡이었다. 은우는 레코드판을 플레이어 위에 올렸다.

노래를 들으면서 나는 인터넷 주문을 처리했고, 은우는 공부를 했다. 그리고 〈Anyone Here In The Audience〉가 끝나자, 〈It Never Rains In Southern California〉가 나오기 시작했다. 그리고 은우는 공부를 멈추고 듣기 시작했다. 내 귀에는 전에 들었던 곡들보다 좀 더 아름다운, 선명한 곡이 들리기 시작했다.

Seems it never rains in southern California

Seems I've often heard that kind of talk before

It never rains in California

But girl, don't they warn ya?

It pours, man, it pours

이건 은우의 곡이라는 확신이 들었다. 나에게는 그냥 매우 좋은 소리가 들렸지만, 은우는 눈을 감고 음악을 깊게 느끼고 있었다. 무슨 영향을 주고 있었는지는 모르겠지만, 매우 평화로워 보였다.

그리고 난 후 곡이 끝이 났다. 은우는 눈을 떴다.

"저 곡 들었어? 와……."

은우는 아직도 곡에 잠겨 있는 듯했다. 사실 나는 고민이 어떻게 해결됐을지 궁금했다. 그렇지만 아직 정신을 제대로 차리지 않았는데, 좀 시간을 주기로 했다. 몇 분 뒤, 드디어 제대로 말을 할 수 있게된 것 같은 은우에게 말을 걸었다.

"곡이 왜?"

"누군가가 나에게 용기를 불어넣어 준 느낌? 내가 가지고 있는 걱정들이 다 해결될 거라는 건 아니고, 음……. 나에게 누군가가 고민을 상담해준 느낌? 고민이 완전히 사라지지는 않아도 해결의 실마리가 보이는 느낌이야. 참 신기하네, 곡 하나가 이런 느낌이 들 수 있다니."

은우가 말했다.

은우가 집에 가고 내가 가게를 거의 정리한 후 언니가 잠시 들렀다.

"프린트해야 할 게 있어서 잠시 왔어. 오늘은 걔 왔니?"

'걔'는 언니가 은우를 부르는 호칭이었다. 어쩌다 보니 둘은 한 번도 만난 적이 없었다. 아무래도 내가 아르바이트를 할 때 언니가 다른 일을 하러 나가 있어서 그런 것 같다.

"언니, 걔 고민이 해결된 것 같은데 한번 들어보세요."

나는 오늘 있었던 일을 언니에게 얘기해 줬다.

"음, 그게 맞는 것 같네. 아버지가 가게 운영을 위해 남겨 놓으신 안내문을 내가 더 찾아봤는데, 그런 식으로 고민이 해결되는 게 맞아. 이제 그냥 길을 가다가 여기로 걔가 끌려오는 일은 없을 거야."

언니가 말했다.

"근데 그러면 고민 자체가 해결되는 게 아닌 거에요?"

고민이 해결되는 게 아니라 실마리만 알려준다니, 좀 이상했다.

"어떤 마법이나 음악도 완전히 고민을 해결할 수는 없어, 세린아. 이 음반점이 고민이 있는 사람을 끌어오는 이유는, 사람들이 음악을 듣고 고민을 해결할 힘이나 도움을 주기 위해서야. 고민을 해결하는 건 너여야 해. 음반점은 여기서 너를 도와주는 역할인 거야. 그리고 나도 기록에서 읽어보기만 했는데, 가끔 중요한 고민은 해결을 안 해도 되나 봐. 꼭 너에게 필요한 고민이거나 그런 거면, 그냥 다른 의미로 그 고민과 관련된 도움을 준 데. 뭐, 사실 나도 최근에 제대로 알게 된 거긴 해."

언니는 그렇게 말하고 나갔다. 나도 금방 정리를 끝내고 집으로 갔다.

침대에 누워서 언니의 말에 대해 생각해봤다. 고민을 완전히 해결할 수 있다는 건 사실이 아니었나 보다. 음악이 고민 해결에 도움을 준다는 것, 음……. 평소에 음악이 우리 삶에서 가지는 영향을 더 크게 하는 것 같다. 뭐, 그래도 실마리를 주는 게 어딘가. 나의 고민이 뭔지도 모르긴 하지만 말이다.

4.

오늘도 음반점에서 인터넷 주문을 처리하면서 내 고민에 대해 생각해봤다. 다시 〈Bridge Over Troubled Water〉을 틀어 놓고 있었다. 내가 틀었던 곡 중에서는 가장 가까운 곡인데……. 은우가 틀었던 곡

중에서 나와 가까운 곡은 없을까? 궁금해졌다. 다음에 한번 시도해 봐야겠다.

흠, 고민……. 사실 내가 가지고 있는 고민은 꽤 많다. 성적에 대한 고민, 덕질에 관한 고민, 인생에 관한 고민……. 그저 그런 고민이 여기로 나를 끌고 올 만큼 깊은 것들은 아니었다. 무엇일까, 뭐 노래만 알면 내 고민도 찾아지기에 일단 노래를 찾는 게 먼저인 것 같다.

일단 〈Bridge Over Troubled Water〉의 장르를 찾아봤다. 힌트가 될지는 모르겠지만, 일단 곡을 빨리 찾고 싶었다. 그것도 그렇고, 곡을 찾아서 마법에 대해 배우고 싶기도 했다. 일단 장르는 'Folk Rock' 이었다. 음……. 그 장르 위주로 곡을 들어보기로 했다.

밥 딜런이 가장 큰 거장인 듯했기에, 그의 곡들을 들어보기로 했다. 일단 〈Mr. Tambourine Man〉부터 듣기 시작했다. 좋기는 했지만, 〈Bridge Over Troubled Water〉를 들을 때와 느낌이 꽤 비슷했다. 그래도 계속 들어보기로 했다. 은우의 성공이 나를 자극한 것 같기도 하다.

은우는 전처럼 3일에 한 번 정도 가게에 들렀다. 물론 이제는 계속 오지 않아도 되지만, 친구가 되긴 했으니 나쁠 건 없었다. 뭐, 혼자서 가게에 있는 것보다는 같이 공부할 사람이 있으니 괜찮았다.

"여기서 공부하면 편하기도 하고, 무료이기도 하고, 말할 사람이 있으니까 좋은 거지."

내가 왜 음반점에 자주 오는지 물어봤더니 받은 답변이었다.

이제는 인터넷에서 도움을 받아 많은 곡을 찾고 있었다. 밥 딜런도 있었고, Simon and Garfunkel, 닐 영과 같은 가수들이 많았다. 리스트를 몇 주에 걸쳐서 내려가고 있었다.

"무슨 노래를 찾는 거야?"

이 장르의 곡을 한 400번째 틀자 마침내 은우가 물었다.

"어? 음……."

뭐라고 변명을 해야 할까? 몇 초 후에 답이 떠올랐다.

"나도 너처럼 고민을 해결해줄 곡을 찾고 있어. 전에 네가 말한 거 있잖아, 고민의 실마리가 보이게 해준다는 곡. 나도 그런 곡을 찾아보려고."

뭐, 다 맞는 말이긴 하다. 정확히 알려주지는 않지만, 거짓은 아닌 완벽한 말이었다.

"오, 그러면 나도 도와줄게. 근데 너의 고민은 뭐야?"

갑자기 은우가 이렇게 물었다. 아니, 내 고민이 뭔지 나도 모르는데, 어떻게 답하라는 건가. 고민 끝에 이렇게 말해주기로 했다.

"사실은……. 네가 그런 음악을 찾았다길래, 나도 그런 곡을 찾아보고 싶었어."

내가 가지고 있는 사소한 고민은 이 정도 배포에 고민이 아니었기에, 이게 가장 현명한 선택이었다.

"음, 근데 고민을 해결하고 싶다면 무의식 속에라도 고민이 있어야 하는 거 아닐까? 같이 무슨 고민인지 찾아보자. 그리고 난 뒤에 곡을 찾아도 나쁘지 않을걸?"

은우는 잠시 생각을 한 뒤 말했다.

"어, 그래. 그러면 어떻게 고민을 찾지?"

사실 이 부분이 가장 문제였다. 근데 은우는 다 생각을 해놓았나 보다.

"네가 인생에서 가장 중요하게 생각하는 것 다섯 가지를 말해 봐."

은우가 말했다.

"어……. 일단 가족이랑 친척, 건강, 행복, 그리고, 내 친구들."

좀 고민을 해야 하는 것들이었다. 아무래도 갑자기 인생에서 중요한 다섯 가지만 고르라고 하니, 생각이 필요했다.

"그러면 이 중 하나가 너의 고민과 관련된 거 아닐까? 네가 중요하게 여기는 게 고민을 가장 많이 불러오니까."

은우는 꽤 논리적인 말을 했다. 하긴, 그러니까 전교권이지.

그러면 이 중에 진짜로 내 고민이 있을 수도 있다. 흠, 일단 가족이랑은 가끔 티격태격하지만 전반적으로는 괜찮고, 친척들은 중요하긴 하지만 멀리 있기 때문에 자주 생각하지는 않는 사람들이다. 아직 내 나이로서는 건강이 큰 사고가 나지 않는 이상 깊게 생각할 필요는 없고, 학업 스트레스만 빼자면 꽤 행복한 삶을 살고 있었다. 그렇다면 내 친구들? 사실 내 친구들에 대해 깊게 생각을 해본 적이 없어서 잘 모르겠다. 그렇지만 가능성도 있는 게, 나는 인간관계에 대해 많이 생각하는 편이다. 요즘은 줄어든 고민이긴 하지만, 학교폭력 예방 교육 같은 걸 볼 때면 내가 왕따를 당하거나 방관자가 되는 것에 대한 악몽도 꾸긴 했었다. 생각에 생각을 거듭해보니, 맞는 것 같았다.

나는 내 친구들에게 잘 해주려고 노력하고, 다른 사람들과의 관계에 대해 생각을 많이 한다. 친구들에게 한 말을 자기 전까지도 곱씹어 본다. 내가 이상한 말을 했는지, 어색한 행동을 했는지 말이다. 어떻게 친구 관계가 내 고민일 거라는 생각을 안 해봤지? 역시 두 머리가 한 머리보다 나은 것 같다. 친구 관계가 진짜로 내 고민인지에 대해서 마지막으로 생각을 정리한 후, 이것을 은우에게 설명해줬다.

"오, 맞는 것 같다. 그렇게 오랫동안 못 찾은 건데, 이제라도 찾아서 다행이네. 무슨 고민을 하는지 알아야지 스트레스도 관리할 수 있지."

이제 내 고민이 뭔지에 대해서 고민을 하는 게 아니라 실제로 어떻게 해결을 할지만 생각해도 되는 것이다. 이래서 똑똑한 친구가 있는 게 좋은 건가?

"노래는 너 생각에 Folk Rock이라고? 그러면 유명한 순서대로 쭉 들어봐. 그러면 언젠가는 닿겠지? 뭐, 실제로 고민을 해결해야 하는 건 너니까 음악을 찾는 건 덜 중요할 것 같아. 근데 이 고민이 네가 말한 것처럼 깊다면, 사실 이게 너에게 좋은 영향을 주는 것도 있는 것 같네. 그냥 해결하는 것에만 초점을 맞추는 건 현명하지 않은 것 같아."

은우는 말했다. 와, 진짜 똑똑하네. 나에게는 마법적 구속을 풀어야 하니까 음악이 중요하긴 한데, 고민만 생각한다면 역시 은우의 말이 다 맞았다. 마지막 말은 언니가 나에게 했던 말과 비슷한 맥락이었다. 뭐, 저건 음악을 들어봐야 알 수 있는 부분이겠지.

그의 말을 따라서 유명한 대로 다 듣기 시작했다. 신기한 건 그 음반들이 다 가게에 있다는 것이다. 창고까지 안 들어가도 다 전시되어 있었다. 언니는 진짜 이 일을 열심히 하는 것 같다.

전부터 은우가 한 말과 비슷하게 유명한 가수 순으로 내려갔기에 꽤 빨리 리스트를 내려갔다. 은우가 방문하지 않은 어느 날, 마침내 한 800번째의 곡으로 Don McLean의 앨범 'American Pie'를 찾고 있었다. 위키피디아는 이 앨범의 장르를 Folk와 Folk Rock으로 분류하고 있었기에, 살짝 애매하긴 했지만 그래도 음반을 찾아서 올려놓았다.

가장 첫 곡인 〈American Pie〉가 흘러나오기 시작했다. 그리고 난 알 수 있었다. 이 곡이 나의 곡이라는 것을, 나와 가장 잘 맞는 곡이라는 것을 알 수 있었다. 전과는 다른 선율이 레코드 플레이어에서 흘러나왔다. 아름답고 깔끔하고, 우아하면서 서정적인, 전과 비슷하지만, 전과는 차원이 다른 느낌이었다. 그리고 그 곡은 4분 11초 동안 나를 붙잡고 있었다. 전체 곡이 8분 42초로 너무 길었기에 두 부분으로 나누어져 있었고, 첫 부분이 끝난 후에 정신이 돌아오자 두 번째 부분도 틀었다.

역시, 말로는 설명할 수 없는 느낌이었다. Folk Music 특유의 아름다움이 독보적이었다. 그리고 음악을 듣고 있자 고민에 대한 생각이 저절로 떠올랐다. 그리고 나는 알 수 있었다. 친구 관계는 언제나 나에게 고민이었고, 앞으로도 그럴 것이라는 걸.

그렇지만 나는 걱정되지 않았다. 이 고민은, 부정적인 것만은 아니었으니까. 건강한 고민이었다. 이제 나는 안도감을 느꼈다. 언니와 은우가 말했던 그 중요한 고민인 것 같았다. 나에게 필요한 고민. 그저 내가 너무 깊게 생각해 온 것이다. 이제는 이 곡을 듣고 알겠다.

전처럼 깊게 생각하지 않아도 되겠다. 그러지 않아도 나는 괜찮을 것이다.

The day the music died
And they were singing bye-bye, Miss American Pie
Drove my Chevy to the levee but the levee was dry
And them good old boys were drinking whiskey and rye
Singing, "This'll be the day that I die"
This will be the day that I die

Go Back

◇

채민광

작가의 말

채민광 (2학년)

독자 여러분, 안녕하세요? 아직은 작가라는 말이 어색한 평범한 중학교 2학년 학생 채민광입니다. 이 소설은 지금까지 제가 살면서 써본 첫 판타지입니다. 평소 제가 즐기던 책들과 달리 판타지는 저에게 낯선 장르였고, 그래서 이 이야기를 쓰면서도 모든 것이 처음이었기에 많은 의문을 가지고 글을 써 내려갔습니다. 하지만 이야기가 한 페이지, 한 페이지 채워져 갈수록 저는 제가 이 이야기의 주인공인 라온과 함께 조금씩 성장해 감을 느낄 수 있었습니다.

소설의 제목인 'Go Back'은 두 가지 의미를 가지고 있습니다.

1. 두 사람이 긴 세월 동안 알고 지내다.

2. 이전으로 돌아가다.

'Go Back'은 오랜 세월 친하게 지냈던 친구와의 사이에서의 일들과 살아오면서 어떠한 것에 최선을 다하지 못한 채 그것을 놓쳐버리거나 대충 끝내버린 경험이 있는 사람이라면 누구나 한 번쯤은 해볼 법한 생각인 '내가 만약 그때로 돌아간다면……'이라는 생각을 중심 소재로 하고 있습니다. 또, 오랜 시간 친하게 지내왔던 친구와의 비교, 내적 갈등, 지나간 일들에 대한 후회 등 청소년 시기 여러분이 겪고 있을 고민을 통해 쉽게 공감하실 수 있는 이야기를 담고 있습니다.

저는 이 소설을 통해 여러분께 '이미 지나간 일에 대한 후회는 그 일의 결과를 바꿀 수 없으니, 현재 하고 있는 일과 앞으로 하게 될 일에 최선을 다하는 것이 중요하다'라는 이야기를 들려 드리고 싶습니다. 가끔은 'Go Back'이 의미가 있을지 모릅니다. 하지만 우리를 더욱 발전시키는 것은 분명히 'Go'일 것입니다. 앞을 보고 열심히 'Go'하실, 더 멋진 삶을 살게 될 여러분을 이 이야기를 통해서 열심히 응원하겠습니다!

임라온, 별 목적 없이 태어난 김에 살아가는 보통의 사람 그게 바로 나이다.

"카톡!"

엄마에게서 문자가 왔다.

라온아, 미르는 이번에 수학학원 테스트에서 의치대반으로 올라갔다더라, 너도 안 뒤처지려면 수학 공부 열심히 해서 다음 테스트 때는 의치대반 들어가야 해. 그리고 미르는 학원 숙제 외에도 자기가 스스로 문제 찾아서 풀고 내용 정리도 스스로 한다더라. 우리 아들도 잘할 수 있지? 엄마는 아들 믿어~

요즘 들어 속상한 날들이 매일 반복된다. 도무지 내 뜻대로 되는 일도 하나도 없고 엄마랑 학원 선생님들은 매일 지겨운 잔소리만 쏟아댄다. 다 나를 위해서 하는 말이라는데 도대체 어떤 게 나를 위한 거라는 건지를 모르겠다.

엄마의 문자에 갑자기 미르 생각이 나서 미르의 카카오톡 프로필을 보았다. 미르와 나는 매우 친한 친구, 이른바 절친이었다. 우리는 유치원부터 중학교까지 모든 것을 함께 하였다. 심지어 학원도 대부분 같다. 지금이야 미르는 늘 최상위권에서 머물고 나는 중위권에서 중상위권에 겨우 들어가는 수준이지만 2, 3년 전까지만 해도 나는 미르와 공부, 운동 등 모든 것이 비슷비슷한 수준이었고 어떤 것들은 내가 미르보다 더 잘하는 것들도 있었다. 하지만 그 당시에 나는 목적이 없었고, 그저 시키는 것만 잘하면 된다고 생각하였다. 이것이 미르와 나 사이의 거리를 이렇게나 크게 벌려놓을 줄은 상상조차 하지 못했었다. 지금 와서 생각해보자면 그 당시의 내가 이상한 자만심에 빠져 있었던 같기도 하고, 원래 타고난 내 성격 때문이었던 것 같기도 하고, 그 당시에 내가 왜 그런 이상한 생각을 가지고 있었는지는 지금까지도 모르겠다.

1장 학원에서

"어, 늦겠다."

"잠시만요!"

"간신히 탔네."

어제처럼 버스를 놓치지는 않았기에 도착하고 나서 시계를 보니 '6시 58분'. 수업 시작 2분 전에 간신히 지각하지 않고 학원에 들어갔다.

'휴, 다행이다.'

그때 미르가 학원 문을 열고 들어왔다.

"안녕, 라온."

미르가 먼저 나에게 웃으며 인사를 건넸다.

"안녕, 숙제는 다 해 왔냐?"

"응, 당연하지. 너는?"

그때 선생님께서 말씀하시는 게 들렸다.

"얘들아, 빨리 수업 들어와라, 수업 시간 다 됐는데 밖에서 떠들고 있으면 어쩌니? 빨리 들어와!"

"앗, 넵!"

우리는 서둘러 교실로 들어갔다. 수업은 늘 그랬듯이 숙제 검사부터 시작되었다.

"우리 미르는 어떻게 이렇게 성실하게 숙제를 잘해 올 수가 있니? 숙제가 모두 완벽하다!"

오늘도 미르는 선생님께 칭찬을 들었다. 이제 내 차례가 다가온다.

"라온아, 너는 숙제가 오늘도 왜 이 모양이니? 네 친구 미르는 숙제를 이렇게나 잘해 오는데 너는 늘 숙제가 왜 이러니? 미르랑 같이 다니면서 잡담만 하지 말고, 공부 얘기도 좀 하면서 친구의 좋은 점은 본받으려고 노력해봐!"

어제도 하셨고 그저께도 하셨던 말씀을 선생님께서는 오늘도 내게 하셨다. 선생님께서 늘 내게 하시는 말씀 '친구의 좋은 점을 본 받아라'였다. 처음엔 나도 선생님 말씀처럼 미르의 좋은 점을 본받으려고 노력했다. 하지만 미르는 모든 면에서 거의 완벽에 가까웠고 미르를 볼 때마다 나 스스로가 부끄러워졌고 내 자존감은 계속해서 낮아질 수밖에 없었다.

수업 내용은 곧 있을 중간고사에 대한 내신대비였고 책을 펴 놓고 다른 생각을 하는 동안 어느새 두 시간이 지났다.

"오늘 수업 끝 다들 복습 꼭 해와라. 특히 라온이 너, 정신 차려야
헤 알겠지?"

늘 들어왔던 말이라 나에게는 큰 의미가 없는 말이었지만 대답만
은 늘 그랬듯이 크게 했다.

"넵!"

가방을 싸서 나오니 이미 밖은 어두웠고 비가 내리고 있었다. 미
르는 가족들과의 저녁 약속 때문에 먼저 집에 갔고 퇴근 시간이라 거
리는 사람들이 많이 보였다. 초등학교 5~6학년쯤으로 보이는 아이
가 학원으로 들어가고 있었다.

'저 때가 좋았는데.'

폰을 보며 집으로 가는 길에 엄마에게 전화를 했지만 엄마는 받지
않았다.

"고객님의 전원이 꺼져 있어 삐 소리 후……."

몇 분 후 집에 도착했을 때 엄마가 책을 읽고 계셨다.

"라온아, 아까 왜 전화했니? 엄마 폰 배터리가 방전되는 바람에
전화 못 받았거든."

"그냥요."

별 영양가 없었던 대화가 끝난 후 방으로 들어갔다. 내 방에는 늘
초등학교 시절 받았던 상장들이 전시되어 있었는데 그날 따라 이상
하게도 그 상장들을 보자 내 자신이 한심하게 느껴졌고 자꾸만 스스

로가 미워졌다.

엄마가 부엌에서 내 이름을 부르는 소리가 들려왔다.

"라온아, 밑에 슈퍼 가서 부추 하나만 사와. 밖에 비 많이 오니까 조심해서 갔다 오고."

"네."

엘리베이터를 타고 내려가 보니 유리문 밖에는 아직도 비가 많이 내리고 있었다. 아파트 밑 슈퍼에 가보았지만 문은 닫혀있었고, 나는 어쩔 수 없이 사거리 쪽에 있는 마트에 가서 부추를 사기로 했다. 계속 걷다 보니 어느덧 아파트 근처 공사장이었다. 옆의 맨홀은 공사 때문에 뚜껑이 열려있었지만 나는 늘 그랬듯이 크게 신경 쓰지 않고 지나치려 했다. 그러나 그 순간 나는 비 때문에 미끌미끌한 아스팔트를 밟고 넘어졌고, 내가 그 깊고 어두컴컴한 구멍으로 빨려 들어가는 것이 느껴졌다.

"앗, 안 돼!"

그러나 내 의지와는 상관없이 나는 계속해서 그 구멍 속으로 빨려 들어갔다.

'얼마나 지났을까?'

내가 겨우 정신을 차렸을 때 주위에서 반 친구들의 목소리와 담임 선생님의 목소리가 들려왔다.

"학기 첫날부터 수업시간에 잠을 자다니 저 학생은 이름이 뭐죠?"

담임 선생님께서 말씀하시자 반친구들이 나의 이름을 말했다.

"임라온이요."

진짜 말 그대로 뇌 정지, 뇌가 멈춘듯했다. 도무지 정신을 차릴 수가 없었다. 나는 분명 엄마의 부추를 사러 가고 있었는데 그런 내가 학교에 앉아 있었다. 꿈을 꾼 게 아닐까 싶었지만 이건 분명 꿈이 아니었다. 그 순간 나는 머리를 세게 얻어맞은 듯했다. 절대로 일어날 수 없는, 아니 일어나서는 안 되는 일이 나에게 일어난 것이다.

'나는 지금 학기 첫날로 돌아가게 된 것이다……'

그렇게 내가 멍하게 있는 동안 한 교시가 끝난 것인지 쉬는 시간을 알리는 종소리가 들려왔다. 쉬는 시간은 여느 때보다 훨씬 짧게 느껴졌다. 담임 선생님이신 국어 선생님께서 들어오시고 어느새 수업이 시작되었다.

"쌤, 오늘은 학기 첫날이니까 수업하지 마요."

반 아이들이 선생님에게 말했다.

"그래, 그러면 오늘은 학기 첫날이니까 한 명씩 돌아가면서 자신의 좌우명과 간단한 자기소개를 해보자."

1분단에 앉은 친구들부터 한 명씩 자기소개를 시작했고, 어느덧 2분단의 차례가 되어 바로 앞의 한결이가 자기소개를 하고 있었다.

"저는 김한결이고 늘 '최선을 다하자'라는 좌우명을 가지고 있습니다. 앞으로 잘 부탁드립니다."

한결이는 작년에 같은 반이 되면서 친해진 친구로, 공부를 뛰어나게 잘하지는 않지만 뭐든지 열심히 하는 친구였다. 한결이의 자기소개가 끝나고 드디어 내 차례가 찾아왔다.

"저는 임라온이고 좌우명은 '대충 살자'입니다. 앞으로 잘 부탁드립니다."

그 순간 아이들이 웃는 소리가 들려왔다. 담임 선생님께서 주의를 주시고 난 후에야 아이들은 조용해졌고 그렇게 비슷한 말들이 3분단까지 반복된 후 수업이 끝남에 따라 자기소개도 끝이 났다. 여전히 혼란스러웠던 나는 계속 다른 생각을 하며 남은 수업 시간을 끝냈고 학교가 마치자마자 나는 제일 먼저 교실을 뛰쳐나갔다. 거리는 모두 학기 첫날로 돌아가 있었고 엄마의 심부름을 가며 보았던 아파트도 아직 지어지기 전이었으며 공사장의 공사도 이제 막 시작된 것처럼 보였다. 집으로 돌아가자 엄마도 학기 첫날로 돌아가 있었으며 나를 제외한 모두가 과거로 돌아온 상태에서 미래를 알지 못하고 살아가는 듯했다. 방으로 들어와 스마트폰을 켜보니 '3월 2일 오후 5시'라는 글씨가 첫 화면에 선명했다.

2장 사건이 발생하다

그렇게 정신없던 일주일이 지나가자 혼란스러움은 어느 정도 사라지고 나는 과거로 돌아온 삶에 적응되었다. 그리고 이상한 현상이 일어났다. 미래를 이미 알고 있는 나이기에 나에게 유리한 결과가 나오도록 행동하는 경향이 생겼다. 또 나와 사이가 좋지 않거나 평소 다툼이 잦았던 친구들을 골탕먹이기 시작했다. 그래도 몇몇 친구들의 문제일 뿐 나에게는 큰 피해가 발생하지 않았기에 나는 계속 그렇게 행동했다. 하지만 그렇게 생각한 지 불과 며칠 후 문제는 발생했다.

체육 수행 평가로 50미터 달리기 시험을 치는 시간이었다. 지루했던 4교시 수학 시간이 끝나고 쉬는 시간을 알리는 종소리가 들리자마자 우리는 재빠르게 체육복으로 갈아입고 운동장으로 나갔다.

"수업 끝!"

"얘들아, 다음 시간 체육 수행평가니까 빨리 옷 갈아입고 내려가자."

잠시 후 아이들이 모두 모이고 수업을 시작하는 종이 울리자 체육 선생님께서 50미터 달리기 수행평가에 대해 간단한 설명을 하셨다.

"오늘은 저번 시간에 공지했듯이 순발력과 체력 측정을 위한 50미터 달리기 수행평가를 칠 거예요. 정해진 출발 지점에서 선생님이 서 있는 장소까지 전력질주를 하면 됩니다. 선생님이 강당에서 깃발과 스톱워치를 가져올 동안 연습 시간 줄게요."

선생님께서 강당으로 가시자 나는 깊은 생각에 잠겼다. 나는 이 수행평가에서 내가 B를 받고 미르가 A를 받으며 이 수행평가로 인하여 미르가 반에서 1등을 하게 된다는 사실을 이미 알고 있었다. 그러다 보니 어느샌가 내 마음속 깊은 곳에 숨겨져 있던 열등감이 튀어나왔고 내 마음속의 두 목소리가 충돌하는 것이 느껴졌다.

한 쪽에선, '미르는 네 친한 친구잖니. 친구를 의도적으로 위기에 빠뜨리는 것은 양심에 어긋나는 비도덕적인 행동이야'라고 말했지만 다른 한쪽에서는, '라온아, 아무리 그래도 미르가 A 받는 거는 좀 아니지 않냐? 안 그래도 짜증 날 텐데 아무도 모르게 복수하자. 너, 요즘 미르 때문에 스트레스도 많이 받고 비교도 많이 당하잖아'라고 말했다.

나는 무척 혼란스러웠다. 당연히 미르를 위기에 빠뜨리지 않는 것이 상식적으로 옳은 행동이었지만 최근 들어 아니 계속해서 내가 미르와 비교를 많이 당해온 것도 사실이었다. 비교의 주원인은 나의 성격 때문이었지만 이상하게 비교를 당하면 당할수록 모든 것이 미르 때문인 것처럼 느껴졌다. 그때 옆에서 연습을 하고 있는 미르가 보였다. 미르는 이번에도 늘 그래 왔던 것처럼 최선을 다하여 열심히 연습하고 있었다. 이미 운동을 잘하여 A를 충분히 받을 수 있음에도 불구하고 마지막까지 최선을 다하여 연습을 하는 미르가 부러웠고 내 자신이 다시 또 초라해지기 시작했다.

많은 잡념들이 머리 속을 지나쳤고 나는 '어차피 내가 미르를 방해한다 해도 나 말고는 아무도 모를 거야, 그리고 미르는 다른 걸 잘하니까 이번 수행평가 한번 못 친다고 해도 별문제 없을 거야!'라는 생각을 하고 미르를 방해하자는 결정을 내리게 되었다. 강당 쪽을 바라보니 선생님은 아직 안 오실 것 같았다.

나는 미르를 방해하기 위한 계획을 빠르게 세우기 시작했다.

이제 진짜 시간이 얼마 남지 않았다. 나는 아이들이 연습하고 있는 틈을 타 미르를 방해하기 위한 함정을 설치하기로 했다. 그때 내 물을 이용하기로 결심했다. 물을 이용하여 물웅덩이를 만들면 선생님과 아이들에게는 내가 했다는 것을 알지 못하게 하면서 미르를 방해하기에는 딱 좋을 것 같았다. 그렇게 함정을 설치하고 내가 아이들에게로 돌아가서 다시 연습을 시작하자마자 선생님께서 돌아오셨다.

"여러분 이제 연습 충분히 했죠? 이제 1번부터 한 명씩 앞으로 나와서 수행평가를 치도록 합시다."

"1번 권미르, 앞으로 나오세요."

"선생님, 미르 아까 연습하다가 넘어져서 보건실 갔다 온다고 했어요."

앉아 있던 친구들 중 한 명이 말했다.

"그러면 2번 한결이 먼저 치도록 하자."

"네."

그 순간 나는 큰 문제가 발생하리라는 것을 직감했다. 하필 이때 미르가 자리를 비우고 한결이가 수행평가를 먼저 치게 되다니, 그렇다면 내가 미르를 방해하기 위해 설치했던 함정에는 한결이가 걸리게 될 것임이 틀림없었다. 나는 서둘러 함정을 다시 없애야 했다. 하지만 물웅덩이는 없앨 수 없는 것일뿐더러 이미 때는 늦어버렸고 한결이는 출발선에 서 있었다. 지금 내가 할 수 있는 선택은 두 가지, 한결이를 돕고 내가 함정을 설치했다는 사실이 들통 나느냐, 아니면 내가 함정을 설치했다는 사실을 숨기고 한결이를 함정에 걸리게 하느냐였다. 나는 결국 후자를 선택했고 한결이는 물웅덩이를 밟고 넘어졌다. 한결이는 넘어진 후 수행평가에서 최하점을 받게 되자 선생님에게 물웅덩이를 밟고 넘어진 것이라고 항의를 했다. 하지만 선생님께서는 한결이에게 물웅덩이를 보지 못한 것은 너의 책임이니 기회를 다시 줄 수는 없다고 하셨고 한결이는 매우 큰 상처를 입은 것처럼 보였다. 다행히도 한결이는 이틀 정도 우울해 보이다가 다시 괜찮아진 듯했다.

이 모든 게 나의 책임이라고 생각하자 나는 무척 괴로웠고 죄책감은 갈수록 심해졌다. 내가 단순히 남을 방해하기 위해 했던 일이 남을 이렇게나 아프게 하고 타인에게 치유될 수 없는 상처를 남게 할 줄은 상상도 못하였다. 과거로 돌아온 것이 처음에는 좋았지만, 만약 앞으로도 이런 일이 계속 반복해서 일어난다면 차라리 과거로 오기 전의 삶이 더 나았을 것 같다는 생각도 들었다. 내가 물웅덩이를 고의적으로 만들었다는 사실을 전혀 모르는 한결이는 그 일이 있고 난 후에도 그 일이 있기 전처럼 나와 여전히 친하게 지냈지만 나는 한결이를 볼 때마다 그 일이 계속 떠올랐고 죄책감과 미안함에 한결이의 얼굴을 똑바로 쳐다볼 수가 없었다.

3장 내가 할 수 있는 것

그렇게 시간이 흘러 한 달이 매우 빠르게 지나갔고 드디어 다른 친구들에게는 첫 번째이지만 나에게만은 두 번째인 중간고사가 다가왔다. 나는 이미 이 시험을 못 쳤던 경험이 있기 때문에 과거로 돌아와 다시 시험을 칠 수 있는 기회가 주어진 이번에는 시험에서 좋은 성적을 거두기 위해 최선을 다하여 잠을 아껴가며 준비를 했다. 시험 전날이 되었고 나는 기도를 했다.

'이번에는 제가 할 수 있는 최선을 다해서 준비를 했으니 더 이상 과거로 돌아가고 싶다는 생각을 하지 않게 시험을 잘 치게 해주세요!'

기도를 하고 잠이 들자 마침내 시험 날이 찾아왔다. 시험 시간표를 보니 1교시는 자습이었고 교시는 영어, 3교시는 과학이었다. 1교시 자습 시간이 끝나자 잠깐의 쉬는 시간 후 곧바로 2교시 시험이 시작되었다. 이미 한번 경험해보았음에도 여전히 긴장되었다. 시험지를 받자마자 스스로를 믿으며 문제를 풀어나갔고 순식간에 2,3교시가 지나가며 정신을 차려보니 첫 번째 날의 시험은 이미 끝나고 난 후였다. 두 번째 날의 시험은 역사, 국어, 수학이었다. 느낌상으로 어제의 시험은 나쁘지 않았던 것 같았기에 오늘도 그러기를 바라며 교실에 들어갔다.

'한 번만 더.'

둘째 날도 확실히 긴장은 첫째 날보다 덜 되었지만 첫째 날과 비슷하게 정신없이 흘러간 것은 마찬가지였고 마지막 시험인 수학 시험을 마치는 종이 울리자 드디어 이틀간의 길고도 짧았던 시험이 끝이 났다. 학교에서의 일정이 모두 끝나고 집으로 돌아오니 엄마께서는 시험이 어땠는지에 대해서 물으셨다.

"라온아, 시험 잘 쳤어?"

"최선을 다했지만, 결과는 나와 봐야 알 것 같아요."

"그래, 최선을 다했으면 됐다. 수고했어."

"고마워요, 엄마."

방에 들어가 침대에 누워서 가만히 생각해보니 내가 지금까지 살면서 무언가에 최선을 다했던 것은 이번이 처음이었던 것 같았다. 많은 생각들을 하다 보니 갑자기 졸음이 쏟아졌다. 그 상태로 잠이 들었다가 깨어나 보니 어느새 하루가 지나 학교에 갈 시간이었다. 반에 도착하니 미르가 가장 먼저 와있었고 내가 두 번째였다. 반에 들어가자 미르가 먼저 말을 걸었다.

"라온아, 안녕?"

"미르, 안녕?"

"시험 잘 봤어?"

"음……. 난 그러저럭 본 거 같아."

"너는?"

"나도 그럭저럭 나쁘지는 않은 듯."

"너 이번에 시험공부 진짜 열심히 하는 것 같았는데 좋은 결과 나오길 바랄게."

"고, 고마워……. 너도 좋은 결과 있기를 바랄게."

미르의 말을 들은 순간 나는 알 수 없는 감정을 느꼈다. 말로 표현하기 힘든 그 이상한 감정은 미르에 대한 고마움 같기도 했고 미안함 같기도 했다. 사실 그동안 미르는 나를 어릴 적부터 친하게 지내왔던 좋은 친구로만 생각할 뿐 라이벌이나 경쟁상대로 생각했던 적은 단

한 번도 없었던 것 같았다. 괜히 나 혼자만 이상한 열등감에 빠져 미르를 경쟁상대로 여기고 의식하며 방해하려 했던 것이었기에 미르를 시기하고 질투했던 지난날에 대한 후회가 물밀 듯 밀려왔다. 미르와 나의 행동으로 인해 피해를 보았던 한결이에게 사과가 하고 싶었지만, 사과를 할 용기까지는 나지 않았다. 며칠 뒤 기다리던 시험 성적이 나왔다. 성적표를 받을 때는 무척 긴장되었고 이상하게 부끄럽기도 했다. 욕심만 가지고 정작 공부는 열심히 하지 않았었기에 성적에는 큰 관심이 없었던 이전의 내가 부끄러워서이기도 했다. 마침내 성적표를 받고 나는 성적을 본 순간 깜짝 놀랐다. 이전에 거두었던 나의 시험 성적과는 거의 정반대였기 때문이었다.

'와⋯⋯. 내가 이런 성적을 거두다니.'

최선을 다하여 열심히 노력하면 좋은 결과가 나올 것이라는 이야기는 살면서 수도 없이 많이 들어왔지만 이런 일이 나에게 실제로 일어날 줄은 상상도 못했었다. 받은 성적표를 자세히 보니 나는 과거로 돌아오기 이전보다 거의 20점씩 점수가 올라가 있었다. 성적표를 보고 있는 미르를 바라보았다. 환하게 웃고 있었다. 그때 미르가 나를 보았다. 우리는 눈이 마주쳤고 환하게 웃었다. 미르에 대한 시기와 질투, 열등감, 불편했던 감정 등은 눈 녹듯이 녹아내렸다. 그날은 하루 종일 기분이 좋았다. 중간고사 성적이 잘 나와서였을 지도 모르지만 잘 생각해보면 준비하는 과정에 최선을 다했기에 그에 따른 결과가 기대 이상으로 나오자 성취감이 느껴졌고 미르와도 다시 어릴 때처럼 서로에 대한 미움 없이 좋은 친구로 지내던 사이로 돌아갔기 때문이었던 것 같다. 모든 수업이 끝나고 나는 미르와 집에 같이 걸어가기로 했다.

"라온, 너 이번에 시험 준비 첫 시험인데도 시험 두세 번 쳐본 사람마냥 진짜 열심히 하는 거 보고 이번 시험 성적 잘 나올 줄 내가 알았어."

미르가 시험 두세 번 쳐본 사람이라고 말할 때 나는 너무나 놀라 심장이 두근두근거렸다. 순간 미르가 '내가 과거로 다시 돌아온 걸 알고 있나?'라고 착각도 했다. 그러나 다행히 미르는 모르는 듯했다.

나는 웃으며 말했다.

"야, 너도 잘 쳤잖아."

우리는 크게 웃었다.

집에 도착하자마자 엄마께 성적표를 보여 드렸다. 엄마께서도 성적표를 가만히 보시더니 웃으셨다.

"우리 아들, 수고했어. 첫 시험인데도 잘 쳤네."

나는 아무 대답 없이 엄마를 보며 웃었다. 방에 들어오면서 어릴 적 받았던 상장들을 보자 스스로 자랑스러웠다. 저 당시에는 단 한 번도 최선을 다한 적이 없었고 최선을 다한다는 게 어떤 건지도 몰랐음에도 상장들을 저렇게나 많이 받았었고, 사람들에게 인정도 꽤 많이 받았었는데 '만약 내가 어릴 때부터 미르처럼 뭐든지 열심히 했었더라면 지금의 나는 어땠을까?'라는 생각도 들었다. 하지만 더는 과거에 대한 생각과 후회를 하지 않기로 했다. 과거는 이미 지나간 일에 불과하므로 내가 바꾸고 싶다고 바꿀 수 있거나 없애고 싶다고 없 앨 수 있는 것이 아니었으므로. 앞으로의 나를 변화시키는 것은 지금 내가 하고 있고, 해야 할 일들에 최선을 다하는 것이었기 때문이다.

4장 다시 현재로

그 이후로 별일 없이 시간이 빠르게 흘러갔고 어느덧 내가 비 오 는 날 엄마의 심부름을 하러 가다가 우연히 공사 때문에 뚜껑이 열 려있던 맨홀에 빠졌던 날의 정확히 하루 전이 되었다. 나는 문득 내 가 다시 현재로 돌아가려면 어떻게 해야 하는지에 대해서 의문이 생겼다.

'내가 다시 돌아가려면 똑같이 맨홀에 빠져야 할까?'

'그냥 이대로 살아가야 하고 다시 돌아갈 순 없는 걸까?'

등등 수많은 생각들이 들었다. 어쩌면 과거로 돌아온 삶이 나는 더 좋았기에 돌아가지 않는 것을 내가 더 원했기 때문이었을지도 모 른다. 그러나 내 의지와는 상관없이 시간은 계속 흘러갔기에 학교와 학원을 다녀오니 어느새 밤이 되었고 잠이 들었다. 이때 꿈을 꾸었는 데 내가 맨홀에 다시 한번 빠지게 되는 신기한 꿈이었다. 나는 맨홀 에 빠진 후의 이야기가 궁금했으나 맨홀에 빠지는 순간 너무 놀라 잠 에서 깨는 바람에 더 이상의 일은 알 수가 없었다.

잠에서 깨어나 시계를 보니 새벽 5시였다. 꿈에 대한 생각 때문에 잠은 더 이상 오지 않았고 나는 고작 다섯 시간을 자고 학교를 갈 수밖에 없었다. 역시나 그날은 아침부터 비가 심하게 내렸다. 학교에 가기는 했지만 맨홀과 꿈, 앞으로 일이 어떻게 진행될지에 대한 생각 때문에 도무지 수업시간에 집중을 할 수가 없었다.

　계속 딴생각을 하며 수업시간을 보내고 나니 6교시라는 길고 길었던 수업 시간이 끝나고 어느덧 집에 갈 시간이었다. 창 밖을 보니 비는 여전히 많이 내리고 있었다. 집으로 가는 길에 일부러 공사장 쪽으로 가보았다. 공사장은 내가 과거로 돌아오기 전, 이날 보았던 것 그대로였다. 집으로 돌아갔지만 돌아오기 전 이날과는 다르게.

　'라온아, 미르는 이번에 수학학원 테스트에서 의치대반으로 올라갔다더라, 너도 안 뒤처지려면 수학 공부 열심히 해서 다음 테스트 때는 의치대반 들어가야 해. 그리고 미르는 학원 숙제 외에도 자기가 스스로 문제 찾아서 풀고 내용 정리도 스스로 한다더라, 우리 아들도 잘할 수 있지? 엄마는 아들 믿어~'라는 내용의 엄마의 문자가 오지 않았다. 대신에, '우리 아들 오늘도 학교 잘 다녀왔어? 조금 쉬었다가 학원 갔다 와~'라는 엄마의 문자가 와 있었다. 나는 괜히 기뻤다. 집에서 쉬다 보니 학원에 갈 시간이 되었고 학원에 갔다. 학원 선생님께서는,

　"라온아, 이번에 시험 성적 보니까 첫 시험인데도 꽤 잘 쳤더라. 앞으로도 계속 이렇게 열심히 하자!"라고 하셨다. 미르도 웃고 있었다.

　"미르도 시험 꽤 잘 쳤더라. 친구끼리 좋은 점만 닮았구나!"

　과거로 돌아오기 전에 선생님께서 내게 하셨던 '미르랑 같이 다니

면서 잡담만 하지 말고 공부 얘기도 좀 하면서 친구의 좋은 점은 닮으려고 노력해봐!'와는 정반대의 말이었기에 나는 느낌이 새로웠다. 아까 학교 마치고 직접 맨홀을 보고 와서 그런지 맨홀과 관련된 생각은 조금 사라졌고 수업을 열심히 듣다 보니 수업이 끝이 났다. 집으로 가자 엄마가 역시나 부추 심부름을 시켰고 나는 부추를 사러 집을 나갔다. 아파트 밑 슈퍼는 문이 닫혀 있었고 나는 과거로 돌아오기 전에 그랬듯이 사거리 쪽에 있는 마트에 가서 부추를 사기로 했다.

계속 걷다 보니 어느덧 아파트 근처 공사장이었다. 옆의 맨홀은 학교를 마치고 봤던 것처럼 여전히 뚜껑이 열려 있었다. 이제 나는 이 맨홀에 빠져 다시 현재로 돌아가야 했다. 처음엔 지금의 삶이 좋았기에 다시 돌아가기 싫은 마음도 있었지만 사실 과거로 돌아온 삶은 내 의지에 의해 꾸며진 가상에 불과할 뿐이었고 과거로 다시 돌아옴으로써 나는 많은 것을 깨달았기에 다시 현재로 돌아가서 열심히 살아가는 것도 나쁘지 않을 것 같았다. 나는 맨홀에 빠지기 위한 마음의 준비를 해야 했다. 그러나 막상 맨홀에 일부로 빠지려 하니 무척 무서웠다. 만약 다시 현재로 돌아가지 못한다면 나는 그대로 맨홀 끝까지 떨어질 것이고 크게 다칠 수도 있는 상황이었다.

내가 맨홀에 빠질지 말지를 심각하게 고민하던 순간, 나는 내가 과거로 돌아오기 전에 그랬던 것처럼 비 때문에 아스팔트를 밟고 미끄러져 넘어졌고 내가 그 깊고 어두컴컴한 구멍으로 빨려 들어가는 것이 느껴졌다. 나는 다시 현재로 돌아가기를 정말 간절히 원했다. 다시 현재로 돌아가서 내가 과거로 돌아와서 그랬던 것처럼 열심히 살고 싶었다. 몸이 계속 빨려 들어가는 것이 느껴졌고 나는 큰 충격에 정신을 잃었다.

정신을 차리자 내가 맨홀 옆에 쓰러져 있었다. 스마트폰을 켜서 날짜와 시간을 보았다. 시간과 날짜는 맨홀에 빠졌던 그 시간과 그대로였기에 내가 다시 현재로 돌아온 것인지 아닌지는 정확하게 알 수가 없었다. 일단 내가 다치지 않고 맨홀 옆에 쓰러져 있는 것을 보면 현재로 돌아온 것은 맞는 듯했다. 하지만 이상하게도 집에 가보니 엄마는 과거의 나를 진짜 나로 알고 있는 듯했다. 다음 날 학교에 가보아도 반 친구들 또한 엄마처럼 과거로 돌아간 삶에서의 나를 진짜 나로 알고 있는 듯했다.

한마디로 정리하자면 내가 현재로 돌아온 것은 맞으나 사람들의 기억 속에서의 나는 과거로 돌아가서 열심히 살았던 내가 계속 이어지는 듯했다. 혼란스러웠지만 일주일 정도가 지나자 나는 적응이 되었다. 현재로 다시 돌아와 일주일이 지난 어느 날 길에서 문득 미르를 보았다. 미르도 나를 보았고 우리는 마주 보며 웃었다.

자각몽

◇

강가연

작가의 말

강가연 (3학년)

안녕하세요. 저는 「자각몽」이라는 소설을 쓴 강가연입니다. 우선 제 글을 읽어주신 모든 분에게 감사를 전합니다.

저는 중학생이라면 누구나 겪을 약간의 방황을 소재로 글을 써보았습니다. 우리는 길을 걷다 보면 목이 말라 카페에 들를 수도 있고, 배가 고파 편의점에 들를 수도 있습니다. 돌부리에 걸려 넘어질 수도 있고, 우연히 친구를 만나 잠시 이야기를 나눌 수도 있습니다. 그러나 우리는 항상 최종 목적지에 안전하게 도착합니다. 우리의 인생도 마찬가지라 생각합니다. 잠시 주춤거리고 혹은 길을 잘못 들어 빙 둘러 갈 수도 있지만, 언젠가는 우리가 바라던 곳에 도착해 있을 겁니다.

현재 방황하고 고민하는 청소년 독자 여러분, 겁먹지 말고, 두려워하지 말고 도전하세요. 혹시 압니까? 우리가 새로운 길을 개척할 수도 있을지도요.

나는 꿈을 조작하는 능력을 가지고 있다. 좀 더 쉽게 말하면 나는 꿈을 꾸는 순간에도 내가 수면 상태이고 꿈을 꾸고 있다는 사실을 인지하고 있다. 사람들은 흔히 이를 '자각몽'이라고 부른다. 하지만 나는 내 능력이 '자각몽'이라 불리는 것이 싫다. 뭔가 너무 흔한 느낌이어서 그냥 별로다. 요즘 인터넷에 '자각몽을 꾸는 법' 등 자각몽을 꾸는 방법이 굉장히 많이 상세하게 적혀 있다. 그리고 실제로 몇몇 사람들은 자각몽을 꾸는 것에 성공했다는 반응도 많다. 그러나 나는 이런 평범한 사람들과는 좀 다르다. 그런 사람들은 노력을 통해 간신히 얻어낸 결과지만 나는 그냥 아주 쉽게 밥 먹듯이 자각몽을 꿀 수 있다.

처음에는 나도 이 능력을 능력이라 생각하지 않았다. 남들도 아주 쉽게 하는 줄 알았다. 평소에도 자기 객관화를 잘했던 나이기에 더더욱 이를 특별한 능력이라 생각하지 않았다. 그러나 한 번쯤은 자신에게 관대해져도 된다는 인터넷에서의 글을 읽고 나에게도 처음으로 내가 스스로 인정한 장점을 부여하기로 했다. 그렇게 나는 이 자각몽을 능력이라 부르고 능력이라 여기며 소중해 한다.

처음부터 내가 이렇게 자각몽을 꿀 수 있었던 것은 아니다. 나도 그냥, 그저 다른 중3들과 평범하게 어느 정도의 우울감과 행복함으로 하루하루를 살아가는 학생이었다. 다만 한 가지 차이점은 나에게는 불면증이 있었다. 매번 잠을 제대로 자지 못하거나 기껏 잠이 들어도 매번 얕게 잠이 들어 항상 잠을 잘 때면 꿈을 꾸고는 했다. 그렇게 잠을 얼마 못 자서 지친 몸을 이끌고 학교에 갔다 학원에 가는 매일 똑같은 일상을 반복하니 점점 내 인생은 재미가 없어졌다. 그리고 매일 학원을 가고 매일 공부를 하는데 아직까지 어려운 수학문제를 푸는 데 어려움이 있고 내 성적은 점점 하락하는 것을 볼 때면 내 인생이 너무 허무해졌다.

어릴 때는 나의 세계가 작았으니까 그냥 하루는 하늘아파트 놀이터에서 놀다가 하루는 걸어서 3분 거리인 가까운 화성아파트에서 놀다가 그냥 그렇게 매일 번갈아 가면서 놀아도 모험을 하는 것 마냥 재밌었다. 돌덩이 하나를 주워도 잘했다고 칭찬받고, 아주 쉬운 문제를 풀어도 천재가 나타났다며 칭찬을 들었기에 난 내 스스로를 허무하게 느낄 틈이 없었다. 그러나 점점 아는 것은 많아지고 나의 세상은 커져 가는데 내 일상은 변하지 않으니 점점 내 일상은 지루해지고 특히 내 또래의 연예인들이 멋지게 무대에 서서 일하며 돈을 버는 것을 보니 더더욱 내 인생이 허무하게 느껴졌다. 나의 무의식도 내 인생의 지루함과 허무함을 느꼈는지 꿈에서만이라도 재밌게 보내기 위해서인지 (사실 나도 정확한 이유는 잘모른다.) 꿈을 내 마음대로 내가 원하는 대로 꾸기 시작했다.

꿈에서는 내가 하늘을 날기도 하고 먼 해외에 여행을 가기도 한다. 때로는 내가 항상 상상했던 대로 공부도 운동도 음악도 춤도 모든 것이 완벽한 부잣집 외동딸이 되기도 하고 큰 회사의 CEO가 되기도 한다. 그렇게 꿈에서는 아주 모험적이게, 아주 재밌게 살아가기 시작했다.

내 인생은 자각몽을 꾸기 전과 후로 나뉜다고 해도 과언이 아니다. 자각몽을 꾸고 난 후엔 학교에선 꿈을 꾼 내용을 다시 상상하느라 바빴다. 선생님이 나에게 발표를 시키실 때 난 상상을 하느라 가끔 얼렁뚱땅한 이야기를 해서 창피를 당한적도 많았지만 그래도 괜찮았다. 학교에서 몽상가라 놀림을 받아도 그저 행복하기만 했다.

그렇게 점점 내 인생도 행복해져 가는 줄 알았지만, 인간의 욕심은 끝도 없다고, 매일 이렇게 행복한 꿈을 꾸다 보니 내 현실도 꿈과 같았으면 좋겠다는 생각이 들었다. 그런 이런저런 생각을 하며 하교를 하다 보니 어느덧 이상한 길에 빠져들었고, 전혀 와 본 적이 없는 이상한 곳에 도착했다. 어느 좁은 골목이었는데 약간 공기가 습하고 어두우며 좀 약한 불빛의 가로등만 반짝반짝하며 겨우 불을 밝히고 있는 그런 으스스한 분위기를 풍기는 곳이었다. 얼른 그 골목을 빠져나오기 위해 두리번거리는 순간에 바람이 아주 세게 불기 시작했다. 짧은 순간이었지만 나는 똑바로 서 있을 수도 없었다. 아주 큰 바람에 의해 온갖 먼지들과 흙들로 앞도 제대로 보이지 않았다. 바람이 잠잠해지고 정신을 차려보니 내 앞엔 이상한 전단지 하나가 놓여 있었다.

「인생이 지루하신가요? 자각몽 카페로 오세요!」

이 전단지에는 정말 이 말밖에 없었다. 평소였으면 그냥 지나칠 종이 쪼가리였지만, 그날은, 뭔가 달랐다. 정말 뭐에 홀린 듯 그 말에 신뢰가 갔다. 그 전단지를 본 순간 난 도저히 그 전단지를 버릴 수 없었다. 그래서 나도 모르게 그 전단지를 아주 소중하게 접어 가방에 넣었다. 그러고는 얼른 폰을 켜서 지도를 보며 집으로 걸어왔다.

그날 이후, 난 하루 종일 그 전단지 생각뿐이었다. 모든 일이 정말 꿈같았다.

'왜 하필 카페 이름이 자각몽 카페일까? 왜 하필 그날 나는 길을 잃었을까? 그때 그 큰 바람은 뭐였을까?'

하루 종일 이 생각에 사로잡혀 나는 정말 아무것도 할 수 없었다. 그렇게 며칠을 얼빠진 듯이 지내다가 결국엔 도저히 못 참겠어서 그 카페를 찾아가보기로 했다. 근데 생각해보니까 나는 그 카페의 위치를 알지 못했다. 전단지를 아무리 자세히 보아도 자각몽 카페의 위치에 대해서는 적힌 것이 없었다. 처음에는 좀 당황스러웠지만, 오히려 이런 점이 나를 더 자극했고, 더더욱 그 카페에 꼭 가봐야겠다는 생각이 들었다.

다음 날, 난 무작정 그때 그 골목으로 가보았다. 난 정말 쉽게 카페를 찾을 수 있을 거라 생각했는데, 그 골목은 생각보다 매우 크고 넓고 복잡했다. 그렇게 그날은 하루 종일 카페만 찾기 위해 돌아다녔지만, 결굴 발견하지 못하고 집으로 돌아왔다. 평소와 달리 하루 종일 움직였기에 너무 피곤했던 나는 얼른 씻고 잘 준비를 했다. 아늑한 침대에 누워 오늘은 꿈에서 무엇을 해볼까 고민하던 찰나에 아주 좋은 생각이 떠올랐다. 꿈에서는 내가 원하는 곳 어디든지 마음만 먹으면 갈 수 있다. 어떻게 가는지는 중요하지 않았다. 그냥 '어디가 가고 싶다'라는 생각만 하면 바로 내 몸이 그 장소로 이동되어 있었다. 그게 바로 꿈의 장점이었다! 그렇게 나는 꿈에서 자각몽 카페를 찾았다. 너무 쉽게 찾아버렸고, 아직 깨기엔 시간이 많이 남았었다. 그래서 나는 미리 꿈에서 카페가 어떤지 예습이라도 할 겸 들어갔다.

문을 열자마자 뿌연 공기가 나왔고 그 공기가 내 시야를 가렸다. 그렇게 그 자리에서 시야가 확보될 때까지 가만히 그 자리에 서 있었다. 한 5분이 지나자 뿌연 연기는 사라지고 내 앞에 서 있는 두 명의 직원이 보였다. 한 명은 키가 크고 눈이 굉장히 진하게 생긴 여성분이었고 이 가게의 사장 같았다. 또 다른 한 명은 나랑 비슷한 또래로 보이는 훈훈하게 생긴 소년이었고. 아르바이트생 같았다.

"안녕하세요."

나는 우선 인사를 했다. 그러자 여성분이 아주 큰 소리로 웃으시면서 말하였다.

"하하하하, 역시 예상대로 똘똘하구나. 그럼 우리는 꿈에서 말고 현실에서 만날까?"

나는 그 순간 헉 놀라며 잠에서 벌떡 깨었다. 당장 다시 잠이 들어 꿈 속으로 들어가 그 여성분에게 방금 한 말이 무슨 뜻이냐고 여기가 꿈속 인걸 알고 있냐고 하나부터 열까지 다 묻고 싶었지만, 어느새 등교할 시간이 다 되었기에 어쩔 수 없이 나 혼자 여러 가지 가설을 세우며 등교를 했다.

★ ★ ★

학교에서 계속 이 생각만 하였지만 도저히 이 생각에 대한 답을 찾을 수 없었기에 학교가 마치자마자 나는 꿈속에서 가보았던 그 카페를 찾아갔다. 그 카페는 내가 전에 왔던 골목에 있었고, 전에도 분명 이 카페를 찾겠다고 이곳에 와보았지만 그때는 없었다. 어쨌든 여러 의심을 품고 카페에 도착하니, 역시나 그 여성분과 소년이 서 있었고, 그 사람들도 나를 기억한다는 눈치로 나를 반겼다. 이번에는 나는 너무 놀라 아무 말도 못 하고 가만히 서 있으니 그 여성분이 먼저 나에게 말을 걸었다.

"안녕! 네가 그 꿈속에서 우리를 찾아왔던 학생이지?"

"네. 근데 도대체 여기는 어딥니까? 그때 그 꿈에서 그 말은 뭐였죠? 혹시 꿈이 아니었나요? 그럼……."

"우선 진정부터 하시는 게 좋을 것 같네요!"

소년은 나의 말을 가로채고 따뜻한 우유를 주며 나를 진정시켰다. 내가 조금씩 진정 되자 여성분은 다시 차분히 말을 이어나갔다.

"우선 여기 앉아봐. 하나부터 열까지 모든 걸 다 설명해줄게. 질문은 설명을 들은 후에 받을게. 우선 이곳은 자각몽 카페야. 우리가 돌리는 전단지를 받고 여기 와봐야겠다고 확신을 한 후에 꿈에서 우리 카페를 찾아야 현실에서도 방문할 수 있어. 우리는 이 카페에 오는 사람들의 소원을 하나씩 들어주는 일을 하고 있어. 하지만 그 소원에 따르는 대가는 그 손님분이 직접 치러야 해. 그 대가는 소원의 크기에 따라 달라져. 자, 그럼 질문 있니?"

"그럼 저도 이곳에 손님으로 온 건가요?"

이 모든 게 현실이란 게 아직도 믿기지 않았던 약간 얼빠진 표정으로 질문했다.

"아 참, 가장 중요한 걸 말 안 해줬구나. 아니! 넌 직원 후보로 온 거야. 직원 후보로 왔기에 우리는 현실세계에서 이야기하고 있지만, 실제 손님 상담은 손님 꿈속에서 이루어지며, 만약 네가 이 일을 거절하면 여기 있었던 모든 일 또한 너의 여러 꿈 중 하나로 남게 될 거야. 우리는 여기서 네가 우리와 함께 일해주기를 제안하고 있고, 이를 수락하면 넌 우리와 함께 손님을 맞는 일을 하면 돼. 네가 직원 후보가 된 이유는 우리도 몰라! 아마도 네가 이 골목에 처음 온 날, 그때 갖고 있던 너의 생각, 너의 위치, 네가 온 시간 등등 모든 게 잘 맞아떨어졌기에 직원 후보가 된 걸 거야. 어때, 우리랑 함께 일해 볼 의향이 있니?"

"네……? 음……. 근데 일을 하게 되면 학교는 어떡하나요?"

"여기서 일을 하게 된다면 현실 세계에서의 너는 완전히 사라질 거야. 학교에 갈 필요가 없어지지, 돈도 필요 없어. 직원이 되면 주어지는 카드가 있는데 그 카드는 한도가 없어서 자유롭게 원하는 대로 쓸 수 있어."

"아……. 솔깃한 조건이긴 한데……. 어차피 사는 게 지루했기에 사라지는 것도 문제가 없긴 한데, 그래도 고민할 시간을 조금만 주시면 안 될까요?"

"좋아, 그럼 여기서 우리와 함께 딱 손님 3명만 받아본 후에 결정하도록 하자. 어때?"

"좋아요!"

"아직 정규직은 아니지만 그래도 일을 하는 동안은 현실 세계에서의 너는 완전히 사라지게 될 거야. 잘 지내보자!"

"넵!"

★　★　★

인사를 마치고 소년과 함께 직원 복으로 옷도 갈아입고 손님 받는 법과 다과 준비 방법 등 내가 해야 할 여러 가지 일을 다 배우고 이제 겨우 숨 좀 돌리려고 할 때 '띠링' 하고 문이 열리는 소리가 들렸다. 문이 열리자 뿌연 연기가 나왔고 그 뿌연 연기 속에서 의젓한 남성분이 나왔다. 첫 손님이었다.

"안녕하세요. 여기 사람 있나요?"

남성분이 쭈뼛쭈뼛 물었다.

"네, 어서 오세요! 제가 사장님 불러올 테니까 여기 앉아서 준비되는 다과를 먹으며 조금만 기다려주세요."

소년은 나에게 다과를 준비하라는 눈치를 주며 말하였다.

나는 배운 대로 다과를 준비하여 손님이 계신 곳으로 갖다 주러 가니, 이미 사장님은 나와서 손님을 맞이하고 있었다. 손님과 사장님은 마주 보며 앉았고, 나와 소년은 혹시 우리가 필요할 상황을 대비하여 사장님 뒤에 서서 함께 상담을 진행하였다. 사장님은 손님에게 이 카페가 무슨 일을 하는 곳인지 알려주었으며, 소원이 무엇이냐고 물어보았다.

"자, 그럼 상담을 시작하겠습니다. 손님의 성함과 소원은 말해주세요."

"제 이름은 하준서입니다. 저는 수영 선수였어요. 국가대표가 꿈이었지만, 잦은 부상과 강도가 높은 훈련으로 몸과 마음이 너무 지쳐 결국 수영을 그만두었어요. 수영을 그만두면 정말 행복할 줄만 알았는데, 이제 더 이상 무슨 일을 해야 할지 모르겠어요. 그렇게 열정을 부어 열심히 하던 일이 사라지니 지금은 제 인생이 너무 지루하기만 해요. 그래서 저는 수영을 그만두기 전으로 돌아가고 싶어요."

"시간을 과거로 돌리는 것이 소원이군요. 잘 알겠습니다. 이 소원의 대가는 당신의 열정입니다. 과거에 정말로 열심히 수영을 했더라면 당신은 잠에서 깨어났을 때, 과거로 돌아가 져 있을 것입니다. 만약 과거에도 열심히 하지 않았더라면 당신의 인생에 변화는 없겠죠. 그럼 이상으로 상담을 마치겠습니다. 그만 카페를 떠나도 좋습니다."

사장님의 말이 끝나자 손님은 감사하다고 인사를 한 후 문을 열고 현실 세계로 돌아갔다. 이제부터 나의 업무는 시작된다. 손님이 일어나기 전에 얼른 과거 손님의 삶을 확인하고 사장님에게 보고해야 한다. 나는 컴퓨터에 앉아서 이 카페만의 웹사이트에 들어가 손님 이름을 치자 손님의 과거 삶이 촤라락 나왔다.

그는 매일 새벽에 기상해서 새벽 훈련을 하고, 학교 수업을 들은 후, 학교가 마치면 또 늦은 저녁까지 수영 연습을 하였다. 누가 봐도 수영에 엄청난 열정을 쏟았기에 나는 사장님께 소원을 들어줘도 되겠다고 보고를 했고, 그렇게 그 사람은 과거로 돌아가게 되었다.

우리의 업무는 여기서 끝이 아니다. 사람의 소원이 이루어진 이후의 삶도 1달간 지켜본 후 보고서를 작성해야 한다. 만약 소원이 이루어진 이후 손님이 본인의 삶에 더 최선을 다하게 되었다면, 손님의 대가는 조금 할인되어 본래의 자리에 돌아간다고 한다. 대가는 꼭 물질적인 것이 아니라 이 손님처럼 영혼이 느끼는 감정일 수도 있다. 이러한 감정들은 나중에 죽었을 때 본인이 얼마나 가치 있는 사람인지 평가할 때 중요 요소로 들어가기 때문에 여기서 대가로 그 요소를 사용하면 나중에 평가받을 때 감점을 받을 수 있다고 한다. 어쨌든 나는 이 카페의 웹사이트를 통해서 이 손님의 소원이 이루어진 이후의 삶을 한 달간 지켜봐야 했다. 이 손님은 나의 첫 손님일 뿐만 아니라, 이 카페에 온 이유가 인생이 지루해졌다는 나랑 비슷한 이유였기에 관심이 갔고, 그렇게 하루하루 난 마치 내가 그 손님의 삶을 사는 것처럼 몰입해서 보았다.

그 사람의 열정을 판독한 사람은 나였기에 그 사람이 얼마나 수영에 진심이었는지는 그 누구보다 잘 알았다. 그래서 난 손님이 과거로 다시 돌아갔을 때 당연히 정말 열심히 살아갈 것이라고 확신했었다. 그러나, 내 예상과는 달리, 시간이 지나자 손님은 또다시 수영을 그만두었다. 충격적이었다. 한 달이 지난 후 난 보고서를 작성해서 사장님에게 주면서 물었다.

"이렇게 그만두면 다시 인생이 지루해져서 이 가게를 찾아서 똑같은 요구를 하면 어떡해요?"

그러자 사장님은 웃으며 답하였다.

"한 번 온 손님은 다시는 못 와."

"아, 그렇군요. 근데 그럼 저 사람은 이제 쭉 인생을 지루하게 보내는 건가요?"

"그 질문에 대한 답은 네가 스스로 찾아보는 것은 어때? 특별히 한 달의 기간을 더 줄게. 추가로 주어진 한 달의 시간 동안 그 손님의 삶을 같이 지켜봐."

"네."

그렇게 나에게는 한 달의 시간이 더 주어졌다. 솔직히 무엇이 달라질지 전혀 몰랐다. 그 사람은 전처럼 똑같이 지루하게 하루하루를 보낼 줄 알았고, 실제로도 한 1~2주 정도는 계속 지루하게 보냈다. 그러나 3주 정도 되니까 달랐다. 그 사람은 더 이상 수영을 그만둔 자신을 비난하지 않았고, 지루와 우울의 늪에서 벗어나며 일상에서 일어나는 작은 행복에 감사하며 살아갔다. 놀라웠다. 그 작은 행복은 말 그대로 정말 작았다. 시간 맞춰 버스를 타거나 맛있는 걸 먹었을 때처럼 정말 사소한 행복에 크게 웃으며 행복하게 살아가기 시작했다. 뭔가 뒤통수를 한 대 맞은 듯한 느낌이었다.

'만약 나도 지루하다라는 생각에서 벗어나 그런 작은 행복에 초점을 두고 살아가기 시작했다면 어쩌면 좀 더 밝고 행복한 삶을 살아갔을까? 근데 나는 저 사람이 수영에 열정을 쏟은 만큼 어떤 일에 열정을 다해 일을 열심히 한 적이 있는가? 없는 것 같은데 그럼 난 정녕 인생을 지루하다고 느낄 자격이 있는 걸까? 그냥 게으른 중3의 핑계 아니었을까?'

★ ★ ★

이런저런 생각에 고민에 빠지고 과거의 내가 좀 한심해지기 시작할 때, 두 번째 손님이 들어왔다. 근데 이번 손님은 좀 독특했다. 이미 돌아가신 분이었다.

"나를 좀 살려주세요."

손님은 가게에 들어오자마자 외쳤다.

"일단은 진정하시고 여기 앉으실까요?"

소년이 손님을 진정시킬 사이에 이미 사장님은 손님의 소리를 듣고 상담실로 오셨다.

"무슨 일입니까?"

사장님이 놀란 듯이 묻자 어느 정도 진정된 손님이 차분한 목소리로 말하였다.

"저는 이미 죽었습니다. 여러 귀신들에게 이 카페가 소원을 들어준다는 말을 듣고 찾아왔어요. 저는 아직 죽기엔 너무 이릅니다. 저는 취준생이었습니다. 매일 열심히 공부하였지만 취업이 어려웠고, 그래서 너무 예민해졌었습니다. 주변 사람들에게 바쁘다, 피곤하다는 핑계로 소홀해졌고, 저를 진심으로 생각하는 사람들에게 화만 냈었어요. 그렇게 여느 날처럼 독서실에 가는 길에 교통사고를 당해 죽게 되었어요. 저는 진짜 아직은 하고 싶은 것도 많고 해야 할 일도 많아요. 죽기엔 너무 이릅니다. 다시 돌아간다면 진짜 열심히 살아갈게요. 주변 사람들에게도 소홀해지지 않고 소중히 하겠습니다. 그러니 제발 저 좀 살려주세요."

"흠……."

손님의 말을 듣고 사장님은 한참을 고민하다가 말을 시작했다.

"우선 이 카페는 영혼이 들어올 수 있는 곳이라 죽은 사람이 올 수 있는 건 맞습니다. 그러나 죽은 사람은 저희 카페의 손님이 될 수 없습니다. 손님이 된다 해도 죽은 사람을 다시 살리는 것은 불가능합니다. 그러나 특별히 손님의 딱한 사정을 고려하여 현재 살아 있는 손님의 주변 사람들을 위한 소원을 한 가지 들어 드리겠습니다."

"감사합니다. 그럼 제가 너무 갑작스럽게 죽어 유언도 쓰지 못했습니다. 여기서 유언장을 쓰면 제 장례식장까지 보내 줄 수 있나요?"

"그렇게 하겠습니다. 그런데 이 소원이 이루어지기 위해서는 손님의 주변 사람들에 대한 진심이 대가로 필요합니다. 정말 진심을 다해서 유언장을 써주세요. 유언장에 진심이 없으면 전달될 수 없습니다."

"네. 정말 감사합니다."

손님은 잠시 머뭇거리더니 눈물을 흘리며 유언장을 쓰기 시작했다. 나는 다시 한번 묘한 기분을 느꼈다.

'나도 내가 사춘기라는 핑계로 주변 사람들에게 너무 소홀히 하지는 않았을까? 부모님이 주신 소중한 삶을 함부로 낭비하고 있지는 않았을까?'라는 생각을 하자 순간 얼마 전에 돌아가신 할머니가 떠올랐다. 우리 할머니는 나를 정말 아껴주셨다. 아무 이유 없이 아무 조건 없이 그냥 있는 그대로의 나를 사랑해주는 사람은 이 세상에 정말 몇 없을 것이다. 우리 할머니는 나에게 그런 분이었다. 그러나 나는 내가 바쁘다는 이유로 자주 찾아뵈지 못하였고, 어느 순간 할머니의 존재를 당연하게 여겼다. 나는 다시 한번 생각에 잠겼다.

'내가 왜 그랬을까⋯⋯.'

그때, 손님은 유언장을 다 썼다고 나에게 전해주었다.

"저기⋯⋯. 다 썼는데 이제 어떻게 하면 되나요?"

"저에게 유언장을 주시고 가시면 됩니다!"

"네. 정말 감사합니다."

인사를 주고받은 후에 손님은 카페를 나가셨다. 나는 원래 갈았으면 유언장을 직접 보고 확인한 후에 사장님께 보고 해야 했지만, 손님이 흘렸던 눈물 한 방울 한 방울이 손님의 진심의 증거라고 생각해 그냥 바로 사장님께 보고하였고, 그 유언장은 손님의 장례식장까지 잘 전달되었다. 손님은 카페를 나가자마자 손님을 기다리고 있던 저 승사자와 함께 이승을 떠나 저승으로 갔으므로 나는 관찰을 할 필요가 없었고 그렇게 나의 두 번째 손님도 무사히 잘 해결되었다.

＊ ＊ ＊

첫 번째 손님과 두 번째 손님을 응대한 후에 난 고민이 많아졌다. 그런 나의 상태를 눈치챘는지 소년은 나에게 따뜻한 우유를 주며 나에게 말했다.

"고민이 있는 것 같은데 말해봐. 내가 들어줄게."

"음……. 우선 내가 인생을 지루해 할 자격이 있는지도 모르겠어. 난 어떤 일에 큰 열정을 쏟은 적이 한 번도 없어. 한 번도 어떤 일을 열심히 해보지도 않고 무작정 인생이 재미없다고 했던 게 아닐까? 또, 내가 힘들다는 핑계로 주변에 너무 소홀했던 이기적인 삶을 살았던 것 같아."

"그럼 뭐가 문제야! 이제 이 깨달음을 바탕으로 다시 너의 삶으로 돌아가서 잘 살면 되잖아."

소년은 답이 정해져 있다는 듯이 확신에 찬 목소리로 말했다.

"근데 내가 이 일을 거절하면 여기에 있었던 일은 모두 꿈이 되어버려. 그럼 난 지금보다 더 나은 인생을 살아갈 자신이 없어. 아마 또 지루하게 살아갈걸?"

"생각보다 복잡하네. 근데 사실 나는 지금 코마 상태야. 나는 정말 평범한 중학생이었어. 나도 사춘기일 나이였기에 투정도 부리고 때로는 짜증도 내며, 하루하루 작은 일에 웃고 울고 짜증 내며 살았었어. 근데 어느 날 학교에서 건강검진을 했는데 내 몸에 이상이 있는 것 같대. 병원에 가보래. 그때까지만 해도 심각한 줄 몰랐지. 근데 실제로 내 몸 상태는 정말 최악이었고 하루라도 빨리 수술을 해야 했어. 그렇게 나는 그 자리에서 바로 수술실로 가게 되었고 그 수술이 잘 못 되었는지 지금 코마 상태에 빠져버렸어. 몸은 코마 상태지만 영혼은 자유로우니 나도 너의 두 번째 손님처럼 살고 싶어서 이 카페를 찾아왔다가 우연히 사장님의 권유로 코마 상태에서 벗어날 때까지만 일을 하게 된 거야. 그렇기에 다시 살아 볼 기회가 있는 네가 너무 부러워. 선택은 너의 몫이니까 부디 후회하지 않는 좋은 선택을 하길 바랄게. 다만 모두의 삶은 소중하니 너의 삶을 너무 하찮게 여기지는 마. 오늘도 손님 받는다고 수고했어. 좀 쉬어."

소년은 쉬라며 담요를 건네주고 자리를 비켜주었다. 소년이 준 담요를 덮고 푹신한 소파에 앉으니 긴장이 풀리면서 눈이 스르르 감겼다. 그렇게 시간이 흐른 뒤 나는 맛있는 냄새를 맡고 잠에서 깨어났다. 사장님과 소년이 나를 위해 맛있는 저녁을 차려 주었다. 그냥 단순한 흰 밥에 햄에 김이었지만 평소 집에서 먹던 것보다 훨씬 맛있었다. 나는 평소에 고진감래라는 말을 직접적으로 깨달은 적이 없었는데 여기 오니까 진짜 맞는 말인 것 같다. 열심히 일한 후에 먹는 밥이 이렇게 맛있는 줄 알았더라면 현실에서도 좀 더 열심히 살아서 매일 맛있는 밥을 먹을 걸 그랬다. 어쨌든 맛있는 밥을 배부르게 잘 먹고 나니 타이밍 좋게 세 번째 손님이 찾아왔다.

★ ★ ★

문이 열리고 뿌연 연기가 생겼는데 연기 뒤에 사람 인기척이 안 느껴졌다. 그때!

"멍멍!"

세 번째 손님은 강아지였다. 소년은 익숙한 듯 나와 손님에게 번역기를 챙겨주었고 손님을 상담실로 안내하였다. 사장님도 번역기를 차고 나오셨고 그렇게 세 번째 손님의 상담이 시작되었다.

"무슨 소원을 들어줄까요?"

사장님은 친절하게 물었다.

"저는 노견입니다. 제가 새끼였을 때 현재 집에 분양되어 와서, 현재 이 가족과 13년째 함께하고 있습니다. 어릴 때는 아주 똥꼬발랄한 성격이었고 산책도 매우 좋아했습니다. 낯선 장소의 흙, 꽃, 공기의 냄새는 내 코를 자극했습니다. 모든 것이 새로웠고 저는 매일 똑같은 길을 걸어도 매일 다른 냄새가 났기에 행복하게 걸었습니다. 지금 생각하면 그때 주인님과 산책을 다녔던 것이 꿈만 같습니다. 저는 아직도 밖에서 나는 냄새가 너무 좋습니다. 그러나 이제는 제 몸이 따라주지를 않습니다. 저는 아직도 주인님만 보면 너무 행복해서 꼬리도 흔들고 애교도 부리고 싶지만 그게 제 마음대로 되지를 않습니다. 제 몸이 예전 같지 않은 것은 저뿐만 아니라 주인님도 느꼈을 겁니다. 그래서 요즘 주인님이 저 때문에 걱정이 많으십니다. 매일 저를 위해 보양식을 지어주고 맛있는 간식을 구해줍니다. 매일 병원에 다니며 약을 지어주시고 저에게 정성스럽게 약을 먹여주십니다. 제가 불안해하지 않게 매일 예쁜 말로 저를 다독여줍니다. 저는 어릴 때 공장에서 태어나 조금 힘들었습니다. 그러나 주인님의 집에 간 이후로는 정말 매일 행복했습니다. 제가 살아 있는 동안 너무 행복했기 때문에 제가 곧 무지개다리를 건넌다는 사실은 받아들일 수 있습니다. 그러나 제가 가면 혼자 남겨질 주인님이 너무 걱정됩니다. 혹시나 저에게 못 해줬다고 생각할까 봐, 저에게 한 작은 실수를 매일 밤 되새기며 울며 후회할까 봐 그것이 너무 두렵습니다. 제발 제가 주인님 꿈에 나타나서 함께 마지막 산책을 하며 제 진심을 전할 수 있게 해주세요."

손님은 낑낑거리며 말했다.

"잘 들었습니다. 이 소원에 대한 대가는 주인에 대한 진실된 사랑입니다. 꿈속에 들어가 산책을 하고 진심을 전할 수 있는 시간이 다가오면 손님의 진실된 사랑을 주인분께 전해주도록 하세요. 지금 바로 편안히 눈을 감으시면 주인님의 꿈속에 들어가실 수 있게 해드리겠습니다."

손님이 눈을 감자마자 5초 뒤에 손님의 주인분의 꿈속에 들어가게 되었다. 나와 소년은 주인이 갑자기 일어나는 등의 혹시나 생길 돌발 상황에 대처하기 위해 산책로를 지나가는 행인 1,2의 역할로 손님과 함께 꿈속에 들어갔다. 주인의 꿈속에서의 손님과 주인은 정말 행복하게 산책을 하였다. 그리고 주인이 깨어나기 직전에 나와 소년은 손님에게 이제 진심을 말할 때라고 신호를 주었고 이제 손님은 말을 하기 시작하였다.

"안녕! 우리 처음으로 대화해본다, 그치?"

강아지가 해맑게 인사하자 주인은 감격하며 답했다.

"어, 네가 말도 할 줄 알았구나. 요즘 네가 너무 기운 없어 보여서 걱정이 많았어. 빨리 다시 기운 차려서 오늘처럼 매일 즐겁게 산책하자."

"음……. 사실 이제 이렇게 매일 산책하는 것은 어려울 것 같아. 사실, 나 곧 무지개 다리를 건너야 해. 나는 오늘 너에게 너무 슬퍼하지 말라고 말하려고 왔어. 우리는 서로에게 미안했던 점까지 다 추억으로 덮었으면 좋겠어. 그래서 네가 날 떠올렸을 때 눈물보다는 웃음이 먼저 났으면 좋겠어. 난 너 덕분에 정말 행복한 복에 겨운 삶을 살았어. 정말 고마웠어. 내가 가도 너무 울지는 말고 그래도 잊지는 마. 그냥 가끔씩 힘들 때 내 생각하며 기운 차렸으면 좋겠다. 평소 같았으면 옆에서 애교 부리거나 눈물을 핥아주며 널 위로해줄 텐데 이제 그거 못 해줘서 미안해. 이제 내 몫까지 열심히 살다가 저승으로 와. 내가 여기서 인형 물고 기다리고 있을게. 다녀오면 꼭 놀아줘야 해."

"나도 우리 똥강아지 덕분에 정말 너무 행복했던 것 같아. 매번 내 얼굴에 웃음꽃이 피게 해줘서 너무 고마워. 넌 정말 나에게 소중한 존재고 절대로 잊지 않을게. 나로 인해 너의 삶이 조금이라도 나아졌다면 그것으로 만족하며 네 몫까지 정말 열심히 살게. 너의 나와의 삶이 가치 있는, 행복한, 좋은 삶이었길 바래. 진짜 많이 사랑해."

손님이 진심을 다 전하고 난 후에 '촥' 하는 소리와 함께 우리는 주인분의 꿈 밖에서 나오게 되었다. 우리는 저 꿈속에서 손님의 주인을 향한 진실된 사랑을 느꼈기에 이 사랑이 대가로 지불 되었다. 그리고 손님은 기뻐하며 카페를 나갔다.

소원이 이루어진 후 나는 한 달간 강아지의 생활을 지켜봐야 했다. 그 꿈 이후 강아지와 주인 사이의 관계는 더욱더 돈독해졌으며, 주인은 더 정성스레 강아지를 돌봤다. 그러나 강아지는 여전히 힘이 없었고 겨우겨우 삶을 지탱하는 듯한 느낌이 들었다. 결국, 강아지는 한 달을 다 버티지 못하고 무지개다리를 건넜다. 주인은 강아지를 잃은 후에 상실감에 빠져 며칠을 우울해했지만 꿈속에서 강아지가 했던 말을 기억하며 기운을 회복해 강아지의 몫까지 열심히 살아가기 위해 노력했다. 주인은 이후에도 절대로 강아지를 잊지 않고, 힘든 일이 있을 때마다 강아지를 떠올리며 살아갔다. 그렇게 나의 세 번째 손님의 의뢰도 끝이 났다.

★　★　★

　이제는 나의 선택 시간만이 남아 있었다. 한참을 고민하고 있을 때 사장님이 나에게 찾아와 물었다.

　"자, 이렇게 약속한 세 명의 손님을 다 응대했고, 이제 너의 선택만 남았어. 어떤 선택을 할래?"

　"음……."

　나는 한참을 고민하다가 답했다.

　"이곳에 있었던 모든 시간이 정말 가치 있었고 행복했어요. 조금은 피곤했지만 세 명의 손님들을 응대함으로써 제가 살면서 놓쳤던 부분을 깨달았어요. 우선 저는 어떠한 일에 열정을 다해 노력한 적이 한 번도 없어요. 노력도 안 했으면서 지금까지 제 인생이 지루하다고 징징거려왔죠. 지금 생각하면 참 부끄럽네요. 또한 저는 주어진 삶에 만족하지 못했으며 감사하지도 못했어요. 허영심이 가득한 삶이었죠. 그리고 저는 세상에 불평불만 하기 바빴기에 매사에 부정적이고 항상 예민했던 것 같아요. 그래서 막상 저를 진심으로 아껴주는 주변 사람들을 챙기지 못했죠. 저는 여기서 세 분의 손님을 응대하면서 지금까지 살아온 제 인생에 대해서 많이 생각해보았고, 이렇게 말고 다시 제대로 된 인생을 살아보고 싶다고 느꼈어요. 마지막 손님처럼 저도 마지막에 갈 때, 누군가에게 좋게 기억되고 싶어요. 저도 누군가가 힘들 때 저를 떠올렸을 때 웃음이 났으면 좋겠어요. 여기도 너무 좋지만, 다시 돌아가서 제 인생을 다시 제대로 살아볼게요."

"그래 잘 생각했다. 삶은 가치 있는 삶이었든 없는 삶이었든 삶 그 자체로 소중한 거야. 여기서 얻은 깨달음을 토대로 다시 돌아갔을 때 제대로 된 삶을 살아가렴! 다시 돌아가는 방법은 간단해. 너의 집을 생각하며 이 카페를 나가면 돼. 여기에서 일어난 모든 일은 너의 꿈일 될 거고 꿈이 되면 여기 있었던 일이 하나하나 다 자세히 기억이 안 날 수도 있다는 건 알지?"

"네! 감사했습니다."

나는 그렇게 사장님과 인사를 마치고 소년에게도 마지막 인사를 하러 갔지만 어찌 된 일인지 소년은 가게에 보이지 않았다. 사장님께 여쭤보니 몸이 회복되고 있어 영혼이 다시 몸속으로 들어갈 준비를 하기 위해 잠시 이동했다고 한다. 어차피 짐 챙기려면 소년은 가게에 한 번 더 와야 한다고 하니 다음과 같은 쪽지를 남겼다.

안녕. 난 여기 남지 않고 다시 원래의 내 삶으로 돌아가서 잘 살아보기로 결정했어. 너의 진심 어린 고민 상담이 아니었다면 아마 이런 선택 안 내렸을 거야. 삶을 소중히 여기라는 너의 조언 너무 고마워. 그 말은 꼭 명심해서 다시 돌아가서 제대로 된 삶 살아볼게. 너도 코마에서 나오면 멋지게 나중에 후회하지 않을 만한 삶을 살아봐.

쪽지를 다 써서 책상에 둔 후 나는 마음의 정리를 하고 카페의 문 앞에 섰다. 나는 지금 현실로 돌아가기 직전의 상황이다. 이제 몇 분 뒤면 나는 현실로 돌아가고 이 모든 일이 꿈이 될 것이다. 생각해보면 내 인생은 그렇게 지루하지만은 않았던 것 같다. 매일 말로는 지루하다고 했지만 나는 자각몽 덕분에 꿈속 내용을 생각하느라 하루 종일 바쁘게 살았다. 이 카페, 골목처럼 새로운 것에 호기심을 보였고 그 호기심을 찾는 과정에서 작지만 큰 행복을 느꼈던 것 같다. 그때는 입버릇처럼 나온 지루하다는 말에 내 인생이 마냥 하찮은 줄만 알았는데 이제 보니 아닌 것 같다. 그런 작은 행복에서 나오는 웃음을 원동력으로 사람들은 살아가고 이런 작은 웃음이 합쳐져서 우리는 행복을 느끼며 살아간다.

나는 첫 번째 손님처럼 한 가지 일에 정말 질리도록 최선을 다해 노력해보고 싶고, 내 주변 소중한 사람들을 잘 챙겨줘서 두 번째 손님처럼 후회하고 싶지도 않다. 또한, 마지막 손님처럼 누군가에게 좋게 기억되며, 다른 사람이 나를 떠올렸을 때 웃음이 났으면 좋겠다.

내가 여기서 일을 하는 것을 거절하고 다시 내 삶을 살아가게 된다면 분명 이 모든 일은 내가 꾼 수 많은 꿈들 중 하나에 불과하게 될 것이다. 그러기에 난 내가 이 모든 깨달음을 잊고 다시 내 삶을 지루하다고만 느끼며 살아갈까 봐 아직도 조금은 두렵다. 그러나 이제는 나를 조금 믿어주기로 했다. 처음에는 그렇게 지루하게 살아가더라도 언젠가는 여기서 그런 깨달음을 얻었던 것처럼 현실에서도 다른 일을 계기로 이런 깨달음을 얻어 내가 행복하게 살아갈 것이라고 믿어보기로 했다. 이 시점 이후의 나는 어떤 삶을 살지는 모르겠지만 힘든 순간마다 언제나 힘내며 살아가길.

하얀마음 파란마음

강윤서

작가의 말

강윤서 (3학년)

안녕하세요! 동도중학교 3학년 강윤서입니다. 「하얀마음 파란마음」은 제가 작년에 썼던 「CHANGE」에 이은 두 번째 소설입니다. 이번 소설도 「CHANGE」와 마찬가지로 학원을 배경으로 삼았으며 선생님과 학생의 관계를 생각하며 썼는데요, 지난번 소설이 선생님의 '말씀' 한마디 한마디에 집중된 내용이라면, 이번 소설은 선생님의 '마음'에 조금 더 초점을 맞춘 내용입니다. 학생들에게 힘이 되어주는 말과 행동은 학생을 진심으로 사랑하시는 선생님의 마음에서 우러나오는 것이니까요.

올해의 책쓰기 주제가 판타지 소설이어서 어떤 판타지 요소를 넣을까 고민하다 '꿈'을 선택했습니다. 물론 판타지 요소를 이용해 제가 하고 싶은 이야기를 풀어나가는 일이 쉽지만은 않았습니다. 빌드업이 필요했고, 그에 따라 분량이 계속 늘어나서 소설 속에 담아내고 싶었던 많은 메시지들과 이야기들을 모두 넣지는 못한 점이 아쉽기도 하고요. 그렇지만 이 과정도 하나의 경험이자 성장이라고 생각하며 많은 것을 배우는 계기로 삼으려 합니다.

이번 이야기를 쓰면서는 제게 소중한 사람들을 많이 떠올렸습니다. 그 사람들과 함께하고 싶은 머지않은 미래도 상상하면서요. 에필로그의 마지막 두 문단 역시 그 사람들을 생각하면서 쓴 제 진심입니다. 항상 고맙고, 감사하다고, 응원하고 있다고 말해주고 싶습니다.

끝으로, 이 소설을 완성하는 데 큰 도움을 준 사람들에게 감사 인사를 전합니다. 소설 계획할 때마다 주제, 내용 다 적극적으로 추천해주고 이야기 중간중간 고쳐주면서 더 나은 소설을 쓸 수 있게 끝까지 도와준 내 의뢰인이자 협력자, 지윤아! 네가 없었다면 「CHANGE」와 「하얀마음 파란마음」은 이 세상에 나올 수 없었을 거야. 정말 고마워! 항상 확신이 없어서 불안하게 느껴졌던 내 글을 읽어주고 잘하고 있다고, 재밌고 기대된다고 응원해준 나희, 나경이, 채현이 모두 고마워! 내 글쓰기 계획서 한 문장 한 문장 꼼꼼하게 읽어주고 디테일 부분을 재밌게 추천해준 향이야, 고마워! '하얀마음 학원'이라는 학원 이름에 대한 아이디어를 제공해주신 선생님, 감사합니다. 그리고 제 책쓰기 과정을 처음부터 끝까지 아낌없이 응원해주신 사서 선생님과 부모님, 감사합니다! 이렇게 소설 한 편을 완성할 소중한 기회를 제공해준 동도중 책쓰기반도 고마워요.

이 책을 재미있게 읽어주실 독자님들, 감사합니다! 많이 부족한 작가의 서툰 글이더라도 꼭 즐겁게 읽어주시면 좋겠어요. 다음에 기회가 되면 더 좋은 글로 만날 수 있기를 바라며 작가의 말을 마무리하겠습니다!

'부재중 전화: 하얀마음 학원(10)'

수학 학원을 마치고 폰을 켜보니 소름 끼치는 열 건의 부재중 전화가 와 있었다. 대단-하다, 이 학원. 테스트를 일요일에 치러 가지 않은 게 이렇게나 스토킹 당할 일인가? 아니, 평일에 간다고요, 평일에! 그나저나 도대체 어떻게 하면 9분 만에 열 건을 걸 수 있는 거지? 원래 테스트 시작 시간은 9시 30분인데, 열 번째 전화가 9시 39분에 걸려왔던 것이다. 부재중 기록을 지우려 하다가 나머지 아홉 건의 기록이 궁금해서 봤더니⋯⋯. 아주 가관이다.

9:30 하얀마음 학원(1), 9:31 하얀마음 학원(2), 9:32 하얀마음 학원(3), ⋯⋯

이렇게 1분씩 간격 딱, 딱, 맞춰서 전화하기도 쉽지 않은데. 학원이 할 일이 그렇게 없나? 스토커도 이 정도로 심하게 하지는 않는다고! 하⋯ 차단할까? 미치겠네. 차단해버리자. 뭐, 공지 문자는 다 엄마한테도 가는 건데. 굳은 결심 후, 폰에서 '하얀마음 학원'이라고 적힌 연락처를 선택했다. 그리고 정성스럽게 '수신 차단'을 눌러주었다.

하얀마음 학원. 줄여서 '하마학원'. 내가 1년 전부터 다니고 있는 국어학원이다. 지금까지 여기 다니고 있다는 게 참 신기한 일이긴 하지만. 우리 엄마와 아주 친하신 분께서 학생 관리도 철저하고, 성적도 잘 나온다고 적극 추천해주셔서 다니게 되었다. 정말 그럴까 했는데 처음에는 정말로 성적이 잘 나와서 난 학원을 믿고 나름 즐겁게 다니고 있었다. 물론 모든 게 좋은 것만은 아니었다. 특히, 학원 입구에 붙어 있는 이 운영 방침은 볼 때마다 '이걸 그냥 확 찢어버려?'라는 생각이 든다.

〈하얀마음 국어학원 운영 방침〉

1. 테스트(한자, 고사성어, 독서퀴즈, 고전시가 현대어 풀이, 문법 백지 테스트, 내신대비 서술형 평가) 탈락, 과제 미완료&미흡, 지각 등은 학생, 부모님께 즉각 안내문자 발송.

2. 테스트 탈락 & 미응시, 과제 미완료&미흡, 지각 시 1회마다 X 1개씩 추가.

3. X 3개 누적 시 상담실에서 선생님과 면담 실시.

4. 테스트 통과 커트라인: 정답률 90% 이상 / 지각: 1분 이상 늦는 경우

5. 미완료 과제는 학원 방문하여 별도로 검사받기, 테스트 탈락 학생은 통과할 때까지 학원 방문하여 재시험 응시하기, 부정행위 적발 시 X 3개 추가, 면담 실시.

이뿐만이 아니다. 내가 친구들과 파자마파티를 한 바로 다음 날 학원에 대체수업을 가게 되어서 처음이라 마지막으로 재시에 걸리고, 지각한 적이 있었다. 그리고 운영 방침에 적혀 있는 것처럼 내 폰으로 안내 문자가 왔다. 바로 이렇게.

제목: 강세연학생 시험 결과 안내
[Web발신]
- 독서(과학 콘서트(하)) : 탈락(29.5/30), X(1/3)
* 독서 재시 결과 안내
- 독서(과학 콘서트(하)) : 1차 탈락/ 2차 탈락/ 3차 탈락/ 강세연 학생이 반 전체 8명 중 O등으로 안타깝게 재시에 걸렸네요^-^ 재시 날짜를 잡아주세요^-^ 0.5점 차로 탈락입니다^-^ 참 안타깝지만 학원 규정이라 어쩔 수 없네요~ [하얀마음 국어학원]
* 정상 등원 시간 : 4시 30분이나 강세연 학생이 아직 등원하지 않아 연락드립니다^-^
* 학생 등원 시간 : 4시 31분/ 학생 상태 : 지각, X(1/3)/ 학생이 01분 지각하여 안타깝게도 지각처리되었습니다^-^ 정말 아깝네요^-^ [하얀마음 국어학원]

이 문자들을 본 순간, 정말… 폰 화면을 뚫고 들어가서 저 글자들을 손수 하나하나 떼어내 바닷물에 던져버리고 싶었다. 물론 이처럼 보통의 스토커보다 두 배는 심하게 학생들의 정신상태를 위협하는 학원일지라도, 학생 관리를 위해서니까, 하고 생각하던 나였다.

그런데 최근 들어 내 '꿈'에 하마학원이 자주 등장했다. 그리고 계속 불길한 느낌이 들었다. 그 '꿈'은 보통 꿈이 아니니까.

처음 그 꿈을 꾼 건 두 달 전이었다. 자려고 누운 후 한 시간 뒤, 갑자기 몸이 어떤 돌덩이에 의해 짓눌리는 느낌이 들었다. 가위에 눌린 건가? 해서 눈을 감고 몸을 움직여보려 했으나 소용없었다. 그 순간, 내 몸이 침대 위로 붕 떠오르는 것 같았다. 마치 영혼이 이탈하는 것처럼… 눈 떠! 눈 뜨라고! 수백 번 되뇌었지만 속수무책이었다. 온몸에 힘이 빠지고, 다시 눈을 떴을 때에는 하마학원이었다. 눈앞에 상담실이 보였다. 거기 이혜주 원장선생님과 한 남학생이 마주 앉아 있었다. 그리고 원장선생님께서 책상을 쾅! 치시는 모습, 백지장처럼 창백해진 남학생의 얼굴, 책상에 놓인 독서퀴즈 시험지, 점점 주변이 흐릿해졌고 나는 꿈에서 깨어났다.

별일 아니라고 생각했지만, 그 주 토요일 수업을 듣기 위해 학원에 갔을 때 생각이 달라졌다. 중1 남학생이 자기 형이 옛날에 쳤던 하마학원의 독서퀴즈 포트폴리오를 몰래 보고 정답을 외운 뒤 시험을 쳤다는 것이다. 그 학생이 상담실에서 세 시간 내내 원장선생님과 면담을 하고, 곧바로 퇴원 처리되었다는 얘기를 들은 뒤, 나는 확신했다. 이건 예지몽이라고.

그 이후로도 두세 번 정도 비슷한 일이 있었다. 물론 부정행위가 아니라 X가 세 개 누적되어 상담실에 간 학생들이었지만. 잠자리에 누운 뒤 첫 꿈과 같은 현상이 나타난 뒤에는 항상 하마학원 상담실에서 학생이 상담 받는 모습이 보였고, 그 학생은 실제로 그 주 수업 날에 상담실에 불려 갔다. 즉, 이 꿈은 하마학원 상담실에서 누가 상담을 받는지를 알게 해주는 예지몽인 것이다.

일주일 후.

강의실 문을 열고 들어가니 처음 보는 듯한 여학생이 앉아 있었다. 검은색과 갈색이 섞인 장발에, 키는 나랑 비슷했다. 그런데 자세히 보니 어디서 많이 본 얼굴이었다. 어디였지? 아, 생각났다.

"저기, 혹시 나 알아?"

먼저 다가가서 물어보았다. 날 기억하려나.

"⋯⋯아. 혹시 영어학원? 강세연이었나?"

"우와! 나 기억나? 우리 작년에 같이 CSE 영어학원 다녔었잖아! 김윤하 맞지?"

"응. 맞아. 너도 빨리 CSE 탈출해야지! 언제까지 거기 있으려고."

"하, 나도 탈출하고 싶다. 너~무 탈출하고 싶어서 미칠 것 같아. 송연주 쌤 진짜! 말 그대로 수미일관이야, 항상 한결같아. 정말 싫어."

영어학원에서는 서로 있는 듯 없는 듯 지냈던 윤하와 나는, 하마 학원에서 만나게 되면서 친한 친구가 되었다. 우리는 쉬는 시간에 같이 수다를 떨고, CSE 영어학원의 근황도 이야기하고, 수업이 마치면 함께 아마스빈에서 버블티까지 사 먹는 사이로 발전했다. 항상 순수하고 귀엽게 웃는 윤하는 왠지 모르게 내가 꼭 아껴줘야겠다는 생각이 들었다.

* * *

　어느 날, 잠자리에 누웠을 때였다. 몸이 무겁게 느껴졌고, 잠시 뒤 몸이 붕 떠오르는 느낌이 들었다. 눈앞이 캄캄해졌고, 눈을 떴을 때에 보이는 것은 하마학원 상담실이었다. 또 예지몽이군. 그런데 상담실 의자에 윤하가 앉아 있었다. 내가 아는 친구가 예지몽에 등장한 것은 처음이어서 조금 더 가까이 다가가 보았다. 선생님의 목소리는 잘 들리지 않았지만, 얼굴을 보니 단단히 화나신 것 같았다. X가 세 개 누적되면 한다는 면담이 저런 거구나. 별거 아닌 줄 알았더니 꽤 무섭게 하시나 보네. 그리고 윤하의 표정을 살폈는데, 헉! 윤하의 동그란 두 눈에 눈물이 고이고 있었다. 무슨 말을 들었는지는 모르겠지만 심각한 상황인 것 같았다. 그 뒤의 상황을 보고 싶었지만, 늘 그랬듯이 눈앞이 희미해지고 꿈에서 깨어났다. 항상 예지몽 후 바로 다음 수업 때 꿈속의 일들이 일어났기에, 윤하가 이번 주 토요일에 상담실에 불려갈 것은 쉽게 예상할 수 있었다. 문제는 상담 내용이 조금 걱정된다는 것. 아무리 눈물이 많은 학생이라도 중학교 3학년이 학원 선생님과 상담하면서 눈물을 흘리기는 쉽지 않은데……

　시간은 빛의 속도로 흘러, 어느새 토요일이 되었다. 수업이 끝나자마자 윤하를 찾았다. 그런데 강의실을 둘러보고, 로비, 테스트실, 화장실을 모두 찾아보아도 윤하는 보이지 않았다. 아, 어떡해. 벌써 상담하러 간 거야? 윤하 괜찮을까? 굳게 닫힌 상담실 문 앞에서 윤하를 기다리다가, 조금씩 새어나오는 목소리에 귀를 기울이게 되었다.

"그걸 지금 말이라고 하니? 선생한테 …이야?! 윤하 니는 진짜…다. 여기 왜 다니니? …냐? 니 …대체 뭘 …는지는 모르겠지만 애가 이렇게 진짜 …까지 올 정도로 …를 안 …나 보네? 국어에 쓰 …나? 하, 니는 안 된다, 정말."

대화가 다 들리지도 않았고, 중간 중간 끊겨서 들린 것뿐이었는데도, 윤하를 상담실에 두어서는 안 되겠다는 생각이 들었다. 일단 얘를 여기서 나가게 해야 되는데, 쌤이 계시니까. 쌤의 시선만 다른 곳으로 돌리면 괜찮을 거야. 그리고 쌤이 윤하 상담해야 한다는 사실을 잊어버리시게! 심호흡을 크게 한 번 하고, 상담실 문을 두드렸다.

"똑똑."

문이 열렸다.

"어, 세연이? 무슨 일이니?"

할 수 있어, 강세연.

"선생님! 저기 학생인가? 학부모님인가? 상담하러 오신 것 같은데 이 시간에 상담 예약해 놓으셨나 봐요! 지금 여기 와서 2시간 넘게 기다리셨는데, 오늘 아니면 안 된다고 하셔요. 학원 운영 시간 다 끝나 가는데, 가보셔야 할 것 같아요!"

최대한 다급한 목소리로 말했다. 쌤께서 화들짝 놀라 자리에서 일어나셨다. 그리고 난 엘리베이터를 가리키며 말했다.

"선생님께서 안 오셔서 1층에 계실 거예요, 아마."

"어어, 그래!"

쌤이 내려가시고, 나는 급히 상담실로 들어갔다.

"김윤하!"

"강세연? 뭐야, 네가 어떻게……."

윤하의 눈에 눈물이 고여 있었다. 꿈에서 보았던 그대로.

"시간 없어. 가방 챙겨서 빨리 따라와. 내 손 꼭 잡고!"

"어, 으악! 너무 빨라!"

"시간 없다니까! 목소리 낮추고."

윤하의 손을 잡고 학원 입구 양쪽에 있는 두 개의 방화문 중 왼쪽 문을 열었다. 비상계단을 뛰어 올라가, 9층에서 멈췄다.

"여기가 어디야?"

"비상계단이지. 아무 데나 앉아, 앉고 싶은 데."

윤하와 나는 계단의 가장 윗부분에 벽을 기대어 앉았다. 윤하는 너무 놀랐는지, 아직 마음이 진정되지 않았는지, 새하얀 얼굴로 숨을 가다듬고 있었다. 잠시 동안 우리 사이에는 침묵이 흘렀다.

"괜찮아?"

내가 먼저 얘기를 꺼냈다. 그리고 윤하의 표정을 살폈다. 윤하의 커다란 두 눈에서, 반짝이는 눈물이 한 방울씩 떨어지고 있었다.

"너 아니었으면, 난……."

나는 울먹이며 말하는 윤하를 말없이 끌어안았다. 윤하가 진정되고, 이야기를 시작했다.

"윤하 너, 무슨 일이야? 안에서 도대체 어떻게 된 거야? 밖에서 조금밖에 안 들렸는데, 그대로 놔두면 안 되겠다 싶어서 너 데리고 나왔어."

"그게, 사실……. 근데, 너 내가 상담실에 있는 거 어떻게 알았어? 수업 끝나고 바로 쌤이 나 데려가셔서 나 상담실 가는 줄도 몰랐을 텐데."

아직 아무에게도 예지몽에 대해 말한 적은 없었는데. 잠시 고민하면서 윤하의 눈동자를 들여다보았다. 맑고 순수한 눈동자가 '얘는 믿을 수 있다'는 것을 증명해 주고 있었다. 남의 비밀을 지켜줄 것처럼 들어주고 함부로 말하고 다니는, 가식적인 사람들에게서 느껴지는 싸한 기운도 전혀 느껴지지 않았다. 윤하에게는 말해도 될 것 같았다.

"나, 예지몽 꾼다."

"뭐? 예지몽이라고? 그게 실제로 가능해?"

"나도 그게 가능할 줄 몰랐지. 그런 일이 나한테 일어날 줄은 더더욱."

윤하에게 내 예지몽에 대해 설명해 주었고, 윤하는 이제야 모든 상황이 이해되었다는 듯이 긴장을 풀고 안심한 눈치였다.

"아, 그래서 상담실까지 와서 날 구해준 거구나."

"응. 맞아."

잠시 동안 날 경계하던 윤하는 이제야 이 상황이 편해졌는지, 아까 하려던 이야기를 해주었다.

"사실 내가 X 세 개 모여서 상담실 간 거거든. 우리 학원 규정에 있잖아, 그런 거. 쌤이 수업 마치자마자 나 데리고 상담실 가셨어. 정말 쥐도 새도 모르게. 그리고 안에 들어가서 원장 쌤하고 마주 앉았거든? 그런데 정말 밖이 하나도 안 보이더라. 네가 꾼 꿈에서는 문이 열려 있었던 모양인데, 오늘 상담할 때는 닫혀 있어서 조금 무서웠어. 문을 안 잠그신 게 천만다행이었던 것 같아. 난 쌤이 '똑바로 해라', '이렇게 하면 몇 등급이다', 대충 이런 얘기 하실 줄 알았는데, 그게 아니었어. 너무 모욕적이었어. '저 이런 애는 아니에요' 이래도 계속 우기시고, 진짜로 아닌데도 '맞잖아'라고 하셨어. 나 잘 울지는 않거든? 그런데 쌤 말씀 듣는데 너무 눈물이 나더라? 억울해 죽겠고, 심지어 우리 부모님까지 언급하셨거든. 그때부터 너무 무서운 거야. 여기서 몇 시간을 있어야 되나, 얼마나 더 이걸 들어야 되나."

모욕적인 말이라니? 부모님 욕? 이게 다 무슨 말이야?

"뭐라고? 뭔 그런 상담이 다 있어? 지금 이게 다 무슨 얘기야? 혹시 뭐라고 하셨는지 정확하게 기억나? 천천히 말해도 괜찮으니까, 아는 건 다 말해 봐."

나는 다급해져서 그만 목소리를 높이고 말았다. 아차, 조용해야지.

"그러니까, 쌤이 나한테……. 기억나. '그걸 지금 말이라고 하니?! 선생한테 니가 그게 할 말이야?! 윤하 니는 진짜 가망이 없다. 여기 왜 다니니? 국어 왜 배우냐? 난 돈 받는 선생이지만 너 같은 학생은 위약금을 줘서라도 포기하고 싶네. 국어 포기해, 그냥. 니네 부모님께서 대체 뭘 하시는지는 모르겠지만, 애가 이따구로 해올 정도로 케어를 안 하시나 보네? 국어에 낭비하는 돈이 아깝지 않나? 하, 니는 안 된다. 정말.' 이러셨어. 나 정말 생각도 하기 싫어, 이 말들."

말도 안 돼. 이건 선생님이 학생에게 할 수 없는 말이었다. 말도 안 된다고. 충격이 채 가시지 않은 채로 시계를 봤더니 벌써 10시가 한참 지나 있었다.

"윤하야, 그……. 쌤도 진심은 아니셨겠지. 네가 조금 더 잘하길 바라실 거야 분명히. 넌 더 잘할 수 있다고 생각하시니까 안타까운 마음에 너무 말씀을 심하게 하셨나 봐."

그새 다시 울먹거리기 시작한 윤하를 위로해준 뒤, 헤어졌다. 집에 도착해서도 윤하가 걱정되어 문자 메시지를 보냈다.

김윤하, 그 말들 신경 쓰지 말고 다 잊어.ㅠㅠ 기억해서 좋을 거 없잖아. 너도 잊고 싶댔고. 그니까 생각도 하지 마. 너 잘하고 있어. 앞으로도 충분히 잘할 거고. 잘 자고, 좋은 생각만 해~ ><

그리고 침대에 누웠다. 윤하, 괜찮겠지? 순수하니까 빨리 다 잊을 거야. 그나저나, 이 학원. 이상해. 상담을 다 이런 식으로 한 건가? 아니, 잠깐만. 상담이 다 이런 식이면, 분명히 학부모님들 클레임 물 밀려오듯 들어왔을 텐데? 학부모님들 알고도 가만히 계시는 거야, 아님 모르시는 거야? 여기 도대체 뭐하는 데지? 아, 모르겠다. 잠이나 자야지.

★　★　★

그 후 몇 주 동안 내 꿈들 중 예지몽의 빈도수가 급격하게 늘어났다. 원래는 2주에 한 번 꿀까 말까 했던 예지몽을, 거의 매주 꾸게 되었다. 그리고 그 예지몽의 주인공이 우리 팀(토요일 4시 30분 반) 학생인 경우도 많아졌다. 다른 팀 학생들은 내가 모르기 때문에 어떻게 할 수 없었지만, 우리 팀 학생들만큼은 누가 상담실에 갈지 미리 알 수 있었다. 그 친구들이 윤하처럼, 상담실에서 독설을 듣지 않도록 하기 위해, 나는 그 주에 상담할 친구와 수업 시작 전에 미리 약속을 잡아두었다. 수업 끝나고 마라탕 먹으러 가자, 편의점에 가자 등등. 그리고 수업이 끝나고 바로 그 친구를 데리고 나가서 상담 사실을 공지받을 틈도 없게 했다. 그렇게 하니 쌤께서는 상담해야 한다는 사실을 잊어버리시는 듯해서, 나는 그 친구가 독설에서 벗어날 수 있도록 도와줄 수 있었다.

그날도 늘 그랬듯이 예지몽 덕분에 우리 팀 친구의 상담 사실을 알게 되었고, 수업이 끝나고 그 친구를 데리고 나가고 있었다. 그런데 뒤에서 나를 뚫어지듯 쳐다보는 시선이 느껴졌다. 친구를 먼저 나가게 하고 뒤를 돌아보았더니, 누군가가 나를 가만히 바라보고 있었다. 흠칫 놀라 뒤로 물러선 후, 그 사람과 눈이 마주치기 전에 바로 방화문을 열고 비상계단으로 뛰어 내려갔다. 누구지? 왜 날 보고 있었던 걸까? 설마 들킨 건가? 내가 애들 상담 안 받도록 도와주고 있었던 걸……? 안 되는데. 아, 이거 들키면 어떻게 되는 거지? 어떡하지. 그나저나 진짜 애들은 왜 부르면 부르는 대로 굳이 상담실에 가는 거야? 나 같으면 그런 모욕적인 말들 들을 바에는 바쁜 일 있다고 하거나 몰래 도망쳐서라도 안 갔을 텐데. 걔네들 설마 상담실에서 어떤 말 듣는지 모르고 가는 건가? 그렇게 오래 하마학원에 다녔는데도? 아님 뭐, 걔네가 너무 착해서 시키면 시키는 대로 다 하는 거겠지.

그 다음 주, 수업이 마치고 윤하와 함께 엘리베이터를 기다리는데, 누군가가 날 불렀다.

"세연아!"

뭐지? 하고 뒤를 돌아보는데, 헉! 지난주 그 사람이었다. 날 빤히 쳐다보던 그 사람! 못 들은 척하고 도망쳐야 하나? 윤하의 손을 잡은 내 손이 식은땀으로 흥건해졌다. 어떻게 할지 망설이고 있는데 그 사람이 내 다른 쪽 손을 잡고 비상계단으로 데려갔다. 그 뒤에 다른 사람이 우리 뒤를 따라 비상계단으로 오고 있었다. 어떡해? 쿵쾅거리는 심장박동 소리가 선명하게 들렸다. 쿵. 쿵. 쿵. 진정해, 침착하라고. 아무 일 없을 거야. 걱정되는 마음에 윤하를 바라보았다. 윤하 역시 얼굴이 식은땀으로 범벅이 되어 있었다. 두려운 마음을 겨우 가라앉히고, 윤하의 손을 가만히 잡아주었다.

'쿵.'

방화문이 요란한 소리를 내며 닫혔고, 우리 뒤를 따라오던 사람이 잠금장치를 돌렸다. 그리고 그 사람들은 우리를 계단에 앉힌 후 우리 옆에 나란히 앉았다.

"우리, 얘기 좀 할까?"

지난주부터 날 쳐다보던 사람이 먼저 입을 열었다.

"……."

대답을 할 수가 없었다. 몸이 얼음장처럼 굳어, 꼼짝도 못하겠어서.

"왜 그래, 무서워?"

그럼 안 무섭겠어요? 영문도 모르고 여기까지 끌려왔는데? 아, 제발. 이게 무슨 일이야.

"너 우리가 누군지 알아?"

몰라요! 알면 제가 이러고 있지 않겠죠. 도대체 정체가 뭐예요? 머릿속에 떠오르는 이 많은 생각들을, 차마 입 밖에 내지는 못하고 조용히 고개를 가로젓기만 했다.

"뭐야……? 정말 우리 몰라? 쌤, 얘 우리 알 거라면서요."

모른다는데 왜 자꾸 그러세요.

"도대체 누구 신데요?"

"설마 했는데, 진짜 모를 줄이야. 난 박지수라고 해. 만나서 반가워. 하얀마음 학원 테스트쌤이고, 내가 평일에 출근하기 때문에 넌 아마 나 못 봤을지도? 세연이, 테스트 재시 걸린 적 없다며?"

"네? 아니에요. 저 과학콘서트 재시 쳤는데……."

"아, 그땐 내가 여기 없었을 때인가 보네? 아무튼, 네 얘기 많이 들었어."

"제 얘기요? 무슨 얘기죠? 저 얘기 나올 게 있어요?"

"뭐, 2년을 다녔는데 테스트 재시 걸린 적이 한 번도 없다, 연두 어머님 소개다, 이 정도? 연두 어머님께서 여기에 애들 소개 많이 해주셨으니까 얘기가 더 많이 나오는 것 같기도 하고."

"아~그, 그럴 수 있죠."

"응응, 그리고 옆에는 이지원 쌤. 너네 옆 반 강사 쌤이신데, 한 번도 본 적 없어?"

고개를 돌려 '이지원 쌤'이라는 분을 봤다. 박지수 쌤이랑 우리 뒤로 따라나오시던 그분이셨다. 가볍게 고개를 숙여 인사했다.

"한 번도 본 적 없어요. 그나저나 왜 저희를, 갑자기, 여기까지 데리고 오신 거에요?"

"그건 네가 더 잘 알지 않아?"

"무슨 말씀이세요……?"

도대체 무슨 얘기를 하시려는 거지. 짧은 시간의 침묵 후, 이지원 쌤이 말씀하셨다.

"있잖아, 요즘 상담실 가는 애들 좀 줄었더라. 지수 쌤 말씀으로는 재시 친 애들은 되게 많아졌다는데. X 세 개 되면 상담실 불려 가는 규정이 없어진 것도 아니고. 왜 그런지 너네는 알고 있지?"

설마 알고 계시나? 우리가 지금까지 상담실 갈 애들 빼내준 거? 그걸 어떻게……. 아닐 거야. 그럴 리 없어. 그런데 이걸 알고 계시다는 것 말고는 지금 이 상황이 설명이 안 되는데? 어떡해? 저 쌤들한테 이걸 말씀드려야 하나? 진짜 알고 계시는 거야? 예지몽은 모르실 것 같고, 내가 애들 구해준 것? 그 정도는 아실 것 같아. 뭐라고 설명해야 하지? 사실대로 말하면 어떻게 되는 걸까? 이분들, 하마학원 쌤들이신데. 잠깐만, 만약 이분들이 학원의 지시 때문에 우리 비밀을 알아내려고 오신 거라면, 하마학원 쌤들이라는 걸 말하지 않으셨겠지. 그럼 도대체 왜? 핑계가 생각나면 진실대로 말하지 않고 대충 둘러대려 했는데, 아무리 머리를 굴려도 핑계 따위는 단 하나도 생각나지 않았다. 나를 바라보고 있는 두 쌤들의 눈동자를 가만히 응시했다. 싸한 기운, 없고. 거짓, 위선, 없고. 그분들의 따뜻한 눈빛으로 보아 악의는 없는 것 같았다. 윤하를 보며 가볍게 고개를 끄덕였다. 윤하가 내 마음을 알아채고 말하기 시작했다.

"세연이가, 예지몽을 꿔요."

두 쌤들은 서로를 바라보며 의아한 표정을 지으셨다. 뭐지, 우리가 예상한 게 아니었는데? 딱 이 표정.

"예지몽을 꾸면 이 학원에서 누가 상담받게 될지 다 알게 되는데, 애들이 상담실 가면 안 될 것 같아서……. 그래서 도와주는 거예요."

"애들이, 왜 상담실 가면 안 될 것 같아? 세연이랑 윤하가 왜 그렇게 생각했을까?"

예지몽까지 말했는데, 에라 모르겠다. 다 말해버릴 수밖에. 큰마음 먹고, 모든 일들을 다 털어놓았다. 내가 예지몽을 꾸게 된 것부터, 왜, 그리고 어떻게 친구들을 구했는지까지. 내 얘기를 들으시면서 두 쌤들은 고개를 끄덕이기도 하고, 미소를 짓기도 하셨다.

"윤하랑 세연이, 진짜 똑똑하네?"

박지수 쌤께서 말씀하셨다.

"저희, 이제 어떻게 되는 거예요?"

걱정하며 여쭈어보았는데, 돌아오는 대답은 뜻밖이었다.

"어떻게 되긴 뭘 어떻게 돼? 우리 도와주면 되지. 이 학원에 있으면서 지금까지 이 순간만을 기다려왔는걸."

"네?! 이게 무슨 말씀이세요?"

너무 놀라 두 쌤들을 쳐다보았더니, 의미심장한 미소를 짓고 계셨다. 그리고 박지수 쌤께서 이야기를 시작하셨다.

"하마학원에 온 지 벌써 1년이 지났네. 처음 왔을 때부터 느낌이 별로긴 했지. 다른 데로 갈까 말까 하다가 지원 쌤을 만났는데, 나랑 너무 잘 맞는 거야. 얘기도 잘 통하고. 그래서 급속도로 친해졌어. 그런데 몇 달 전에 상담실에서 무슨 일이 일어나는지 알게 되었어. 원장님께 갖다 드릴 게 있어서 교무실에 갔는데 안 계시더라고? 강의실에도 안 계셔서 상담실에 계시겠다, 하고 갔는데 문이 닫혀 있었어. 상담하고 계시나 보다, 생각하고 문 앞에서 기다렸지. 안에서 조그맣게 상담하는 소리가 새어나오는데, 중간 중간에 욕이 조금씩 들리는 거야. 뭔 일이지 싶어서 문에 귀 딱 대고 숨죽이고 들었다? 그 이후로는 세연이 너처럼 똑같은 식으로 알게 된 거야. 상담실에서 애들 무슨 말들 듣는지. 아무리 여기서 하는 상담 목적이 원래 '학생 관리'일지라도, 이런 말들을 학생한테 하시는 건 너무 아닌 것 같았어. 원장님께 말씀드려야 하나? 하고 지원 쌤이랑 얘기해 봤는데, 좀 더 기다려 보자고 하시더라고. 그렇게 기다리다가, 너희가 매주 수업 끝나자마자 친구들을 한 명씩 데리고 도망치듯이 빠져나오는 걸 지원 쌤이 목격하신 거지. 그걸 나한테 알려주신 거고. 그래서 짐작한 거야,

'얘네는 알고 있구나'라고."

"그럼, 더 이상은 두 분도 모르시는 거예요?"

"응 몰라……. 그런데 그 뒤라니? 더 아는 거 있어?"

"아, 그게 아니라요. 전 이게 계속 이상했어요. 학부모님들은 이걸 아시나? 라는 생각이 들었거든요. 상담실에서 저 정도로 심한 말들 들으면 부모님께 말하는 학생들이 분명히 있었을 거고, 그럼 학원에 따지거나 학원 그만두게 하시는 부모님들도 계실 거잖아요. 그런데 여기는 학생 수가 줄어들기는커녕 계속 늘어나고, 클레임도 아예 안 들어오는 걸로 알고 있거든요. 학부모님들, 이거 모르시는 거예요? 아니면, 알고 계시는데도 이러시는 거예요?"

"사실 우리도 그게 좀 마음에 걸리더라고. 이러는데도 학원이 잘 된다는 게……."

이지원 쌤께서 어리둥절해하시면서 말씀하셨다.

"그건 뭐, 별로 중요한 게 아니니까 때를 기다려 보자. 언젠간 이 모든 게 해결되는 날이 오겠지?"

박지수 쌤께서 중얼거리셨다. 그리고 우리 네 명은 서로를 쳐다보았다.

"세연이, 윤하! 우리 이거 해결되면 쌤이랑 지수 쌤이랑 같이 카페 가서 맛있는 거 먹을래?"

두 쌤들은 우리를 아까와 같은 따뜻한 눈으로 쳐다보셨다.

"정말요? 네! 좋아요!"

"그래 정말, 재밌겠다. 그치? 맛있는 것도 먹고, 같이 얘기도 많이 하고……."

왠지 모르게 힘없어 보이는 쌤의 말씀이 끝나고, 우리 넷은 다시 서로를 쳐다보았다. 활짝 웃고 싶었지만, 쓴웃음밖에 지을 수 없었던, 그런 날이었다.

★　★　★

사건은 그 다음 주에 발생했다. 그날도 역시 우리 반 학생 '김예슬'이 예지몽에 등장했었기에, 예슬이와 편의점 약속을 잡아놓은 상태였다. 그리고 수업이 끝나기 10분 전, 고사성어 설명을 끝내신 원장님께서 책을 덮고 말씀하셨다.

"자, 내가 원래 니네들이 놀고 있는 꼴을 가만히 보고 있지 못하는 사람 아이가? 그니까 남은 시간 10분 동안 현대문학 숙제하고 있어라. 니네 나 없어도 안 떠들 자신 있지? 응? 그리고 예슬이는 잠깐 쌤 따라와라."

뭐지? 응? 설마 상담??!! 아니, 원래 상담은 수업 끝나고 하셨잖아?! 이렇게 공개적으로 부르신 적도 없었고……. 혹시 수업 일찍 끝나서 바로 부르신 건가? 아, 망했네. 상담실에 가는 게 맞는지 확인하기 위해서 교실 문을 열고 나가시는 원장님을 슬쩍 봤는데……. 웃으면서 예슬이를 데려가시는 선생님의 손에는 힘이 가득 들어가 있고, 선생님께서 고개를 돌려 차갑게 날 쳐다보고 계셨다. 그리고 다음 주. 또 수업이 일찍 끝나면 어떡하나? 생각하던 중 쉬는 시간이 되었다.

"주하는 잠깐 쌤하고 얘기 좀 하자."

주하라면, 어젯밤 예지몽으로 등장한 친구잖아?! 이번에도 상담? 이번엔 왜 쉬는 시간인 거지? 왜 규칙이 안 맞는 거야? 말도 안 돼. 지난주처럼, 주하가 상담실에 가는지 확인하기 위해 교실 문밖으로 슬며시 머리를 내밀었다.

'휙!'

갑자기 원장님께서 가시던 방향을 살짝 틀었다. 그리고 당황한 나를 바라보셨다. 참 가소롭다는 듯이…….

상담실에서 나오는 주하의 손에는 사탕이 들려 있었고, 주하의 얼굴은 무언가에 홀린 듯 멍한 표정이었다. 눈동자에는 초점이 없었으나 멍하니 한 군데를 응시하고 있었다. 원장님은 또다시 날 보고는 가볍게 비웃으셨다.

이게 어떻게 된 일이지? 예지몽이 들어맞지 않았다. 한 번도 아니고, 두 번이나. 상담실에 불려가는 학생은 꿈에서나 현실에서나 같았지만, 원래는 수업 후 이루어지던 상담이 쉬는 시간에 이루어지고 있었다. 혹시, 학생이 빠져나가지 못하게 하려고? 그렇다면 결론은 한 가지밖에 나오지 않는다. 원장님께서 알고 계신다는 것. 내가 학생들을 도와주었다는 걸 알고 계시는 것이다.

수업이 끝나고 원장님 몰래, 윤하와 함께 교무실로 달려가 박지수 쌤과 이지원 쌤께 빨리 와달라는 손짓을 했다. 우리 둘의 다급한 표정을 보신 선생님들은 하시던 일을 마무리하신 후, 우리를 따라나오셨다. 우리 넷은 그때와 똑같이, 비상계단에 나란히 앉았고, 나는 내생각들을 모두 말했다.

"무슨 이야기인지 알겠어. 원장님께서 세연이가 지금까지 애들 상담 안 하고 빠져나가게 도와줬다는 걸 알고 계신다는 말이지?"

처음에는 놀라 흥분하시던 이지원 쌤께서, 조금 진정되셨는지 침착하게 말씀하셨다.

"네⋯⋯. 이제 어떻게 해야 할까요? 제 꿈은 더 이상 쓸모가 없어요. 누가 상담하러 가는지 알아봤자 뭐해요. 도와주지도 못하는데⋯⋯. 전 그냥 애들이 상담실 가서 독설 듣고 오는 거, 알면서도 모른 척 해야 하나 봐요. 다 알면서, 아무것도 못하고, 가끔씩은 '차라리 몰랐으면 더 낫지 않았을까'라는 생각도 들어요. 그럼 적어도 애들한테 미안하지는 않을 텐데, 죄책감은 들지 않을 텐데⋯⋯. 어쩔 수 없죠. 제가 애초부터 잘못한 건가 봐요."

2주 동안 내 예지몽이 들어맞지 않는다는 사실을 알게 된 이후 모든 걸 알고 있음에도 아무것도 할 수 없는 나 자신이 미워졌었다. 나때문에 이렇게 된 거라는 생각이 나를 괴롭혔다. 내가 너무 섣불리 애들을 구하겠다고 나서서. 내가 괜히⋯⋯.

"그게 왜 세연이 잘못이야? 세연이는 지금까지도 충분히 잘했어. 어쩔 수 없었던 거잖아. 죄책감 가지지 마. 앞으로 잘 해결하면 되는 거지, 안 그래?"

"그래, 세연이가 지금까지 얼마나 노력했는데? 네 덕분에 많은 애들이 상담 안 할 수 있었잖아. 넌 많은 친구들이 상처받는 걸 막아준 거야."

쌤들의 말씀 단 두 마디에, 날 괴롭혀왔던 많은 고민들과 생각들이 말끔히 사라지는 것 같았다. 난 아무것도 할 수 없는 게 아니었다. 이미 많은 것을 했고, 더 할 수 있다.

"그럼 이제 정말로 어떻게 해야 하는 걸까요? 꿈을 꿔도 뭘 할 수가 없으니……."

"세연아, 꿈꿀 때 상담실 보이는 위치에서 네가 못 움직이는 거야, 아니면 움직일 수는 있어?"

윤하가 좋은 생각이 떠올랐는지 다급하게 내게 물었다.

"움직일 수 있어. 그니까 내가 상담실 바로 앞에까지 가서 상담받는 친구들 누군지 보고 왔겠지?"

"꿈은 보통 얼마 정도 지나면 끝나?"

"보통 30초 정도 지나면 끝나던데. 그래서 대체로 무슨 얘기 하는지는 못 들어."

"그게 문제네, 그 시간, 너 마음대로 연장할 수 있어?"

"잘 모르겠어."

"왜? 무슨 얘기 하는 거야?"

박지수 쌤께서 물으셨다.

"세연이가 꿈꾸는 시간이 원래 30초인데, 그걸 조금 더 연장할 수 있으면 상담실에서 정확하게 무슨 이야기가 오가는지 알 수 있을 것 같아서요. 그리고 지난번에 쌤들하고 저희가 의심했었잖아요? 학부 모님들은 이걸 아시는지, 아시면 왜 묵인하고 계시는지. 게다가 세연 이가 아까 말씀드렸듯이, 학생들이 상담실에서 나올 때 눈에 초점도 없고 멍한 상태였는데 그것도 조금 이상하고요. 운이 좋으면 그런 것 까지 알아낼 수 있을 것 같아요. 원장님께서 이미 저희 비밀을 알아 버리셨기 때문에, 학생 한 명 한 명을 빼내는 건 불가능해졌어요. 하 지만 거기서 일어나는 다른 모든 일들까지 알아내면, 더 빠른 지름길 이 나올 것 같아요."

윤하가 말했다. 하여간, 김윤하 진짜 똑똑해.

"정말 좋은 생각이다! 세연아, 꿈 시간 연장할 수 있겠어?"

"저도 해보지는 않아서 잘 모르겠는데……."

우리 넷은 또다시 고민에 빠졌다. 잠시 동안의 침묵이 흘렀고, 내 머릿속에는 지금까지 경험했던 예지몽들의 기억이 스쳐 지나갔다. 그리고 무언가가 떠올랐다.

"제가 꿈을 꾸다가 30초가 지나면 항상 눈이 감기면서 꿈이 끝난 단 말이에요? 만약 30초가 지나고 나서도 제가 억지로 눈을 뜨고 있 으면 꿈이 계속될지도 몰라요! 물론, 그 이후에 다시 눈을 감으면 바 로 꿈이 끝나긴 하겠죠. 그래도 이게 통한다면 1분 정도는 시간을 연 장할 수 있을 것 같아요."

"그럴듯한데? 세연이, 오늘 밤에 예지몽 꾸면 이대로 해볼래?"

"네, 해볼게요."

"봐봐, 이렇게 항상 최선을 다하고 노력하잖아. 그러니까 잘하고 있다는 거야."

내가 지금까지 친구들을 도와준 일들이 헛된 게 아니었구나. 이 방법이 성공하면 더 많은 학생들을, 어떻게 도와줘야 할지 알게 될 거야. 지금까지 늘 그랬듯이, 내 꿈에 답이 있어. 꿈을 더 오래 꾸면, 이 상황에 대해 조금은 더 알게 되겠지? 조금만 더. 지금까지 해왔던 대로만 하자. 그렇게, 우리 넷은 지난번의 만남 때보다는 조금 더 행복한 웃음을 띠고 헤어졌다.

그날 밤도 역시나 나의 꿈은 예지몽이었다. 이제 꿈의 주인공이 누구인지는 신경 쓰지 않았다. 그 대신 상담실에서 들려오는 대화들에 집중하기 위해 곧바로 문 가까이 귀를 바짝 대고 듣기 시작했다.

"너는 어떻게 된 애가 이렇게……. 이 학원에서 내 수업을 들을 자격도 없어, 넌……."

예지몽을 꿀 때마다 늘 등장하던 형식의 말들이 오갔다. 넌 안 된다, 돈 낭비다, 차라리 그만둬라 등등. 그러면 학생은 기어가는 목소리로 잘못했어요, 하지만 또다시 이어지는 원장님의 독설들에 파묻혀 점점 얼굴이 새하얘진다. 어느덧 20초가 지났고, 꿈속에서 늘 등장하던 원장님의 독설들은 끝이 났다. 원장님이 잠시 숨을 돌리는 틈을 타, 학생이 입을 열었다.

"신고할 거예요. 선생님, 학원, 전부 다."

"신고? 할 수 있으면 해보지? 할. 수. 있. 으. 면."

"그래요, 저 이번엔 그냥 안 넘어가요, 이거 다 녹음 해놨……."

학생이 얼굴을 붉히며 자리에서 일어나 흥분한 듯이 말했다. 그리고 학생의 말이 채 끝나기도 전에, 원장님께서 학생의 입을 틀어막았다. 두려움에 떠는 학생의 눈동자를 뚫어져라 바라보며, 하시는 말.

"그 녹음본이, 세상에 나오면 넌, 무사할 것 같니?"

"……."

학생은 아무 말도 하지 못했다. 그 순간, 30초가 다 되어 가는지 눈이 스르르 감기는 듯했다. 안 돼, 계속 뜨고 있기로 했잖아. 30초까지 3초가 남았을 때, 나는 눈을 잠시 꼭 감았고, 1, 2, 3. 다시 떴다. 됐다! 30초가 넘었는데도, 나는 아직 꿈속이었다. 눈을 계속 뜨고 있는 게 맞았구나. 뿌듯한 마음을 잠시 뒤로 하고, 상담실에서 들리는 대화에서 귀를 기울였다.

"부모님께 다 말할게요. 더 이상 못 참겠어요. 더 이상 이런 말 못 듣고 있겠어요!"

"그럼 네 부모님은? 경찰에 이 정보가 넘어가기 전까지 네 부모님은 안전하실까?"

"……협박해도 소, 소용없어요! 이거, 협박인 거, 다, 알아요!"

"내 말이 말 같지가 않나 보구나? 이걸 봐도 네 생각이 그대로일까."

뭘 보여주겠다는 거야. 마침 상담실 문이 아주 조금 열려 있었기 때문에, 조심스럽게 문틈으로 몸을 비집고 안으로 들어가 구석에 숨었다. 다행히 구석에 박스들이 쌓여 있었고, 두 사람은 날 보지 못한 것 같았다. 원장님께서 폰을 켜고 무언가를 찾는 듯하더니 폰 화면을 학생에게 보여주었다.

"안 돼요, 선생님! 이것만은……!"

"이제 알겠지? 네가 이걸 다 말해버리면 어떤 일이 발생할지."

"……."

"그럼 됐을 거니까 빨리 말해. 지금까지 들은 말들, 그 어떤 것도 발설하지 않겠다고."

"……."

"어서 말해!"

"…… 못하겠어요."

"하, 이렇게 나온다 이거지."

원장님은 자리에서 일어나신 후, 학생의 팔을 잡고 상담실 뒤쪽으로 데려가셨다. 또다시 새하얗게 질린 학생의 얼굴. 원장님께서 커튼을 열어젖히자, 조그만 검은색 문이 보였다.

'딸칵!'

문 잠금이 풀렸고, 학생은 원장님의 손에 이끌려 검은색 문 안쪽으로 들어갔다.

시간이 얼마나 흘렀을까. 검은색 문이 열렸다. 그리고 문밖으로 나오는 학생의 손에는 사탕이 들려있었고, 눈은 초점이 없는 상태였다. 지난번에 봤던 것과 똑같이. 원장님과 학생이 나간 후, 나는 곧바로 커튼을 다시 열고 검은색 문 앞에 섰다. 눈이 다시 감기려 하고 있었기에, 조급한 마음으로 문에 손을 갖다 댔다. 아, 어떻게 해야 이게 열리지? 아까 쌤이 어떻게 여셨더라. 문손잡이를 자세히 보니 흰색 버튼이 달려 있었다. 이걸 누르면 되나?

'딸칵.'

열렸다! 조심스레 방 안으로 걸어 들어갔다. 문이 쾅 닫혔고, 나는 방을 둘러보았다. 흰 벽지로 둘러싸인 곳이었다. 아무것도 없는 방 한가운데에 놓인 것은 헤드폰이었다. 저런 건 뭐하러 놔둔 거지? 이걸 애들한테 씌운 건가? 이거 하나 가지고 애들이 저렇게 멍한 상태가 된다고? … 위험한 헤드폰이면 바로 내려놓는 거야. 천천히 손을 들어 헤드폰을 잡아, 귀에 댔다.

"치직—치지직—"

아 뭐야? 겨우 버퍼링 소리였어? 이거 다시 벗을까?

"끼익—끼긱—끼익—"

으악! 이게 무슨 소리야? 칠판 긁는 소리도 아니고, 곧이어 들리는 어떤 목소리.

"말하면 죽어, 말하면 죽어, 말하면 죽어, 말하면 죽어, 말하면 죽어…… 무사하길 원한다면, 무사하길 원한다면, 무사하길 원한다면, 무사하길 원한다면, 무사하길 원한다면…… 말하지 마, 말하지 마, 말하지 마, 말하지 마, 말하지 마……. 죽일 거야, 죽일 거야, 죽일 거야, 죽일 거야, 죽일 거야"

꺄악!! 더 이상 듣고 있을 수 없어서 바로 헤드폰을 내려놓았다. 충격과 공포에 휩싸인 채로, 바로 방에서 뛰쳐나와 상담실 안을 다시 둘러보았다. 책상 위에 액정이 켜진 폰 하나가 놓여 있었다. 아까 원장님께서 나가실 때 놔두고 가셨나? 어, 그런데 잠금도 풀려 있네. 혹시 좀 전에 학생한테 보여준 그 화면인가? 뭔 화면이었기에 학생이 그렇게 두려워했지? 폰 화면이 꺼지기 전에 서둘러 터치해서 화면을 다시 밝게 만들었다. 그리고 스크롤을 내렸다.

'000 학생 — 아버지: 회사원, 어머니: 회사원/ 특이사항: (약점 내용...)'

그 폰에는 그 학생뿐만 아니라 모든 학생들의 부모님에 대한 정보가 적혀 있었다. 기본정보뿐만 아니라 그분들, 학생들의 약점까지 모두. 그 순간, 눈앞이 다시 흐릿해졌다. 더 이상 눈을 뜨고 있을 수 없었다. 결국 내 눈은 힘없이 감겼고, 꿈에서 깨어났다.

헉! 돌아온 건가? 내 침대, 내 방, 모든 게 너무 빨리 진행된 탓인지 얼굴이 식은땀으로 흥건해졌다. 물을 한 모금 마시고, 마음을 진정시킨 후 아까 꿈에서 본 것들에 대해 생각하기 시작했다. 늘 등장하던 원장님의 독설들 이후 학생의 말. '이번엔 진짜 신고할게요. 안 넘어가요.' 그리고 원장님께서 보여주신 폰 화면을 보고 두려워했다. 그 폰에 적힌 학생과 부모님의 약점들을 가지고 협박한 게 분명해. 한두 번도 아니고 지속적으로. 학생이 '이번엔' 신고한다고 했으니까 여러 번 이런 일이 있었던 것 같은데. 그리고 검은색 문 열면 나오는 하얀 방은, 뭐하는 데지? 헤드폰을 애들 머리에 씌워놓고 저 소리를 계속 들려준 건가? 그게 아니고서야 상담실에서 나오는 애들 얼굴이 그렇게 멍한 상태일 수가 없어. 그러니까, 학생들이 심한 말을 듣는다는 사실을 신고하려 하거나 부모님께 알리려 하면, 저 약점들로 협박하고, 그래도 안 되면 애들을 가둬놓고 헤드폰으로 저 소리를 들려줘서 신고 못 하게 한 거네.

모든 사실을 알아냈다. 학생들이 왜 멍한 상태였는지, 왜 학부모님 클레임이 없었는지까지 전부다. 몇 번을 다시 생각하고, 아닐 거라고 부정해 보아도 결론은 한결같았다. 학생들이 협박당하고 있다는 것. 무척 괴롭게.

지금까지 믿어왔던 학원에 대한 신뢰가 와르르 무너졌다. 아닐 거다, 아닐 거라고 여러 번 다시 생각하고 마음을 다잡았지만 이걸 모두 알아낸 이 상황에서는 더 이상 그런 생각을 할 수 없었다. 믿음을 가질 수 없었다.

매일 밤 예지몽을 꿀 때마다, 나는 학생들이 상담실에서 괴로워하며 독설을 듣는 모습, 협박받은 후의 멍한 얼굴들을 지켜볼 수밖에 없었다. 그걸 보는 내 심장에는 늘 대못이 박혔다. 그래서, 더는 침묵하지 않기로 했다.

"밝힐 거야, 전부다. 하나도 남김없이."

"뭐?! 너, 괜찮겠어?"

역시 이 반응일 줄 알았어, 김윤하.

"그러면? 이걸 그대로 놔둬? 보고만 있어? 말이 돼?"

"당연히 안 되지!"

"그러면 이 방법밖에 없지."

"어떻게 하려고?"

나는 윤하에게 내가 생각했던 방법을 말했다.

"일단, 내가 오늘 꿈꾸기 시작할 때 바로 교무실에 들어갈 거야. 교무실 책장에 학생들 출석부가 있거든? 거기 보면 우리 팀 애들 전화번호가 다 나와 있겠지. 그걸 보고 단톡을 만들어서 애들한테 부탁할 거야. 피해 사실들 다 제보해 달라고."

"애들이, 그걸 제보해 주려 할까? 가뜩이나 협박까지 받았는데 그냥 입 다물고 있을 수도 있고?"

윤하가 걱정스러워하며 말했다. 어쩔 수 없어, 이 방법밖에 없으니까……

"해 봐야지."

그날 밤 꿈에서는 상담실 쪽은 거들떠보지도 않고 바로 교무실에 들어갔다. 중3 출석부, 출석부, 찾았다! 토요일 4시 30분……. 아, 다행이다. 다 정리돼 있네. 나는 우리 팀 학생 열 명의 전화번호를 모두 외우기 시작했다. 어느새 30초가 지났고, 눈을 계속 뜨고 있었다. 역시나 꿈이 지속되었다. 그리고 눈이 다시 감기기 전에 남은 전화번호를 모두 외웠다. 이거, 꽤 유용하네. 그리고 외운 번호를 잊어버리기 전에, 눈을 감아 현실로 돌아왔다. 날이 밝고 바로 단톡방을 만들었다.

김주하: 뭐야, 이 방?

김예슬: 여기 뭐하는 방임?

강세연: 얘들아, 여기 하얀마음 학원 토요일 4시 30분 팀 단톡이야. 너희들이
학원 상담실 가서 어떤 얘기 듣고 오는지, 무슨 일이 있는지 다 알고
있어.

조수현: 뭔 소리야? 니 상담실 간 적도 없잖아. 그걸 어떻게 알아?

강세연: 윤하가 말해줬어. 맞지?

김윤하: 응, 내가 세연이한테 말했어.

김예슬: 뭐…? 그걸 말했어…? 김윤하, 너 그거 말해도 돼?

김윤하: 말해도 돼. 어차피 이제 다 알려질 거야.

조수현: 싫어, 알리지 마! 말하면 어떻게 되는지, 너도 알잖아.

강세연: 아니, 그렇게 될 일 없어. 너네가 생각하는 일들, 안 일어나게 해줄게.

김주하: 뭘… 어떻게 해주면 되는데?

강세연: 상담실에서 상담할 때, 그거 녹음해 놓은 사람들은 우리한테 녹음본
보내주면 좋겠어. 나머지는 우리가 알아서 할게.

김주하: 정말 믿어도… 될까? 우리 괜찮을까?

김윤하: 괜찮을 거야. 우리 믿어. 우리가 책임질게.

〈익명 게시판〉

대구 수성구 국어학원 고발할게요. 학생들 상담실에 넣어 놓고 상담은 안 함.
언어 폭력 기본임. 하… 탈출이나 시켜줘요.

일단 이 이 정도로 써 놓고, 먼저 사람들 반응을 보기로 했는데…….

〈댓글(902)〉

— ㅁㅊ이거 뭐임?

— 거기 어디냐? 부수러 가자.

— 애들 괜찮아?

— 신고하자. 이름 밝혀.

— 요즘 학원들 무섭네 ㄷㄷ

"와, 이거 반응 대박이네."

"그치? 이제 진짜, 말하자. 애들이 보내준 녹음본도 같이."

"윤하야."

"응?"

"내 곁에 네가 있어서 정말 든든해. 같이 있어줘서 고마워."

〈익명 게시판〉

제목: 대구 수성구 국어학원 폭로합니다.

안녕하세요, 지난번 '대구 수성구 국어학원 얘기'라는 글을 쓴 글쓴이입니다. 저는 대구 수성구에 위치한 '하얀마음 국어학원'에 다니는 중3 학생입니다. 지금부터 이 학원에서 있었던 일들을 말씀드리겠습니다. 이 학원 시험에서 재시에 걸리거나 숙제를 미완료하면 X표시가 한 개씩 생기고, X가 세 개 누적되면 상담실에 불려 가게 됩니다. 학원 규칙상으로는 상담실에 불려 간 학생은 원장님과 상담을 하게 되어 있습니다. 그러나 그 상담실에서 실제로 이루어지는 것은 상담이 아닌, 언어폭력이었습니다. 학생에 대한 모욕, 학생의 부모님에 대한 비하는 물론이고 욕설을 하실 때도 있었습니다. 게다가, 학생들이 그 사실을 부모님께 말씀드리거나 신고하지 못하도록 학생들을 협박했습니다. 학생들과 학부모님들의 개인정보를 무단으로 수집해 약점으로 잡아 협박하고, 심지어는 작은 방에 학생을 감금한 후 헤드폰으로 협박 내용과 불쾌한 소리를 듣게 했습니다. 제가 첨부한 파일은 학생들이 상담실에서 직접 녹음한 것들입니다. 지금까지 하얀마음 국어학원에 대한 이야기였습니다. 저희 (학생들)가 안전한 환경에서 공부할 수 있도록 도와주세요.

★　★　★

3일 후.

수성구 모 학원, 학생 협박 의혹…….

대구 수성구 국어학원이 학생들에게 지속적으로 협박과 언어폭력을 가했다는 사실이 밝혀지면서 충격을 주고 있습니다. 처음 이 사실을 폭로한 익명 글쓴이는…….

다른 학원생들의 폭로도 잇따라 드러나면서 유튜브에 올라온 몇몇 학생들의 폭로 영상도 공개되어 대한민국 교육계가 충격에 휩싸였습니다.

(음성 변조) 그… 녹음본 첨부 파일 중에 두 번째 건가? 그거 제가 녹음한 거예요. 진짜… 죽는 줄 알았어요. 상담실 불려 갈 때마다 괴로웠고. 하마국어 다니는 애들이 왜 점수가 잘 나오겠어요? 잘 가르쳐서? 관리가 철저해서? 천만에. 상담실 안 가려고 막 외우고 난리 치니까 그렇죠. 협박을 하니까 애들이 엄마한테 말도 못하고, 엄마들은 성적

잘 나온다고 계속 보내는 거 아니에요. 거기도 대단해요. 어떻게 이런 생각을 했지? 상담실에서 언어폭력 하면 애들이 상담실 가기 싫어할 거니까 안 가려고 공부하게 된다. 근데 실상은 뭐예요? 애들 마음만 나락 가요. 협박받고 우울하고 말도 안 되는 소리 듣고 공부 잘하면 뭐해요? 솔직히 학원이 어떻게 이럴 수 있어요? 제가 여기서 6개월을 다녔는데 뇌가 멀쩡하면 그게 신기한 거예요. 지금 애들 뇌 안에 보면 세포 다 죽어 있을 수도 있어요. 아니, 그 방 가서 헤드셋 끼우고 칠판 긁는 소리, 버퍼링 소리, 협박 이런 거 듣게 하는데 뇌게 멀쩡하겠냐고요. 세뇌교육도 아니고. 이 학원, 그냥 하마 아니에요. 돈 먹는 하마예요. 부모님들이 피땀 흘려서 버신 돈 다 떼먹어서 학생 고문하는 데나 사용하고. 이게 돈 먹는 하마가 아니면 뭐겠어요?

폭로글의 파장은 상상 그 이상이었다. 7시 뉴스에 하마학원 얘기가 나오고, 내 글의 조회 수와 공감 수는 100만을 돌파했다. 우리 팀 학생들은 유튜브에 폭로 영상을 올려주기도 했고, 그 영상들 역시 조회수가 빠르게 올라갔다.

"오, 뭐야? 강세연!! 큰일 했네!"
윤하가 말했다.
"뭘, 네가 더 애썼잖아. 그런데 이렇게 반응이 뜨거울 줄 몰랐어."
"이제 어떻게 할 거야? 이대로 놔두는 게 더 나을 수도 있고, 곧 경찰 조사 이런 거 시작되면 학원 자동으로 문 닫을 텐데. 이대로 놔두면 다 해결되는 거 아냐?"

"음……. 이대로는 아닌 것 같아. 아직 더 궁금한 게 있어."

"뭔데?"

"이리 와 봐."

나는 윤하의 귀에 대고 내 생각을 말해주었다.

"뭐?! 너 그게 가능하겠어……?"

"응. 그리고 해야 돼. 난 그걸 꼭 알아야겠어."

"위험할 수도 있잖아. 네가 상담실에 불려 갈 수도 있어. 거기 갇힐수도 있고. 그 검은색 문 방에 갇혀서 평생 헤드셋 듣고 있게 하면? 거기 갇히면 진짜……. 어떡하려고? 그냥 이대로 있는 것도 괜찮잖아. 가만히 있으면 다 해결되는 일인데"

"설마 죽기라도 하겠어? 나 괜찮아. 위험해 봤자 무슨 일이 일어나겠어."

"지금 갈 거야?"

"응."

"위험해지면 나한테 연락해. 특히 거기 갇히면 무조건! 내가 문 부숴서라도 너 구하러 갈게. 알겠지?"

"걱정하지 마라니까. 그럼 나 간다."

말로는 괜찮다고 했지만, 하마학원 건물 앞에 도착하자 애써 외면해왔던 두려움이 밀려왔다. 김윤하랑 같이 올 걸 했나? 아냐, 괜찮겠지, 뭐. 엘리베이터가 아닌 비상계단으로 천천히 올라갔다. 1층, 2층,

3층, 4층, 5층, 6층, 7층. 이 문만, 이 방화문만 열면 학원이야.

'딸칵.'

잠겨 있는 방화문을 조심스레 열었다. 학생이 없어 불이 꺼진 어두컴컴한 학원 프론트가 보였다. 저기도 지난주까지는 환했는데. 샹들리에 같던 조명도, 교실마다 비춰주던 환한 LED등도 모두 꺼져 있었다. 자동문을 열고, 교무실 쪽으로 한 발, 한 발 내디뎠다.

"너……"

원장님께서 날 알아보시고 화들짝 놀라셨다.

"네가 그런 거지? 그 글, 네가 올린 거지? 역시 알고 있었구나? 도대체 무슨 생각이야? 너, 우리 망하는 꼴 보고 싶어? 솔직히 후회되지? 너 여기 아니면 갈 곳 없잖아. 아—협박이라고? 우리가 협박을 했다고? 진짜로 죽고 싶나 보네? 진짜 내가 말한 대로 해줘?! 당장 가서 말해. 저 기자들한테, 저 사람들한테. 아니라고. 네가 빡 돌아서 미친 소리 한 거라고 말해! 말하라고!!"

주위를 둘러봤다. 아무도 없었다. 늘 선생님들로 가득했던 교무실에도 아무도 없었다. 해리포터의 엄브릿지를 닮은 선생님, 부엉이를 닮은 실장님, 마마무 솔라를 닮은 또 다른 테스트 쌤……. 모두 보이지 않았다. 모두 떠난 것이다. 내 폭로 글로 인해 학원에 대한 논란이 터지자, 모두 학원을 버리고 떠났다. 이익만을 위해 중요한 것을 지키지 못하다 모든 것을 잃은 사람은, 내 앞에서 외로운 발악을 하고 있었다.

"이래도 네가 내 학생이야? 내가 널 키웠잖아! 네가 시험 100점 나온 게 다 누구 덕분인데?!"

"전, 돈에 눈이 멀어서 학생들을 협박하는 그런 선생님의 학생이
된 적은 없어요. 되고 싶지도 않고요. 분명, 처음에는 안 이러셨잖아
요. 학생들에게 좋은 공부 환경을 제공하기 위해서 학원 하신다면서
요. 그게 꿈이라고 하셨잖아요. 그런데 왜……!"

"하."

뭘까, 저 비웃음은. 모든 걸 포기한 것처럼 보이는 저 표정은.

"처음엔 그랬지. 학원으로 좋은 공부 환경을 제공한다, 그게 모든
선생님들의 개업 마인드지. 그런데, 그게 가능한 줄 아니? 돈이 굴러
들어오는 줄 알아? 나도 먹고살아야 했어. 그런데 학생은 안 늘고, 학
원은 제자리. 돈은 나가기만 해! 상담실에서 처음으로 학생한데 화
풀이한답시고 좀 심하게 했다? 그때부터 걔가 미치도록 열심히 하는
거야. 한 번 화풀이 하니까 다시는 상담실 가기 싫었겠지. 점수는 20
점이 올랐고, 등급은 5등급에서 2등급으로 올랐지. 학생들이 물 밀려
오듯 들어오기 시작했고, 학원은 유명해지고 있었어. 학생들을 다 똑
바로 가르치지는 못하겠는데, 돈은 부족했다? 그래서 상담실에 부
르기 시작한 거야. 편하더라고, 똑바로 안 가르쳐도 화풀이 몇 번 하
고 협박이나 하면 지가 알아서 열심히 하니까! 그게 뭐가 문제지? 애
들한테는 이게 훨씬 도움될 텐데? 걔네들이 왜 참고 있었겠어? 내가
협박해서? 천만에, 걔네도 좋았던 거야, 자기 성적 오르는 게! 차라
리 이게 자기 인생에 좋다 이거지! 착각하지 마. 똑똑한 척하지 마.
협박? 웃기지 말라고! 난 살기 위해서 한 거야. 애들을 위해서 그런

거야!"

그 순간, 내 입이 원장님의 손에 의해 틀어막혔다. 내 몸은 어딘가로 끌려가고 있었다. 상담실인가… 나도 저… 안에… 갇히…는… 눈앞이 흐릿해졌다. 숨을 쉴 수가 없었다. 도와줘… 아무나 도와주세요… 김윤하… 너라도 있었으면 되는데… 살려주세요…. 숨이 점점… 막혀오고 있었다.

"강세연!"

누군가가 내 이름을 불렀다. 그리고 내 입을 틀어막던 손을 떼어냈고, 상담실로 끌려가던 나를 꽉 잡았다.

"ㄱ, 김윤하!"

"그러게 누가 혼자 가래? 이럴 줄 알았다, 너. 이거 봐요! 세연이 놓으라고요!"

"너까지……? 하, 네가 뭔데 참견이야?"

둘은 날 붙잡고 사투를 벌이고 있었다. 한 명은 날 막으려고, 한 명은 날 구하려고.

"이제, 그만하시죠?"

저 뒤에서 들리는 목소리. 뒤를 돌아봤다.

"쌤?!"

박지수 쌤과 이지원 쌤. 그 목소리를 들은 원장님의 손에 가득 들어 있던 힘이 스르르 풀렸고, 난 바닥에 쓰러지듯 주저앉았다.

"이제 그만해요, 진짜. 잊으셨어요? 학생들 사랑하시잖아요. 학생들한테 뭐가 도움이 되는지 다 아시잖아요. 처음에 그러셨던 것처럼, 지금도 그러실 거라고 굳게 믿었는데……. 이 많은 학생들이 고통스럽게 내버려두시는 분일 줄이야. 이래서 모든 선생님들이 다 떠나신 거네요."이지원 쌤께서 침착하게 말씀하셨다. 동정의 눈빛 하나 없이, 무표정한 얼굴로. 그제서야 나는 다시 정신을 차렸고, 윤하의 도움을 받아 일어설 수 있었다.

"선생님, 저는 처음에 이 학원에 왔을 때 학생으로서 선생님께서 학생들을 사랑하시는 마음을 갖고 계시다고 생각했어요. 전 선생님은 아니지만 누군가에게 도움을 주는 일을 할 때, 그 사람에게 항상 진심으로 대하겠다고 결심해요. 선생님께서도 저와 같은 마음이라고 생각해요. 전… 선생님께서 그 마음을 다시 생각해 내시면 좋겠어요. 학원을 여실 때, 학생들을 진심으로 도와주시겠다고 생각하신 그 마음 말이에요."

"……."

내 말을 들으신 원장님은 잠시 동안 침묵하셨다.

"넌… 정말 좋은 선생님이 되겠구나… 나보다 훨씬 더……."

그리고 천천히 뒤돌아, 학원 밖으로 나가셨다. 그게 내가 본 하얀마음 국어학원 이혜주 원장님의 마지막 모습이었다.

★ ★ ★

며칠 후, 하얀마음 학원이 있던 건물 앞을 지나갈 때 7층을 슬쩍

보았다. 늘 그 자리에 환하게 불을 밝히고 있던 하마학원의 흰 간판이 온데간데없이 사라졌고, 못이 박혔던 자국만 남아 있었다. 마치 그때 이 자리에 자리 잡고 있었던 한 마리의 하마를 생각하고 있는 것처럼. 그리고 그 간판이 사라진 날 이후로, 매일 밤 내 꿈속에 등장하던 하마학원 상담실의 모습도 보이지 않았다. 더 이상 예지몽을 꾸지 않게 된 것이다. 아마 그 예지몽은, 하마학원이 처음에 학생들을 위하고 사랑했던 마음을 되찾아 달라는 의미에서 내게 잠시 동안 주어진 능력이 아니었을까.

에필로그

2022년, 12월. 카페에 도착했다. 아직 아무도 없네. 시계를 보니 약속 시간이 다 되어 가고 있었다. 오후 3시.

"강세연!"

저 목소리는, 어디서 들어도…….

"김윤하!!"

"딱 3시 맞췄다?"

"안 오는 줄 알았잖아~ 나 5분이나 기다렸어!"

"에이, 5분 가지고 무슨. 내가 설마 안 오겠니? 근데 쌤들은?"

"몰라. 내가 왔을 때도 안 계셨어."

"짠~! 많이 기다렸지?"

익숙한 목소리들. 박지수 쌤, 이지원 쌤!

"헉, 쌤!"

"우리 애기들, 잘 지냈어? 지수 쌤이랑 너네랑 이렇게 넷이 만날 날을 얼마나 기다렸는데. 물론 한 달밖에 안 지나긴 했지만. 한동안 한 번도 못 봤잖아."

"너네 우리 보고 싶었어, 안 보고 싶었어?"

"보고 싶었어요!"

우리 넷은 구석 자리를 잡고, 음료수를 마시며 그동안 못한 이야기들을 하기 시작했다.

"이렇게 넷이서 얘기하는 거 진짜 오랜만이지 않아?"

"아, 사실 마음 편하게 얘기하는 건 오늘이 거의 처음 아니에요?"

"맞아요, 맨날 비상계단에서 불편하게 앉아가지고, 막 들킬까 봐 긴장하면서."

"그치? 되게 새롭다."

"이걸 생각하면 하마학원한테 감사한 것도 없진 않은 것 같아. 그 학원이 아니었다면 너희를 만날 수도 없었을 거고, 그런 일들이 있지 않았다면 너희랑 친해질 기회도 없었겠지? 어떻게 보면 그 원장님이 우리 넷을 이어준 거라고 할 수도……."

"아, 거기 얘기는 꺼내지도 말자, 진짜! 아직도 거기만 생각하면 머리가 띵해져. 협박, 협박, 그 '협박'에 대한 충격에서 아직까지 벗어나지 못했나 봐."

박지수 쌤의 말씀을 듣고 우리 모두 웃음을 터뜨렸다. 그때 그랬었지. 하마학원, 협박, 모두 지난 일이지만 내 머릿속에는 선명하게 기록되어 있는 것들.

"그 학원, 다른 데 다시 생겼을까요?"

"모르지. 수성구에는 없는 것 같던데. 우리가 못 찾는 걸 수도 있고? 찾아봤자 뭐해, 가지도 않을 거잖아. 그분께서도 분명 학생들을 사랑하시는 마음으로 학원을 차리신 거니까 이제는 똑바로 운영되겠지. 아니면 학원 아예 접으신 건가? 어찌 됐든 모든 게 잘 되어가고 있으면 좋겠네."

잠시 동안 생각에 빠져 있던 우리 넷은, 다시 미소를 띠고 이야기했다.

"그나저나 너희 고등학교 어디 간다고?"

"아직 발표가 안 났어요"

"잘 되겠지 뭐. 둘 다 행복해 보이는데? 벌써 보인다, 너희 미래. 분명 잘 될 거야."

"감사합니다. 아, 그러시는 두 분은요? 이미 엄청 잘되셨잖아요! 이제야 축하드리네요. 두 분 다 임용고시 합격하셨으면서. 진짜, 너무 축하드려요!"

"헉. 그건 또 어떻게 알았어?"

"카톡 프사에 그렇게 올리시는데 저희가 왜 모르겠어요~"

"들켰네. 아깝다. 오늘 말하려 했는데!"

"앗, 정말요? 에이, 그럼 말 안 할걸. 죄송해요!"

"아냐, 지원 쌤도 그렇고 나도 그렇고 하마학원에서 너희를 만나고 그런 일들을 겪어서 그런지 더 열정적으로 하게 되더라고. 생각해보니까 정말 그 학원, 이런 쪽에서는 도움이 되긴 했구나? 아무튼, 축하해줘서 너무 고마워 ><"

"두 분은, 분명 최고의 선생님들이 되실 거예요. 제가 장담하고, 정말 믿고 있어요."

"항상 응원해줘서 고마워!"

"아, 맞다. 강세연, 너 오늘 내 음료수 사주기다?"

"엥?? 내가 왜??"

"너 나 아니었음 지금쯤 하늘나라 가 있을걸? 맞지?"

"아, 그거 진짜!! 음……. 근데 맞는 말이긴 하지? 아, 할 말이 없네?"

"그래, 심지어 내가 그날 가지 말라고 했잖아! 위험할 수도 있다고."

"그럼 어떡해, 원장님 진심을 들을 수 있는 방법이 그거 말고는 또 없었다고. 결론적으로 난 다치지도 않았고, 모든 게 잘 해결됐잖아? 물론~ 네 덕분이긴 하지만!"

"봐봐! 드디어 인정하네! 오케이, 그럼 나 오늘 점보 사이즈로 한다?"

"야!! 그건 아니지-"

그렇게 카페에서 나와 윤하, 박지수 쌤, 이지원 쌤의 만남은 4시간 동안의 행복한 대화로 가득 채워졌다. 모두가 현재의 결과와 상황에 만족하고 행복해하는 것 같았다. 입가에서 웃음이 가시질 않았고, 윤하는 너무 웃은 나머지 중간에 음료수를 뿜을 뻔했다. 이만큼 행복한 날이 다시는 오지 않을 것처럼, 우리는 그 시간을 즐겼다.

★　★　★

이렇게 나의 중학교 3학년이 마무리되었다. 믿음을 가득 품은 채로 시작되었던 올해, 2022년. 그 믿음에 서서히 금이 가기 시작했고 조금씩 틈이 벌어졌다. 그때 희망이 생겨났다. 희망은 내가 불신에 의해 지배당하는 것을 막아주었고, 나를 올바른 방향으로 이끌어 주었다. 내가 불신을 넘어선 자책과 절망에 빠져 있을 때에도 나를 구원해준 것은 희망이었다. 그렇게 다시 일어섰다.

내 삶의 한 조각에 등장해 그 결말을 해피엔딩으로 만들어준 희망이 있었고, 그 희망을 준 사람들이 모두 행복하기에 지금의 내가 환하게 미소 지을 수 있지 않을까?

기억도서관

◇

이현서

작가의 말

이현서 (3학년)

안녕하세요!「기억도서관」을 쓴 동도중학교 3학년 이현서입니다.

학생 저자로 소설을 쓰고 출판하는 건 작년에 이어 두 번째인데, 이렇게 제 이름이 쓰인 책을 낼 기회를 한 번 더 가지게 되어 행운이라고 생각합니다. 이 자리를 빌려 이런 좋은 기회를 주신 우리 학교 책쓰기반과 사서 선생님께 감사 인사를 하고 싶어요.

「기억도서관」은 평범한 여러 사람들의 이야기를 써 보고 싶다는 것에서 출발했습니다. 어떻게 이야기를 풀어나갈지 생각하다 떠올린 것이 '사람의 기억'이었어요. 기억은 한 사람이 걸어온 길이자 그 사람 자체를 의미하기도 하고, 같은 기억을 가진 사람은 아무도 없으니까요. '그 기억이 기록되고 보관되는 도서관이 있다면 어떨까?'라는 생각이 「기억도서관」의 모티브가 되었네요.

소설을 쓰면서 막히는 부분도 많았고 힘들었던 적도 많았지만, 세계관을 짜고 이야기를 구상하면서 직접 나만의 세계를 만든다는 것에 기분이 좋고 행복했습니다. 다 완성하고 나니 뿌듯하기도 하고요. 그 두근거림과 설렘이 이 책을 선택해주신 독자분들께도 전달될 수 있으면 좋겠습니다.

마지막으로, 이 책을 읽는 모두가 각자의 기억책도 어딘가에서 환하게 빛나고 있다는 걸 알게 되었으면 합니다.

프롤로그

한 사람의 기억은 한 권의 책에 모두 기록된다. 빠짐없이 전부 다. 그 책은 기억책으로 불린다. 기억책들이 보관되고 관리되는 곳이 여기, 기억도서관이다.

기억책 책등에는 책 주인의 이름이 쓰여 있고, 책을 펼치면 그 사람이 살아온 이야기를 전부 알아낼 수 있다. 기억도서관에 있는 유일한 사람인 나만이 책을 읽어서 다른 사람의 기억을 엿볼 수 있다. 사실 사서 일의 장점이 이거밖에 없는 거 같긴 하다. 이 넓은 도서관 안에서 나 혼자 외롭게 일을 하는 건 별로 유쾌한 일은 아니니까. 어쨌든! 책들은 내용도 재밌지만 보기에도 예쁘다. 책 표지의 색은 책 주인의 감정에 따라 시시각각으로 변하기 때문이다. 총천연색으로 빛나는 책을 바라보고 있을 때면 사서 일도 나쁘지 않다고 착각하게 될 정도다. 하지만 한 사람의 책 색깔이 완전히 달라진다거나 하는 경우는 거의 보지 못했다. 같은 사람의 기억책이라면 비슷한 계열의 색깔만 나타나기 때문이다.

사실 왜 기억'도서관'인지는 모르겠다. 아무리 기억책들이 많이 모여 있는 곳이라고 해도 대출과 반납은커녕 보통 사람은 여기 들어

올 수도 없는데. 차라리 기억책 보관소라고 하는 편이 더 알맞은 표현인 것 같다. 이름이 어떻든, 설명서에 따르면 기억도서관은 과거와 현재 사이 틈에 있다고 한다.

설명서에는 이 도서관에 대한 모든 내용이 기록되어 있다. 책 관리법부터 이 도서관의 수칙까지 빠짐없이 말이다. 기억도서관 사서 일을 한 지 꽤 된 거 같지만 여기는 일을 하면 할수록 새로워서 설명서는 내 보물 1호나 다름없다. 이거 없으면 일도 못한다.

아까도 말했듯이 난 여기서 사서 일을 맡고 있다. 하지만 도서관이 너무 넓어서 혼자서 관리하기 너무 힘들다. 10층까지 있는데, 내가 주로 쉬는 10층 말고 나머지 9개 층은 모두 책들로 꽉꽉 채워져 있다. 10층에도 책이 없는 건 아니지만 다른 층에 비해서는 적게 있는 편이었다.

가끔씩 내 이름 윤설하 석 자가 적힌 기억책을 찾아볼까 하는 생각도 들지만, 내 기억책이 존재하는지도 알 수 없고 무엇보다 1층에서 10층까지 있는 모든 책을 뒤져보는 것은 사람이 할 짓이 못 된다. 생각보다 다른 할 일이 많기도 하고.

내가 언제부터 여기서 일을 하게 된 건지, 어쩌다 여기에 있게 된 건지는 나도 모른다. 거긴 생각하면 할수록 내 머릿속이 더 흐려지는 것 같았다. 그래서 그냥 생각하지 않기로 했다.

어찌 됐든, 나는 오늘도 사서 일을 한다.

봄

"아 진짜, 또 3월이야? 아야!"

날아다니는 책에 맞은 머리 한쪽이 욱신거렸다. 왜 꼭 3월만 되면 책들이 이렇게 많이 날아다니는지 몰라. 가까운 사람일수록 책들이 가까이 모여 있는 건 아는데, 좀 얌전하게 이동하면 안 되나? 팔과 다리에 책에 맞아서 생긴 상처들을 보니 한숨이 절로 나왔다.

"이깟 책 이번에는 잡아버려야지."

또 한 권의 책이 날아왔다. 나는 손을 뻗어 빠르게 날아가는 책을 잡았다. 책은 몇 초간 바둥거리더니 관리자가 나인 걸 깨달은 것처럼 이내 얌전해졌다.

책에는 김준서라는 이름이 쓰여 있었다. 나는 책을 펴서 가장 최근에 쓰인 페이지를 읽기 시작했다.

★　★　★

"얘들아. 3학년 되자마자 우리 학교에 전학을 오게 된 서지우다. 잘 적응할 수 있게 도와주도록. 자, 어디에 앉을까?"

담임 선생님은 주위를 휘휘 둘러보더니 말했다.

"저어기, 남자애 보이지? 맨 뒷자리에. 김준서라고 하는 앤데, 쟤 뒤에 빈 책상 있으니까 거기 앉아라. 준서는 지우 잘 챙겨주고. 이상!"

준서는 작년부터 꼰대로 소문이 자자한 국어 선생님이 담임이 되어서 안 그래도 기분이 좋지 않았다.

게다가 작년에 친하게 지내던 친구들이랑도 반이 떨어졌는데, 소심한 성격 탓에 아무래도 새 친구를 사귀기는 힘들어 보였다. 그런데 이제 전학생까지 챙기라니……. 중학교 마지막인데, 참 재미없는 일 년이 될 것 같다고 준서는 생각했다.

지우는 조용히 걸어와 준서 뒤의 빈 책상에 앉았다. 의자가 드르륵거리는 소리에 준서는 고개를 들어 지우가 있는 쪽을 바라보았다.

그때 지우의 시선이 준서를 향했다. 얼떨결에 지우의 맑은 눈과 마주쳐버린 준서의 심장이 쿵 떨어졌다. 얼굴이 금세 뜨거워졌다.

어쩐지 준서는 3학년이 그렇게까지 힘들지는 않을 것 같았다.

* * *

"어우 답답해! 얘 왜 아무것도 안 하고 있어?"

난 책을 냅다 던져버리고 싶은 마음을 뒤로하고 심호흡을 했다.

"연애는 암살이 아니라고 이 똥멍청이 김준서야. 들켜야 시작이야."

며칠째 아무것도 하지 못하고 있는 준서 기억을 읽다 보니 내가 다 화병이 나게 생겼다. 어느새 난 본 적도 없는 사람의 짝사랑을 응원하고 있었다. 이래서 로맨스소설이 그렇게 인기가 많지. 하지만 말을 걸어볼 기회는 많았는데 기회가 들어오는 족족 발로 차버리는 김준서는 가관이었다.

그래도 도와는 주고 싶어서 근처에 있는 지우 책을 펴서 읽었다.

그런데 얘도 좀 이상했다.

"아니, 얘는 왜 다 기억들이 딸기우유 먹고 싶다로 끝나는 거야? 둘이 쌍으로 별났어 정말."

사실 원래는 사람들의 삶이나 기억에 관여하는 건 금지돼 있다. 설명서에 그렇게 적혀 있다. 하지만 난 가끔은 괜찮다고 생각해서 몇 번 이런 불쌍한 애들을 도와줘 왔었다. 뭐, 어차피 여기에는 나 혼자만 있으니까.

나는 메모지를 꺼내 무언가를 슥슥 써내려갔다. 그리고 지우 책의 빈 페이지에 꼼꼼히 붙여놨다.

★　★　★

며칠 뒤, 준서는 학교에 일찍 와 지우가 오기만을 기다리고 있었다. 말도 한번 안 해봤지만 지우는 준서의 마음을 물들이고 있었다. 새 친구들을 사귀고 밝게 웃는 얼굴, 수학문제를 풀 때 집중한 입꼬리……. 그 모든 것이 좋았다.

그때 지우가 교실 안으로 들어왔다. 가방을 의자에다 툭 내려놓은 뒤 꺼낸 것은 딸기우유였다. 아마 근처 편의점에서 사온 것 같았다.

그 모습을 빤히 바라보던 준서는 지우와 눈이 마주쳤다.

'또야……'

귀가 불타는 것 같았다. 준서는 아마 지금쯤 자신의 귀가 딸기우유에 그려진 저 딸기보다 더 빨개졌을 거라는 생각이 들었다.

준서는 쉬는 시간이 되자마자 매점으로 달려가서 딸기우유 하나와 초코우유 하나를 샀다. 교실로 돌아가서는 딸기우유를 지우 책상에 올려놓고, 자기 자리로 돌아가기 위해 몸을 틀었다. 하지만 마침 교실 안으로 들어오던 지우에게 딱 걸려버렸다.

지우는 의미심장한 표정을 짓고는 준서에게 말했다.

"날씨도 좋고 벚꽃도 예쁜데, 나가서 먹고 들어올래?"

준서는 어버버 하면서도 나가는 지우를 순순히 따라갔다.

계속 걸어가던 지우는 학교에서 가장 큰 나무 밑 벤치에 풀썩 앉았다. 벚꽃잎이 바람에 날려 지우의 옷 위에 붙었다. 준서는 한 1미터 정도 떨어진 거리에 앉았다.

"그거 알아? 떨어지는 벚꽃잎을 잡으면 사랑이 이루어진대."

정적을 깨고 지우가 뱉은 첫마디였다. 그 말을 들은 준서는 지금 당장에라도 일어나서 벚나무를 흔들어서라도 떨어지는 벚꽃잎을 잡고 싶었다. 하지만 지우 앞이라서 그런 마음을 꾹 눌렀다.

"… 어."

"잡았네?"

지우가 편 손에는 핑크색 벚꽃잎 하나가 있었다. 지우는 준서에게로 눈을 돌렸다. 준서의 심장은 미친 듯이 뛰기 시작했다. 심장 소리가 지우에게 들리면 어떡하나 싶을 정도로.

지우는 준서에게로 다가갔다. 그러고는 준서 손목을 홱 낚아챘다.

"너 맥박 너무 빠른 거 아니야? ㅋㅋㅋㅋ"

지우는 까르르 웃었다. 준서의 얼굴이 또다시 흘날리는 벚꽃잎보다 더 핑크 핑크해졌다.

* * *

나는 책을 덮었다. 벚꽃의 꽃말은 중간고사라더니, 지금 보니까 완전 첫사랑 아냐. 이런 불공평한 세상 같으니라고……. 에잇 퉤퉤.

그렇지만 왠지 모르게 기분이 몽글몽글해지고 입꼬리가 올라가는 건 감출 수 없었다.

"나는 언제 이런 거 해보냐."

커피 원두를 통째로 씹어 먹은 듯한 씁쓸함이 느껴졌다.

나는 나만의 페이지를 쓸 수 없었다. 과거와 현재의 틈새에서 다른 사람의 기억만을 읽는 것만이 허용된 유일한 것이었다. 나는 앞으로 나아갈 수도, 뒤로 물러설 수도 없었다.

내 책은 어디에 있을까.

내 마음을 아는지 모르는지 기억도서관 울타리 안에 있는 벚나무에서 벚꽃잎이 흘날려 떨어졌다.

여름

요며칠 장마여서 비가 그칠 줄을 모르더니, 드디어 해가 났다. 뜨거운 햇살이 내려와 창틀에 앉았다.

"오늘은 해야겠지……."

나는 전등이 꺼진 주변의 책들을 한번 보면서 중얼거렸다. 책 한 권 위에는 전등 하나씩이 다 달려 있었다. 책 주인이 살아 있으면 밝게 켜져 있지만, 죽게 되면 전등이 꺼진다. 전등이 꺼진 책들은 한꺼번에 모아 한장 한장 찢은 후 햇볕에 바싹 말려야 한다. 그러면 페이지 크기가 확 줄어들고 아무것도 쓰여 있지 않은 새 페이지가 된다. 아, 잘못 말했네. 아무것도 쓰여 있지 않은 건 아니다. 발신인과 수신인이 적혀 있으니까. 이 페이지들은 죽은 사람 주변 사람들의 책 빈 페이지에 책갈피로 꽂아줘야 한다. 책갈피는 남겨진 사람에게 죽은 사람이 그 사람과 보냈던 기억을 떠올릴 수 있게 한다. 죽은 사람이 남겨진 사람에게 보내는, 기억의 편지화랄까? 책갈피가 다른 사람의 책에 꽂히기라도 하면 큰일이 날 수도 있기 때문에 페이지가 마르면 책 내용은 사라지지만 발신인과 수신인은 남는다나 뭐라나.

나는 북카트를 끌고 와 1층에서부터 전등 꺼진 책들을 쓸어담기 시작했다. 나무로 된 북카트가 덜컹거리면서 책들이 담겼다.

10층까지 책들을 다 담으니까 그 크던 북카트가 모두 채워졌다. 정말, 엘리베이터 없었으면 어쩔 뻔했어? 이 더운 날에 무거운 북카트를 끌고 1층에서 9층까지 돌아다닐 생각을 하니 아찔했다.

나는 책들을 한장 한장 찢기 시작했다. 스트레스는 좀 풀릴지 몰라도, 너무 책들 권수가 많다 보니 도리어 스트레스가 쌓여 버리는 결과를 낳았다.

큰 보따리가 페이지들로 가득 차자 그대로 들고 나가 벚나무 밑 그늘에서 보따리 매듭을 풀었다. 햇볕을 바로 쐬면 기억들이 싹 다 증발해버릴 수도 있어서 그늘에서 말려야 했다. 아마 세상에서 가장 까다로운 건 기억들일 거다.

하지만 다행히도 그렇게 그늘에서 말려지면 페이지들이 모두 마법처럼 책갈피로 만들어져 있곤 했다. 내가 다 구멍을 뚫어서 끈을 묶어 책갈피로 만들려고 했으면 시간이 훨씬 더 많이 걸리고 더 힘들었을 것이다. '그나마' 다행이랄까.

페이지들을 그늘에 갖다두고 와서 난 엘리베이터를 타고 10층으로 올라왔다. 한 것이라고는 책들을 쓸어담고 찢은 것밖에 없는 것 같은데 몸은 공사판에서 막일을 한 것 마냥 천근만근이었다.

난 10층 한구석에 있는 빈백에 앉아 천장을 쳐다보았다. 천장에는 유리창 하나가 달려 있어서 그 유리창을 통해 하늘을 볼 수 있었다. 하늘은 언제 장마였냐는 듯이 구름이 몽실몽실하게 떠있고 파아란 색이었다. 눕다시피 앉아 있는데 하늘을 보고 있자니 온 세상의 하늘이 내게로 다가오는 것 같았다.

하지만 이렇게 한가하게 쉴 때가 아니지. 해야 할 일이 산더미였다. 페이지들이 모두 책갈피로 만들어지면 그걸 하나하나 수신인의 책의 빈 페이지에 꽂아 줘야 한다. 오늘 한번 마음먹었을 때 끝내야지, 안 그러면 절대 안 해서 다음 여름까지 내버려둘 게 뻔하다. 나는 무거운 몸을 이끌고 자리에서 일어났다. 그때 마룻바닥에 붙어 있는 무엇인가가 눈에 들어왔다. 하얀 것이 책갈피 같았다.

올해는 아직 책갈피를 안 만들었는데?

재작년이나 작년에 만든 책갈피인가 싶어 나는 다가가서 책갈피를 주워들었다. 장마 때 하늘창에서 비가 샜어서 마룻바닥이 젖었었는데, 그래서 그런지 책갈피도 축축하게 젖어 있었다.

근데 이 책갈피는 뭔가 달랐다. 발신인만 있고 수신인은 적혀 있지 않았다. 발신인이 민도경? 수신인이 없는 책갈피는 전에도 본 적이 있었다. 보통 발신인뿐만 아니라 수신인도 죽은 경우나 수신인이 발신인을 아예 잊어버린 경우에 수신인 자체가 사라졌다. 그냥 이런 책갈피들은 버릴 수도 있었지만 난 버리지는 않고 한곳에 모아 두었다. 수신인이 사라져버려 떠난 사람의 마음을 전할 곳조차 없어졌는데, 그 마음이 쓰레기통에 처박혀버리면 발신인이 마음 편히 떠나지 못할 거 같았다. 보통 사람과는 다른 나지만 남아버린 일말의 인간성이랄까. 어쨌든 나는 이 책갈피도 '수신인을 잃어버린 책갈피들' 모음에 넣었다.

정원으로 내려가니 페이지들이 모두 책갈피로 만들어져 있었다. 이 페이지들에도 무슨 마법 같은 것이 걸려 있는지, 그냥 놔두고 몇 시간 있다가 돌아오면 모두 끈이 묶여 있는 책갈피가 되어 있다. 나는 책갈피들을 모아 도서관 안으로 들어와서 꽂기 시작했다.

그 많던 책갈피들을 얼추 꽂았을 때였다. 그때 문득 옛날에 책갈피를 꽂았던 책 주인이 어떻게 됐는지 궁금해졌다. 3년 전쯤 책갈피를 꽂았던 책이 떠올랐다. 꽂아야 할 책 표지 색깔이 보라색과 남색 사이였는데, 보라색에 조금 더 가까운 오묘한 색깔이었다.

난 책을 무작정 찾아 나섰다. 겹치는 사람이 없는 만큼 책 색깔도 겹치는 경우가 거의 없어 3년 전 기억을 더듬었어도 비교적 쉽게 책을 찾을 수 있었다. 책을 펼쳐서 읽어 내려갔다.

★　★　★

연우의 엄마가 돌아가신지도 벌써 3년이 지났다. 눈을 떠도 감아도 계속 엄마가 생각나는 시기는 지난 지 오래였다.

하지만 여전히 엄마를 떠올리면 슬퍼지는 건 어쩔 수 없었다.

비가 계속 오다가 그친 날이었다. 연우는 비 온 뒤의 흙냄새와 상쾌함이 좋아 깊이 숨을 들이마셨다. 그때 연우의 눈에 흐드러지게 핀 보라색 수국이 들어왔다.

"연우야, 이것 봐! 예쁘지? 수국이라고 하는 꽃이야."

나뭇잎을 빻아 소꿉놀이를 하던 어린 연우는 엄마가 있는 곳으로 달려갔다. 하지만 너무 급했던 탓일까, 연우는 돌부리에 걸려 넘어졌다.

"으아아앙!"

"이런. 연우야 조심해야지! 아프면 안 돼."

엄마는 연우를 일으켜 세우고 높이 들어 품속에 안았다.

"다행이다. 까지기만 했네."

"엄마, 엄마! 쑤구!"

연우는 손가락으로 활짝 핀 꽃을 가리켰다.

"응? 뭐라고?"

"쑤구! 쑤국!"

"아 수국? 하하. 아구 우리 연우 수국이 예뻐?"

"웅!"

"수국은 여러 색깔이 있는데, 이건 보라색이네. 보라색 수국의 꽃말은 진심이래. 꽃말도 참 예쁜 꽃이지? 연우도 수국처럼 예뻐지고 싶어?"

"웅!!"

"그러면 이렇게 넘어지면 돼요 안돼요?"

"안 대!"

"그치? 다음부턴 넘어지지 말고 아프지 말자. 알았지?"

"웅!"

엄마는 그런 연우를 보며 환하게 웃었다.

연우는 기억하지 못하는 부분이었다. 기억 속의 자신은 겨우 4살 정도로밖에 보이지 않았다. 하지만 연우는 이 기억이 마냥 행복했다. 마치 엄마가 저승에서 써 준 편지인 듯, 기억 속에는 자신을 향한 엄마의 애정 어린 진심이 듬뿍 담겨 있었다.

연우는 그 편지에 화답하듯 수국을 향해 밝게 웃어 보였다.

물기를 가득 머금은 수국 잎이 반짝였다.

* * *

엄마를 잃은 건 책 주인이었는데 왜인지 모르게 내 마음이 아려왔다. 내가 꽂은 책갈피들이 한 사람에게 이 정도로 소중할 줄 몰랐다. 이 상황에서도 책 주인에게 그의 엄마처럼, 엄마에게 책 주인처럼 내게도 그런 존재가 있었으면 하는 마음이 드는 나는 이기적인 걸까.

가을

찬바람이 불어왔다. 갑자기 든 한기에 내 갈색 가디건을 끌어올렸다. 뜨거운 여름이 가고 시원해지니 괜스레 내 기분도 좋아졌다. 아, 사실 우연은 아니다. 여름에는 습기와 열기 때문에 책들을 관리하기 어렵지만 가을에는 가만히 두어도 책들이 뽀송뽀송하기 때문이다. 덕분에 내 할 일이 많이 줄어든다.

나는 실내용 슬리퍼를 질질 끌고 책장 사이로 들어갔다. 3월만큼은 아니지만 그래도 간간이 책들이 날아다니고 있었다.

그때 책 한 권이 툭 소리를 내며 떨어졌다. 뭐지? 이런 적은 한 번도 없었는데. 의아해하며 떨어진 책 쪽으로 갔는데 하얀 무언가가 내 앞을 슥 지나갔다.

오소소 소름이 돋았다. 추워지는 가을에는 귀신들이 신이 나서 돌아다닌다는 내용을 어느 기억책 한구석에서 읽은 적이 있었다. 흠,

하긴 뭐 죽은 것도 아니고 산 것도 아닌 나 같은 존재도 있는데 귀신이라고 없을 이유가 없긴 했다. 하지만 다시 생각해보니 과거와 현재 사이에는 이 기억도서관만이 있을 뿐 완전히 가로막혀 있었다. 그럼 저건 뭐지?

생각하면 할수록 무서워졌다. 에이, 그냥 내가 잘못 본 거겠지. 나는 용감하게 책을 집어들었다.

책은 깜빡깜빡거리더니 이내 새하얘졌다. 설명서에 있는 내용이 떠올랐다. 책 주인이 기억이 오락가락하면 책 자체가 깜빡인다는.

책등에는 황석규라는 이름이 있었다. 얼핏 봐도 꽤 나이가 있으신 분이었다. 책 내용을 읽고 싶었지만 새하얘진 책을 읽을 수는 없는 노릇이었다. 나는 책을 얌전히 근처 책장에 꽂아 두었다. 책은 알아서 자기 자리를 찾아 날아갔다.

며칠 뒤에 다시 보니 새하얗던 황석규라는 사람의 책은 질은 고동색으로 빛나고 있었다. 그 모습이 마치 오래된 나무 같았다. 나는 책장에서 책을 뽑아서 가장 최근 페이지로 갔다. 하지만 한 줄을 읽자마자 다시 새하얘져서 제대로 읽지 못했다.

그렇게 또 며칠이 지났다. 나는 계속 깜빡이는 그 책이 본래의 색깔을 되찾는 패턴을 알아냈다. 황석규라는 사람은 자신의 손녀를 만날 때만 거짓말처럼 기억이 생생하게 돌아왔다.

★ ★ ★

"할부지!"

"오냐 우리 인영이 왔어?"

"네! 나 할부지가 만들어준 인형도 가지고 왔어요!"

인영이 나무로 만들어진 곰인형을 내밀었다. 그 모습을 본 석규는 빙그레 웃을 수밖에 없었다.

"아 그리고 할부지 잠깐만요!"

인영은 주섬주섬 대더니 자신의 가방에서 빨간 단풍잎과 노란 은행잎 한 장씩을 꺼냈다. 그리고는 석규의 침대 위로 올라와 귀에 속삭였다.

"이거 할부지 주려고 가지고 왔어요. 할부지는 밖에 많이 못 나간다고 들었거든요."

인영이 배시시 웃었다. 그 모습을 지켜보던 수빈이 인영에게 말했다.

"인영아 이제 갈 시간이야. 얼른 가방 문 잠그고 신발 신고 가자."

"엄마는 온 지 얼마나 됐다고 가재? 몇 분 되지도 않았는데! 난 할부지랑 더 있고 싶단 말이야."

"안돼. 지금 잠깐 온 거잖아. 엄마 너 집에 데려다 주고 다시 회사 가봐야 해."

"힝……."

인영은 입이 댓 발 나온 채로 침대에서 내려왔다.

"아버님 그럼 저희는 이만 가볼게요."

수빈은 인영의 손을 잡고 병실을 나갔다.

석규가 치매 판정을 받은 지도 벌써 3년째였다. 계속되는 가망 없는 치료에 치료비를 감당해 낼 만한 여유가 부족한 가족들은 점점 지쳐가고 있었다. 석규도 그것을 잘 알고 있었다. 그래서 기억이 돌아올 때면 늘 죄책감에 시달렸다. 사실 그런 적은 몇 번 있지도 않았지만.

하루는 우연히 며느리인 수빈이 통화하는 걸 들었다.

"요즘에 너무 힘들어. 인영이 유치원 보내랴 학습지 시키랴 나가는 돈도 많은데 회사 일은 일대로 힘들고 아버님 치료비도 만만치 않고……"

수빈이 작게 흐느끼는 소리가 들렸다.

"언제는 이런 적도 있었어. 차라리 아버님께서 돌아가시면 상황이 더 낫지 않을까라는 생각이 드는 거야. 내가 미쳤지 어떻게 그런 생각을……. 응 그렇지 이럴 때일수록 더 힘내야지."

석규는 그때 알았다. 가족들이 자신을 더 이상 필요로 하지 않는다는 것을. 아니, 더 나아가 자신이 사라지기를 바란다는 걸. 하지만 죽을 수도 없었다.

석규가 병원 창밖을 내다보고 있을 때였다. 머릿속에는 아무것도 떠오르지 않았다. 그때였다. 이상한 느낌도 잠시, 곧 의자가 큰 소리를 내며 부서졌다. 그리고는 기억이 돌아왔다. 영화처럼. 기쁨도 잠시, 석규는 곰곰이 생각을 해보았다.

'내가 기억이 돌아왔다고 해도 간병인이나 가족들은 날 믿지 않을 테고…… 가족들은 날 귀찮아하는데, 그럼 난 어떻게 해야 하지?'

옆에서 같은 병실을 쓰는 노인이 자신의 간병인에게 칭얼대는 소리가 들렸다.

"할머님. 그런 도서관은 있지 않아요."

"있어! 내가 봤다니까 그래도."

"아니, 세상에 기억을 관리하는 도서관이란 게 어디 있어요? 거기 데려다 달라고 하시면 어떡해요."

"있다니까! 데려다 달라고!"

노인이 어린애처럼 떼를 썼다.

'그런 도서관이 실제로 있을까? 그곳에 가서 내 책을 없애면 어떨까? 내가 아예 없어져 버리는 건가? 어차피 죽지도 못하고 병원에서 썩어 빠지는 것보단 미친 척하고 거기나 찾아보는 게 낫지 않나? 나한테도, 가족들한테도, 인영이한테도.'

며칠 뒤 석규는 간병인이 없는 틈을 타 병원에서 나왔다. 그리고는 무작정 걸었다. 자신을 찾고 있을 가족들 생각이 났지만 그냥 계속 걷기만 했다. 아니, 오히려 좋다면서 찾지 않으려나?

그리고 또 며칠이 지났다. 나오기 전에 챙겨온 먹을거리도 다 떨어졌고, 다리도 아프고 몸이 너무 힘들었다. 석규가 주린 배를 움켜잡고 주위를 둘러보니 벤치 하나가 있었다. 벤치 앞에는 아무것도 없고 나무 한 그루만 있는 공터가 자리하고 있었다. 벤치에 앉으니 졸린 눈이 스르르 감겨왔다.

★ ★ ★

시간이 얼마나 흘렀을까? 눈을 떠 보니 벌써 하늘은 어두컴컴해져 있었다. 깜짝 놀라 가던 길을 가려고 일어났다. 그때 석규의 눈이 왕방울처럼 커졌다.

"아니, 아니 저게 뭐지……?"

아까 전만 해도 텅 비어 있던 공터에 족히 10층은 되어 보이는 건물 하나가 있는 게 아닌가?

"…… 꿈인가?"

하지만 눈을 비벼도 자글자글한 얼굴을 꼬집어 보아도 건물은 그대로였다. 석규는 배고픈 것도 잊고 건물로 걸어갔다. 건물은 나무와 벽돌로 만들어져 있었고, 담쟁이덩굴이 바깥벽을 뒤덮고 있어 따뜻한 느낌을 주었다. 석규는 창문을 통해 안을 들여다보았다. 책들이 가득 꽂힌 책장들이 여러 개 보였다. 석규의 직감이 여기가 노인이 말한 '기억을 관리하는 도서관'이라는 걸 말해주고 있었다. 석규는 건물 안으로 발걸음을 옮겼다.

건물 안은 밖에서 봤을 때보다 훨씬 크고 넓었다.

"계세요?"

석규가 떨리는 목소리로 물었지만 돌아오는 소리는 자신의 메아리뿐이었다. 석규는 찬찬히 책들을 보았다. 책등에는 사람들의 이름이 쓰여 있었다. 아마 책 주인의 이름이 쓰여 있는 것 같았다. 석규는 이 넓은 곳에서 자신의 책을 어떻게 찾아야 하나 걱정이 되었지만 일단 찾아보기로 했다.

계속 도서관 안을 둘러보던 석규의 눈에 한 고동색 책이 들어왔다. 뭐지? 싶어서 책을 더 자세히 보니 책등에 자신의 이름이 쓰여 있었다. 석규는 책을 냉큼 잡아들고 주머니를 뒤져 가지고 온 라이터를 꺼냈다. 자신을 향해 환히 웃어 주는 인영의 얼굴이 떠올랐지만, 곧 수빈이 통화하던 걸 생각해 내고 마음을 다잡았다.

라이터를 켠 그 순간,

"잠깐만요!"

누군가 달려오는 소리가 들렸다.

나는 이상한 느낌이 들어 잠에서 깼다. 왠지 도서관에 무슨 일이 생긴 것 같았다. 잠도 다시 안 오고 해서 1층부터 9층까지 한번 둘러보기나 할까 하고 1층으로 내려왔다. 책장을 따라 천천히 걷는데 저 멀리서 불빛이 보였다. 책 하나하나마다 위에 전등이 달려 있지만, 저 불빛은 좀 다른 결의 빛이었다. 마치 뭔가 타는 것 같은……. 잠깐, 탄다고? 불이 난 건가?! 깜짝 놀라서 뛰어가 보니 사람이 있었다. 한 번도 보지 못한, 살아 있는 진짜 사람이. 그 사람의 손에는 라이터와 낮에 본 그 고동색 책이 들려 있었다.

"잠깐만요!!"

그 사람의 눈이 놀라서 커졌다. 지금 제일 놀란 사람이 누군데!!

여긴 어떻게 들어온 거지? 아니, 애초에 여기 사람이 들어올 수가 있나? 혼란스러웠다. 나는 그 사람의 손을 쳐서 책과 라이터를 떨어트렸다. 말이 속사포로 내 입에서 터져 나왔다.

"그거 태우면 어떻게 되는지 알아요? 여기 영원히 갇힌다고요! 영원히! 죽지도 살지도 못하고! 당장 그거 내려놔요!"

어라……? 근데 잠깐, 나 이거 어떻게 알고 있는 거지? 이건 설명서에서 본 내용이 아니었다. 그럼 이 내용은 대체 어디서 튀어나온 거지?

"아……. 피해를 줬다면 미안합니다 아가씨."

그제야 난 그 사람의 모습을 제대로 볼 수 있었다. 자글자글한 얼굴, 듬성듬성한 흰머리, 텅 빈 눈을 가진 할아버지였다. 그때 꼬르륵 소리가 들렸다.

"들렸어요?"

"네. 후……. 일단 뭐라도 드릴게요."

난 갑자기 도서관에 나타난 이 할아버지의 옷을 잡고 10층으로 끌었다.

"여기, 이거 드세요."

나는 금방 타서 따뜻한 코코아 한 잔을 내밀었다. 할아버지는 한 모금 마시더니 이제야 살 것 같다는 표정을 지었다.

"마음씨가 고운 아가씨군요. 우리 인영이도 이렇게 자라야 할 텐데."

"여긴 어떻게 오신 거예요? 그보다, 성함이 어떻게 되세요?"

"아, 황석규라고 합니다."

황석규? 그 깜빡거리던 책의 주인이었다.

"말 놓으세요. 대체 어떻게 들어오신 거예요? 여긴 일반 사람은 못 들어오는데."

"전에 병실에 있을 때 같은 병실 쓰던 사람이 말하더라고요. 기억을 관리하는 도서관이란 게 있다고요. 그걸 누가 믿겠어요? 그런데, 한번 미친 척하고 찾아보는 것도 나쁘지 않다고 생각해서 찾아보기로 하고 냅다 병원에서 나왔어요. 실제로 있을 줄이야……."

할아버지는 말을 놓아도 된다는 내 말을 들었는지 그러지 못했는지 계속 높임말을 썼다. 머리가 지끈거렸다. 여기 진짜 일반인한테는 보이지도 않는데……. 보통 사람이 아닌 건가?

"아니 근데 책은 왜 불태우려고 하신 거예요? 그것도 할아버지 책인데."

"날 이루고 있는 건 내 기억들이니까요. 아무도 날 필요로 하지 않길래 그걸 없애면 내 존재 자체가 사라질 것 같아서 그랬죠."

"……."

하긴 그랬다. 책이 색을 되찾았을 때 읽은 부분대로, 이 사람의 가족들에겐 더 이상 이 사람이 필요하지 않아 보였다.

"원래 내 직업은 목수였어요. 나는 항상 내 직업과 내가 만든 것들에 자부심을 가지고 살아왔고, 가족들도 잘 챙겼다고 생각했는데……. 그게 아니었나 봐요. 치매에 걸리니까 사람들이 한순간에 변하더라고요. 그 사람들한테 나는 이제 짐짝 같은 존재가 된 거죠. 무겁기만 하고 도움은 되지 않는.”

“누가 그래요? 아니에요.”

나는 억지로 위로하려고 애를 썼다.

“아니긴 뭐가 아니에요. 저번에 통화하는 거 다 들었어요. 내가 차라리 죽어버렸으면 좋겠다고. 기억이 돌아오고 나서 제일 먼저 든 생각이 뭔지 알아요? ‘나는 사라져야겠다’였어요. 내가 없으면······. 내 가족들은 살기 훨씬 편해질 테니까요.”

“본인은 얼마나 사라지기 싫으신지 할아버지께선 알고 계세요?”

할아버지는 짐짓 놀란 표정을 지었다.

“할아버지의 책을 좀 읽었어요. 전 이 모든 책을 관리하는 관리자니까요. 계속 기억이 사라지다가도 다시 돌아오는 패턴이 있더라고요. 그런데 그게 일정하더라고요. 손녀가 병원을 찾아왔을 때.”

할아버지는 아무 말이 없었다.

“그것만 보고도 알 수 있어요. 할아버지께서 얼마나 인영이를 사랑하는지. 그리고 얼마나 인영이와 함께하고 싶은지. 사라지고 싶다는 말 다 거짓말이잖아요. 그렇게 손녀딸을 사랑하는데.”

“맞아요. 난 사실 사라지거나 하고 싶지 않아요. 하지만 내 가족들은 그렇게 생각하지 않아요.”

“아니에요. 그렇다면 왜 인영이가 나무 곰 인형을 맨날 언제 어디를 가든 들고 다니겠어요. 이름도 붙여줬던데요. 아마 테디였나? 인영이에겐 할아버지가 꼭 필요해요.”

"……정말 그럴까요?"

"그럼요."

할아버지의 눈에 눈물이 그렁그렁했다. 할아버지는 손으로 눈물을 닦아냈다.

"오늘 처음 본 아가씨 앞에서 주책이야, 정말. 고마워요 아가씨."

"천만에요."

"그런데 아가씨는 여기서 혼자 일하는 거예요?"

"네, 뭐, 그렇죠. 사실 진짜 살아 있는 사람을 본 건 오늘이 처음이에요. 여기서 일한 지 꽤 된 것 같은데."

"외롭지 않아요? 살아온 얘기나 좀 풀어 봐요."

"그런 거 없어요. 그냥 눈 떠보니 여기에 있었어요."

"세상에 원래 그런 사람이 어디 있어요. 내가 그랬던 것처럼 기억을 잃은 거 아니에요? 아가씨도 아가씨 책을 찾아봐요."

"아마 없을 거예요. 여기서 억겁의 시간 동안 다른 책들을 관리하는 것만이 제 운명일지도 모르죠."

"그런 사람은 없대도. 아가씨도 아가씨 책을 찾아봐요. 그럼 여기 있는 의미를 찾아낼 수 있을 테니까. 내가 여기 와서 그렇게 된 것처럼요. 여기서 느꼈어요. 모두가 자신의 이야기를 하루하루 열심히 써 내려 가고 있다는 걸. 모두가 자신의 삶, 자신의 기억, 자신의 책의 주인공이라는 걸. 그러니 아가씨의 책도 분명 있을 거예요."

할아버지는 조금 뜸을 들이더니 자리에서 일어나며 말했다.

"내가 다시 살아갈 수 있게 해줘서 고마워요 아가씨. 이제 다시 가

봐야겠어요. 오늘 정말로 고마웠어요. 코코아 잘 마셨어요."

그러고 할아버지는 도서관을 나서서 밖으로 나갔다.

"안녕히 가세요."

나는 그 멀어지는 뒷모습이 왠지 쓸쓸해 보여서 눈을 뗄 수가 없었다.

겨울

그 일이 있고도 한 달이 흘렀다. 계속 내 책을 찾아봤지만 내가 봤는데 지나친 것인지, 아니면 아예 없는 건지 보이지도 않았다.

아침에 일어났더니 온 세상이 하얬다. 첫눈이 내린 것 같았다. 눈이 내리니 왠지 모르게 뭐든지 할 수 있을 것 같은 자신감이 생겼다. 왜지? 아마 잃어버린 기억과 관련이 있을 것 같았다. 오늘은 할 일도 별로 없고 해서 내 책을 찾아보기로 했다. 이렇게 넓은데, 내 책 한 권 쯤은 있겠지.

대체 왜 없는 거야!! 사실 있다는 보장도 없긴 했지만, 3시간 동안 1층에서 9층까지 모두 돌아본 나는 지칠 대로 지쳐 있었다. 나는 10층으로 올라가 내 전용 빈백에 앉았다. 내 책을 찾긴 뭘 찾아. 그냥 하던 대로 내 푹신하고 포근한 빈백에 누워 있기나 할 것이지. 힘들기만 하고……

나는 잠깐 눈을 감았다가 떴다. 그 순간 무언가가 반짝였다.

"……하?"

희미한 전등 빛 사이로 책등 위에 적힌 이름의 끝 글자가 보였다. 책은 눈처럼 새하얀 색이었다. 나는 벌떡 일어나 책에 손을 뻗었다. 나도 모르게 손끝이 떨리고 있었다. 그런데 책을 어서 뽑고 싶은 내 마음과 다르게 책은 내 키보다 위쪽에 있어서 잘 닿지 않았다. 그때 한기가 들더니 책이 살짝 앞으로 나왔다. 그 덕에 쉽게 책을 꺼낼 수 있었다.

뭐지? 분명 책은 저 깊숙이 꽂혀 있었는데. 설마 그때 그 귀신? 에이, 아니겠지. 귀신이 나를 왜 도와주겠어.

나는 책등에 있는 이름을 확인했다. 윤설하. 틀림없는 내 이름이었다. 내가 나에 대한 모든 걸 다 잊어도 이 이름만은 기억하고 있었으니. 과거와 현재의 틈에서의 지루하고 외로운 이 삶을 끝낼 수 있는 문이 내 눈앞에 있었다.

"아야!"

급하게 책장을 넘기다 보니 손까지 베었다. 상처 사이로 붉은 피가 배어 나왔다. 그렇지만 책장을 넘기는 걸 멈출 수는 없었다. 나는 첫 페이지부터 읽기 시작했다.

★ ★ ★

"여기에 왜 혼자 있느냐? 옷을 보아하니 귀한 집 딸인 듯한데."

"제 이름이 무슨 소용이 있겠습니까? 어차피 잘 알지도 못하는 남자에게 시집가서 평생 집 안에서만 생활하게 될 텐데. 제 성이라도 알고 싶으시면 그쪽 이름부터 대시든지요."

"맹랑한 아이구나. 그래, 내 이름도 안 밝히긴 했지. 내 이름은 민도경이다."

"이름 한번 멋지군요. 아무 여자한테나 툭툭 말 거는 성격이랑은 다르게. 저는 윤씨 집안의 딸입니다."

"이름이 없는 것이냐?"

"있지만 별로 밝히고 싶지 않네요. 아까도 말했듯이 전 잘 알지도 못하는 남자에게 시집갈 운명이라, 별로 소용이 없거든요."

자신이 민도경이라고 밝힌 사람의 발밑에서 눈이 밟혀 뽀드득거리는 소리가 났다.

"그렇게 싫어하는 잘 알지도 못하는 남자 말고 나한테 시집오지 않으련? 내가 이름도 지어주마. 흠……. 지금 눈이 오고 우리가 만난 게 눈이 오고 있는 밖이니, 눈 설(雪) 자에 아래 하(下) 자를 써서 눈 밑이라는 뜻으로 설하 어떠냐? 윤설하. 예쁘지 않니?"

도경이 해사하게 웃었다.

"설하……. 아, 아니지. 이런 식으로 몇 명의 여자를 꾀어 오신 겁니까?"

설하는 지금 갑자기 눈앞에 나타나서 자신의 이름까지 지어 준 이 남자에게 왠지 모를 호기심이 생겼다.

"네가 처음이다. 설하. 윤설하."

그러지 말았어야 했는데. 애초에 당신이 말을 걸지 않았더라면. 당신이 혼자 있는 나를 만나지 않았더라면.

얼마 지나지 않아 민씨 집안에서는 중매인을 통해 윤씨 집안에 혼인 의사를 물었다. 마을 수령의 마음에 들게 되어 꼼짝없이 첩 신세가 될 뻔한 딸에게 지체 높은 집안에서 보내온 중매인이 오자 민씨 부부는 크게 기뻐했다.

혼례에 필요한 모든 준비는 일사천리로 진행되었고, 마침내 좋은 날을 가려 혼례를 치렀다. 설하는 말은 안 해도 누구보다 좋았다. 그리고 평생 도경만을 바라보겠다 다짐했다. 이듬해에는 도경이 과거에서 장원 급제를 하여 벼슬길에 나서게 돼 모두가 기뻐했다. 그렇게 행복한 나날만 계속될 것 같았다.

하루는 도경이 피곤한 얼굴로 집에 들어왔다.

"무슨 일 있으셨어요?"

"그냥 조정에서 작은 의견 다툼이 있었을 뿐이다. 부인은 알 것 없다."

하지만 말과는 다르게 도경의 얼굴에는 그림자가 드리워져 있었다. 설하는 무슨 일이 있나 걱정되었지만 더 이상 물어보지 않았다. 더 캐물어 보면 정말로 무슨 일이 일어날 것 같아서. 어떻게 찾은 행복인데.

다음 날 설하가 일어나 보니 도경이 있어야 할 옆자리는 텅 비어 있었다. 설하가 도경을 애타게 불렀지만 돌아오는 소리는 없었다.

그때 바깥에서 호랑이 울음소리처럼 큰 목소리가 들렸다.

"역적 민도경의 부인 윤설하는 이리 나와서 죗값을 받아라!"

아니, 역적이라고? 설하의 귀가 윙윙 울렸다. 설하는 끌려 나와 무릎을 꿇었다.

"죄인은 얼굴을 들라!"

"아니 당신은……?"

옛 마을 수령의 얼굴이었다. 설하를 보자마자 마음에 두고, 부인도 있으면서 첩으로 삼으려고 부모님을 협박했던.

"제 낭군께선 어디에 계십니까?"

수령은 코웃음을 쳤다.

"반란을 꾀한 역적이 아직도 이 세상에 멀쩡히 숨 쉬고 있다면 그게 될 말인가? 이미 처형당한 지 오래다. 더 높은 관리인 나와 전하께 사사건건 트집을 잡고 의견을 굽히지 않으니, 그게 역적이 아니고 무엇이란 말이냐?"

도경이 처형당했다는 말을 듣고 설하의 눈앞이 아뜩해졌다. 그러나 이내 정신을 바로잡고 외쳤다.

"낭군께서는 이 나라와 전하를 최우선으로 생각하신 분이셨습니다. 낭군을 욕보이지 마십시오."

"허허, 이런 건방진 계집을 보았나. 하지만 역적이 한 마지막 부탁이 부인만은 살려달라는 것이어서 내 비록 역적의 부인이지만 이를 가엾게 여겨 첩으로 받아 주려고 한다. 어떠한가?"

"전 평생 낭군만을 사랑하겠다 마음먹은 몸입니다. 차라리 저를 죽이십시오."

"쯧. 네 낭군이라는 사람이, 아, 이제 역적의 신분이지만. 그 사람이 자신의 목숨을 바치고 널 살렸는데 네 목숨을 소중히 여겨야 하지 않겠나? 그만 악쓰고 나의 첩이 되거라."

"아까도 말했듯이 전 당신의 첩이 될 생각이 추호도 없습니다. 더할 말은 없습니다."

그때였다. 설하가 꿇었던 무릎을 펴고 일어나 뛰기 시작했다.

"이, 이런. 저 계집을 잡아내 앞에 다시 끌고 오너라!"

"예!"

뒤에서 포졸들이 쫓는 소리가 들렸다. 설하의 눈에서는 눈물이 멈추지 않고 흘렀다. 다리의 힘은 자꾸 풀렸다. 하지만 뛰는 걸 멈출 수는 없었다. 내가 어떻게 살았는데. 낭군께서 날 어떻게 살렸는데 이대로 죽을 수는 없었다.

설하는 주위를 둘러보다 풀숲으로 숨었다. 뒤이어 포졸들이 달려왔다. 설하는 가쁜 숨이 당장에라도 튀어나올 것 같았다. 하지만 숨을 꾹 참고 포졸들이 갈 때까지 기다렸다.

얼마나 시간이 흘렀을까. 포졸들의 소리가 더는 들리지 않았다. 설하는 조심스레 풀숲에서 빠져나와 주위를 둘러보았다. 다행히 아무도 없었다. 설하는 풀과 나무에 긁혀 여기저기 상처가 난 다리를 질질 끌면서 다시 도망쳤다. 최대한 멀리, 포졸들이 자신을 알아볼 수 없을 정도로 멀리 가야 했다. 쉴 새 없이 눈물이 흘렀다. 눈을 감으면 저를 향해 환하게 웃던 도경의 얼굴만이 떠올랐다. 그 와중에 눈까지 내렸다. 올해의 첫눈이었다. 도경을 처음 만났을 때도 이렇게 눈이 내렸었는데……. 차라리 우리가 만나지 않았더라면. 난 죽기로 마음먹은 날 죽었어야 했다. 부모님께서 그 악귀 같은 수령의 협박을 받아 힘들어하시는 걸 보고 죽기로 한 날 죽었어야 했다. 도경이 날 찾기 전에. 그럼 도경이 나와 만나는 일도, 도경이 죽는 일도 없었을 텐데…….

눈은 잔인하리만큼 차가웠다.

그로부터 몇 달이 지났다. 설하는 이 집 저 집을 다니며 밥을 빌어먹으며 지냈다. 어떻게든 살아남아야 했으니까. 몸속의 물이 모두 말라 더 이상 눈물조차 나오지 않았다. 그렇게 꽃같이 예쁘던 얼굴에는 말라붙은 눈물 자국만이 남아 있었다.

하루는 어떤 집에서 얻어 온 것인지도 모를 오래된 주먹밥을 산속에서 먹고 있을 때였다. 위쪽에서 여러 사람이 웅성대는 소리가 들렸다. 아마 나무를 하러 온 사람들인 듯했다. 설하는 급히 몸을 숨겼다.

"그런 서고가 어디 있소?"

"아니, 사람 말을 못 믿네 거 참. 속고만 살았소? 내가 정말 가 보았다니까."

"세상에 기억을 보관하는 서고가 어디 있소? 그럼 뭐 세상의 모든 기억이 책에 쓰이기라도 하나?"

사람들이 한 번에 와하하 웃었다.

"정말이라니까……. 내기라도 할 려?"

"어허, 그런 곳에 내기를 하면 어떡하오? 내 자네의 사정을 생각해 뭘 걸지는 않도록 하겠소."

"너무 착한 거 아니오? 돈을 무조건 따낼 수 있는 기회인데!"

또 여러 사람이 웃었다. 하지만 그걸 듣고 있던 설하는 조금 달랐다. 그런 서고가 실제로 있을 것만 같았다.

다른 나무꾼들이 자리를 비운 사이 설하는 아까 그 나무꾼에게로 조용히 다가갔다.

"저기요."

"으악 깜짝이야!! 어떤 연유로 이런 험한 곳에 계집이 있소?"

"저에 대해선 묻지 말아 주십시오. 그런 서고가 실제로 있는 게 사실입니까?"

"예? 서고요? 아……. 그 기억을 보관하는 서고요? 사실이고말고요. 내가 이 두 눈으로 똑똑히 봤소."

"어디에 있습니까? 그곳을 꼭 찾아야 합니다."

거기에 내 책도 있을 테니 그곳에 가서 내 책을 없애 버리면……. 내 존재는 사라지고 현재는 바뀔 것이다. 어쩌면 도경이 다시 살아날지도 모를 일이었다.

"아, 근데 나도 딱 한 번밖에 가보지 못했소. 내 아이가 목숨을 잃었던 그날, 난 왜 사나 이런 생각을 하며 걷다가 힘들어서 깜빡 잠이 들었는데, 아무것도 없던 곳에 떡하니 그 서고가 있는 게 아니겠소? 들어가서 돌아다니다 보니 내 이름이 적힌 책을 찾았는데, 거기에 내가 살아온 모든 과정이 적혀 있더라고. 그제야 그곳이 기억을 보관하는 서고라는 걸 눈치챘죠. 그런데 신기하게 어떻게 나왔는지는 기억이 안 나오. 그냥 눈을 감았다가 떴는데 내 집 앞에서 내가 잠을 자고 있던 게 아니겠소? 하지만 그건 정말 꿈이 아니오. 꿈이라면 지금까지 이렇게 생생히 기억날 리가 없소."

"감사합니다. 이 은혜 잊지 않겠습니다."

설하는 이 말만을 남기고 빠르게 산을 뛰어 내려갔다. 그리고는 계속 뛰어다니며 그 서고를 찾아 헤맸다.

몇 시간이 지났다. 주위는 새까만 밤이 된 지 오래였다. 하지만 설하는 힘든 줄도 몰랐다. 도경을 다시 살려낼 수 있을지도 모를 방법을 알게 되니 계속 걸어도 힘들지 않았다.

그때 저기 멀리서 불빛이 보였다. 이 마을에는 등불을 사용할 만큼 넉넉한 집은 없었다. 그렇다면……? 저곳이 말로만 듣던 그 서고일 수도 있었다. 설하는 불빛을 향해 달려갔다. 서고 앞에는 벗나무 한 그루만이 덩그러니 있었다.

설하는 서고 안으로 곧장 뛰어들어갔다. 물론 어두워서 자신의 책을 찾지 못할까 봐 손에는 횃불도 들려 있었다. 설하는 서고 안에서 자신의 책을 찾으려 이리저리 돌아다녔다.

그때 눈에 자신의 이름이 쓰인 책이 스쳐 지나갔다. 설하는 그 순간을 놓치지 않고 책을 찾아서 꺼내 들었다. 책을 펼쳐서 대충 읽어

보니 자신의 기억이었다. 설하는 조금의 망설임도 없이 책을 횃불에 가져다 댔다. 책에 붙은 불이 활활 타올랐다.

설하는 가만히 앉아 타는 책을 바라보기만 할 뿐이었다. 이걸로 죽은 도경이 다시 살아날 수만 있다면. 설하는 이 세상에 애초에 없는 존재가 되어도 상관없었다.

말랐다고 생각했던 마지막 눈물 한 방울이 설하의 눈에서 흘러나왔다.

그때 설하의 귀에 어떤 목소리가 들렸다. 단 한 번도 들어보지 못한 목소리였다.

"어떡하지? 그거 태워도 그 사람은 다시 못 살려내. 삶과 죽음은 기억책 하나로 어떻게 할 수 있는 게 아니라서 말이야."

설하는 놀라서 소리쳤다.

"당신은 누구예요? 나는 어떻게 아는 거예요? 그 사람은 또 어떻게 알죠?"

"당연히 알 수밖에. 다시 한번 말하지만 그거 태워도 그 사람 안 살아나. 네가 이 세상에서 없었던 존재처럼 지워지는 것도 아니고. 그냥 너만 벌 받게 되는 거야. 세상의 질서를 어지럽힌 죄로."

"……네?"

"그거 한 번 태우면 복구하는 게 얼마나 힘든지 알아? 어휴 요즘엔 왜 이렇게 인간이 여기에 많이 들어오는지 몰라. 다들 어떻게 알고 들어오는 거지? 뭐, 어쨌든 새로운 관리자를 찾게 돼서 다행이네. 넌 여기서 머무르며 일을 하게 될 거야. 너라는 존재를 부정한 죄로.

세상에서 사라지고 싶다는 이유로 세상의 질서를 어지럽힌 죄로 말이야. 여긴 과거와 현재의 틈에 있는……. 음, 쉽게 말하자면 네가 있던 곳이랑은 좀 다른 곳이거든? 넌 여기 갇혀서 다른 사람의 삶만 엿볼 수 있어. 네 삶을 더 이상 살 수 없다는 얘기야."

"여기서 얼마나 길게 일해야 하는 거죠?"

"글쎄, 그건 나도 몰라. 그래서 벌이라는 거지. 네 죗값을 치를 만큼 여기 있어야 하니까. 그게 네가 저지른 일의 대가야."

목소리는 점점 희미해져 갔다.

"잠시만요! 더 알려 주세요! 그럼 전 이제 더 이상 도경을 만날 수 없는 건가요? 여긴 과거와 현재의 틈이라고 했으니까. 과거로 들어가면 도경을 다시 만날 수 있는 거 아닌가요?"

"간절히 바란다면 만날 수 있겠지. 하지만 지금은 아니야. 좀 더 인내심을 갖고 기다려. 아, 그리고 네 기억은 내가 모조리 지울 거야."

"네? 그럼 전 어떻게 도경을 만났을 때 알아볼 수 있죠?"

"그것도 몰라볼까 봐? 정인인데."

목소리는 그 말만을 남기고는 더 이상 들리지 않았다. 동시에 설하의 기억도 한 장 한 장씩 머릿속에서 지워지고 있었다. 하지만 자신의 이름만은 지워지지 않았다. 그것이 나중에, 아주 먼 미래에 서로를 알아볼 수 있는 증표가 될 수 있을 테니까.

★ ★ ★

왜 이제야 당신을 다시 알게 된 걸까.

설하는 곧장 '수신인을 잃어버린 책갈피들' 모음이 있는 곳으로 갔다. 한참을 뒤적거려 보니 수신인이 민도경인 오래된 책갈피를 찾을 수 있었다. 지난여름에 발견한 거였다. 하지만 그때의 책갈피와는 분명 달랐다. 그때는 발신인에 아무 이름도 적혀 있지 않았지만, 지금은 윤설하라는 이름이 또렷하게 적혀 있으니까.

설하는 기억책의 빈 페이지에 서둘러 책갈피를 꽂았다. 그랬더니 옆에서 들던 한기가 점점 형체를 갖추어 가기 시작했다. 하얀색에서 색들이 입혀져 갔고, 한기가 따뜻한 체온으로 바뀌었다. 그곳에는 그토록 바라왔던 옛 정인이 서 있었다.

"왜 이렇게 오래 걸렸어. 난 항상 네 옆에 있었는데."

"미안해요. 내가 다 잊어버려서……. 책 옮겨 준 것도, 책갈피 만들어 준 것도, 내 책을 꺼내 준 것도 모두 당신이었구나. 이제야 기억해 내서 정말로 미안해요."

도경이 미소를 머금었다.

"미안해 할 필요 없어. 난 네 옆에 있을 수 있어 좋았으니까."

"500년 동안 여기 계속 있었던 거예요? 날 지켜보면서?"

"당연하지."

"……왜 그랬어요?"

"연모하니까. 내 정인이니 그렇게 한 것은 당연한 일 아닐까."

설하의 눈에 눈물이 맺혔다.

"울지 마. 500년 만에 다시 만났는데 울기부터 하면 어떡해."

도경은 설하를 꼭 안아 주었다. 두 사람의 체향이 뒤섞였다. 멈춰 있던 시간이 다시 흘러가기 시작했다.

에필로그

"왜 그렇게 한 거야?"

"뭐를 말입니까?"

"왜 마지막에 널 죽이고 네 부인만이라도 살려 달라고 했냐고 묻는 거야."

도경은 어디서 들려오는지 모를 목소리에 답했다.

"당연히……. 그 사람이 죽는 것보다는 내가 죽는 게 나으니까요."

"그러니까 왜 그렇게 생각하냐고."

"정인이잖습니까. 그 사람이 죽는 걸 보는 것보다는 차라리 내가 죽는 게 나아요."

"흠……. 인간들은 정말 알다가도 모르겠다니까. 좋아. 그 마음이 갸륵하니 네 소원을 하나 들어줄게."

"그렇다면 내가 그 사람 옆에 계속 있으면서 그 사람을 지켜볼 수 있게 해주십시오."

"음? 네 몸은 이미 저승에 갔고 과거에 영원히 머무르게 되었어. 내가 그렇게 해준다고 해봤자 설하는 널 보지도 못해. 게다가 설하는 널 이미 잊었어. 그래도 좋아?"

"대신 나는 그 사람을 계속 볼 수 있잖습니까. 힘들면 옆에 있어주고 도와줄 수도 있고요. 그렇게 하게 해주십시오. 나중에 날 기억해 냈을 때 내가 이미 과거에 있어서 볼 수 없다고 하면 그 사람은 너무 슬플 거예요."

"네가 정 그렇다면 할 수 없지. 넌 이제 영혼만 남아 과거와 현재의 틈에 있게 될 거야. 당연히 설하는 널 보지 못해. 널 모르고. 알겠어?"

"알겠습니다."

내가 널 기억하면 되니까. 내가 옆에 있어주면 되니까. 난 그것만으로 충분해.

그리고 500년이라는 세월이 흘러서야, 모든 것이 제자리로 돌아올 수 있었다. 하늘에는 예전처럼 하얀 눈이 내리고 있었다.

스쿨 오브 판타지

중학생이 쓴 판타지 소설

초판 1쇄 발행 2023년 2월 20일

지은이 동도중학교 꿈꾸는 책쓰기반
편집 오은지
디자인 변우빈

펴낸곳 도서출판 한티재
펴낸이 오은지
등록 2010년 4월 12일 제2010-000010호
주소 42087 대구시 수성구 달구벌대로 492길 15   전화 053-743-8368
팩스 053-743-8367   전자우편 hantibooks@gmail.com
블로그 blog.naver.com/hanti_books
한티재 온라인 책창고 hantijae-bookstore.com

ⓒ 동도중학교 꿈꾸는 책쓰기반 2023
ISBN 979-11-92455-18-1 43810